U0894789

Staread
星文文化

三水小草 著

I OWE YOU LOVE

很多年前，

这条河几乎是她们的另一个孩子，

疏通河道也好，

兴建码头也好，

她们总是要忙。

小时候的沈牧平很嫉妒这条河，

它那么大，那么长，那么古老，

它应该不在乎任何人和事了，

为什么还要抢走自己的妈妈？

“沈牧平，谢谢你呀。

没有家的人真是太可怜了，幸好我有你呀，就有家啦。”

“要是没有你，我也没有家。”

穿着黑色大衣的沈牧平气喘吁吁地站在书吧门口。

沈小运的眼睛还是红的，

直直地看着他说：“我想回家。”

“好，我们回家。”

沈牧平扶着沈小运，

给她戴上围巾和帽子，一步一步往家的方向走去。

旧城阴沉沉的天，又有雪花漫天飘下。

书店

“喝一口，把春天的雨就喝下去啦。”

“再喝一口，春天里头刮的小风是不是可香啦？”

一口又一口，在沈小运的话语里，她已经吃完了整个春天所有的好风景。

写给世界上所有的阿尔茨海默病患者

写给所有的成长和老去

目录
Contents

I Owe You Love ◆◆◆◆

第一章 香油荷包蛋

有谁丢了沈小运吗？

谁把沈小运丢了？

◆◆◆◆

今天的小小姐依然翘着她修长白胖的美腿，毫不客气地把脚丫子杵在了沈小运的脸上。小小姐是一只过分圆润的美国短毛猫。

沈小运的脸都被杵变形了，还是奋力地把自己的脸塞到了小小姐的肚子上：“呼噜呼噜呼噜！”

“喵！”

沈牧平家的玻璃窗很大，一缕阳光穿过窗外的玉兰树，照在沈小运和沈牧平的猫身上。沈小运眯了眯眼睛，懒洋洋地扯着嘴角笑着。男人打开门走进家里的时候，正看见这一幕。

“吃饭了吗？”他问道。

沈小运头也不回，只是点了几下，手还在抚摸着小小姐雪白的肚子。

“今天我遇到了路口那家奶茶店的老板，他说你其实在那里做得挺好的，要是还想去，就尽管去，跟以前一样，可以带布丁和冰激凌回来，中午还管一顿饭。”沈牧平看不见沈小运的神色，扯开领带挂在门边的衣架上，小心地掂量着措辞。

沈小运摇了摇头，终于开口说：“我总是闯祸，店长还要照顾我，实在太累了。”

听见沈小运这么说，男人无声地叹了一口气：“你还在生气啊？”

"没有。"

"你现在记不清楚事情只是暂时的，以后就会好。"

沈小运又不说话了。放下猫，她从沙发上站起来，踩着一双粉白色的兔子拖鞋，嗒嗒地走到厨房，拿出放在柜子里的番茄牛腩和米饭。

"我本来不想给你做饭的，可我还是做了，现在，看看我给你做的饭，你可以忏悔了。"掐着腰，沈小运理直气壮地看着比自己足足高了一个半头的男人。

"忏悔什么？"

"忏悔你昨天说的话！"

"我说什么了？"

沈小运又生气了。她很想端着番茄牛腩到卫生间里都倒掉，却又舍不得，于是掏出一把洗好的小葱，在菜板上"当当当"切碎，哗啦啦倒进了番茄牛腩里，红彤彤的番茄牛腩顿时变成了绿油油的一片。

沈牧平的脸变得跟葱叶子一样绿。

沈小运继续掐着腰："你看，我还记得你最讨厌吃葱，我能记住很多事情，我没有记性不好，你昨天跟店长说的话是错的！我不是因为记性不好才配错了单子，害得奶茶店被投诉。"

沈牧平深呼吸了一下，无奈地点点头："你说的都对，是我的错。"

"你错在哪里了？"

小小姐跟着二人来到厨房，在二人的脚边蹭了几下都没有人搭理她，干脆就跳上了餐桌，东闻闻，西看看。那盆番茄牛腩放在桌子正中间，她凑过去闻了几下，很嫌弃地走开了。

男人低下头诚心诚意地说："对不起，我不该跟别人说你记性不好的事。"

"不对，"沈小运摇头，眼神像极了一个严肃的教导主任，只是，教导主任大概不会穿绣了兔子头的粉色卫衣，"你不该帮我找理由逃避责任，我干了坏事儿一定跟我记性不好没关系！"

沈牧平愣了一下，看着沈小运穿着拖鞋又嗒嗒地走开了。她还强行抱走了在桌子上玩儿得开心的小小姐。

几秒钟之后，男人找出漏勺，把番茄牛腩里的葱花都舀了出来，又打开饭锅盛了一碗饭，一个人坐在餐桌前吃了起来。

他刷碗的时候，沈小运又走了过来，静静地看着他。

“爸爸。”突兀的叫声让沈牧平手里的碗险些滑落到水池里。

“据说下意识的反应最代表一个人真实的内心，你没有应我，果然不是我爸爸。”说完，沈小运又转头走了。

胖乎乎的小小姐本来站在她脚边，此刻顺着她的步子晃着小屁股也跑远了。沈牧平一个人站在厨房里对着哗哗的流水呆了好一会儿，才重新拿起碗继续刷起来。

沈牧平不是自己的爸爸，也不是自己的叔叔。趁着男人看书的时候突然喊他叔叔，对方也没有应声，沈小运大概确定了这一点。不过这不重要，第二天她又会忘记这事儿，说不定还会在早上起床的第一时间叫沈牧平大伯。

过了两天，沈牧平给沈小运找了一份新工作，是在巷子外的一家书吧里看店。书吧平时人流量不多，也安静，沈小运负责打扫和招呼客人就好。

苏州老城区一到春暖花开的时候总是游人如织的，现在是秋天，也有人千里迢迢来看拙政园的红枫叶，偶尔有游客经过沈牧平家门口的巷子，于是流水潺潺的软软声息中掺入了别处的口音。

沈小运跟在沈牧平的身后往她上班的书吧走去，咖啡色的皮鞋踩在青条石上，有时候，别人看着她，她就对人家笑笑，比在家里稳重多了。

书吧的老板看起来还在上高中，其实孩子已经两岁了，是个三十岁的姐姐，说话很利落，对沈小运也很和气，比起奶茶店的老板……咦？奶茶店的老板什么样来着？愉快地将奶茶店老板在自己记忆中最后的残骸扔进了垃圾箱，沈小运开始了自己在书吧的工作。

她在自己眼前放了一张纸条，上面写着：“有人进来就微笑，说‘随便坐’。每天上午十点、下午一点要起来打扫卫生。”

中午，书吧老板会订饭和她一起吃，沈小运很喜欢吃比萨还有汉堡王的猪肘堡，到了下午五点多，沈牧平就会来接她回家。

工作到第五天，也可能是第六天的时候，沈牧平早上把她送到了书吧的门口，她看见书吧斜对面开了一家糖果店，店员正在派送包着透明糖纸的小糖果，有红色的，还有绿色的。沈小运走了过去，那店员却没有给她。

有几个正好要上学的孩子路过，手里拿着店员送的糖果，还在讨论着等有了零用钱要来买哪种吃。

没有被送糖果的沈小运从口袋里掏出了一张一百块，买了一堆花花绿绿的小糖果。没有人送她糖吃，她也可以送别人糖吃，可是拎着糖果袋子，她想不起来自己要去哪里了。看见有人在分糖果，沈小运也笑眯眯地分糖果给小孩子，一边分，她还一边问别人：“你知道我是谁吗？”

“你的脖子上有个牌子。”肩膀上有三条杠的女孩儿高高地梳着马尾辫儿，仰着头看着沈小运脖子上的小牌牌，“我叫沈小运，家人是沈牧平，联系电话186××××××××。”

哦，原来我叫沈小运。又给了那个女孩儿一块糖，沈小运站在自己应该去工作的书吧门口大声喊着：“有谁丢了沈小运吗？谁把沈小运丢了？”

站在书吧门口都能把自己弄丢了，沈小运觉得这事儿挺丢脸的，下午下班之后跟在沈牧平的身后，她拖着步子走得磨磨蹭蹭。

“你不用不好意思，书吧的老板又没说你什么，你也没耽误工作。”拎着公文包的沈牧平回头看了她三次，终于忍不住说道。

“唉。”沈小运叹了一口气，“我怎么就记得你的脸呢？要是我把你也忘了，那就没人会提醒我之前出的丑了。”

她又叹了一口气。沈牧平不说话了。

五点的时候，天已经差不多黑了，小路上橙黄色的路灯次第亮了起来，那户人家正在做饭，炸虾饼的鲜香气到处蹿啊蹿。沈小运抽了抽鼻子，也有点想吃了：“咱们晚上吃什么？”

“我昨天买了草头和西蓝花，还有瘦肉。”

“菜放在冰箱里总是不够新鲜的呀。”

“那我明天回来的时候买新鲜的菜，你想吃什么？”

“炸虾饼。”

男人点点头，记下了要买虾，也记下了要买个手电筒。天黑得越来越早，回家的路也越来越不好走。

寂寞了一天的小小姐当着沈牧平和沈小运的面把自己的身体拉成了长条，喵了一声就走开了。沈小运觉得自己被诱惑了，颠颠儿地想去撸猫，被沈牧平拽住先换下了鞋子，又脱掉了外套。

“刺啦——”

洗干净的草头被倒进了油锅里，又加了一点水。沈牧平的腰上系着围裙，戴着黑框眼镜，余光瞟见穿着印着兔子头衣服的沈小运抱着小小姐走了过来。

“爸，你炒的菜真香！”沈小运歪着头说。

手稳稳地握着锅铲，沈牧平十分冷静地说：“到底是谁教你什么下意识反应代表真实想法的？”

沈小运摇了摇头，茫然地说：“你不是我爸吗？”

在那一瞬间，沈牧平以为沈小运的病情更严重了。可是下一秒，沈小运接着说道：“我记得我爸也给我炒草头，还放酒。”

沈牧平打开橱柜，找出一瓶高粱酒，倒了一点在炒锅里，一股酒香气顿时散了出来。沈小运深吸了一口气说：“我爸炒的好像没这么香。”

她倒是再没有叫沈牧平“爸爸”。

晚饭有酒香草头、蒜蓉西蓝花、瘦肉蛋花汤，还有米饭。吃过之后，沈牧平洗碗、收拾房间，沈小运抱着小小姐看电视。

“叔叔，你怎么没有女朋友啊？今天书吧老板还问我来着，我说你都是被我拖累的。”

“以后不要乱说话，很多人会把你说的话当真的。”

沈小运抿着嘴笑了。

每天洗澡之前，沈小运都要把小小姐抱进浴室，肉墩墩的小小姐殊死挣扎，嘴里的喵音拉得比她的身子还长。沈小运闹够了，才会把小小姐放在地上，看着她顾不上晃自己的小屁股就落荒而逃。

隔壁的书房里，沈牧平打完了几个电话，开始核对保单。他的工作是跑保险，每天都有对不完的保单和打不完的电话，为了接送沈小运上下班，他只能把很多工作带回家里做，应酬也都推了。

浴室里响起了乱七八糟的调子，是沈小运在唱歌。

第二天，沈牧平提前一点到了菜市场，挑着新鲜的河虾买了两斤，又去接了沈小运下班。

沈小运今天收到了一个女孩儿送她的礼物——一枝粉色的纸玫瑰。那个女孩儿坐在书吧里看书，书吧老板两岁的儿子突然哭闹起来，老板哄不好，倒是她折了一只小飞机，逗得孩子开心地笑了。沈小运目不转睛地看着那个能飞很远的纸飞机，那个女孩儿就又折了一枝玫瑰给她。

看着沈小运那么开心，沈牧平对她说：“昨天你说了想吃炸虾饼，我买了虾，可以做给你吃。”

“真好！”沈小运笑着说。

沈牧平忽然也开心起来，眼镜后面的眼睛弯了一下。

回到家换好了鞋子，沈小运突然指着沈牧平放在厨房的袋子说：“你买了虾？”

男人沉默地扎上围裙，给小小的河虾去虾线。那枝粉色的折纸玫瑰被沈小运遗落在鞋架旁边，和很多很多东西一样。

又过了一会儿，沈小运嗒嗒地跑了过来，被处理好的虾肉放在盆里，她趁着沈牧平不注意，伸手拎起一小块虾肉，又嗒嗒地跑开了。她第三次过来的时候，小小姐远远地看着，圆圆的大眼睛里是闪闪的光。

沈牧平忍无可忍地说："我是给你买的虾，不是给猫买的。"

"给我买的，猫吃了，我开心。"也不知道沈小运到底从哪里学来的歪理，总是能让别人无话可说。

沈牧平摇摇头，又说："猫吃了生的虾肉会拉肚子，还会有寄生虫。"

沈小运听了，立刻从小小姐的嘴里把剩下的半只虾拽出来，扔进了垃圾箱。这个夜晚，属于沈小运和小小姐的友谊结束了。

沈牧平早上是被一股油烟味给惊醒的，他睁开眼，连鞋也来不及穿就从床上跳了下来。等他冲到厨房就看见灶上两边的火都开着。一只炒锅滚滚地冒着浓烟，另一只汤锅也烧干了，两个锅底都结了黑色的一层，旁边的案板上放了些葱花。

客厅的电视机开着，沈小运坐在沙发上睡着了，小小姐团成一团，屁股挨着她的腿。油锅里原本的东西早就成了炭，烧水的铁锅用力刷了几下，锅底已经变得凹凸不平，放在灶台上也不稳当，可以说是彻底不能用了。

沈牧平把钢丝球扔在了锅子的污水里，终于还是叹了口气。沈小运头一抬，眼睛也睁开了，穿着拖鞋踢踢踏踏走过来，看着厨房里的乱象说："这是怎么了？"

沈牧平转头看了她一眼，说："我想煮点面条，结果洗澡忘了时间。"

"你这么大的人了，干事还这么不牢靠呀？"沈小运这么说着，走进了厨房，小小姐扭着胖屁股跟在她后面。

"你先出去吧，我收拾好了给你做一点早饭。你不是要上班吗？赶紧去洗澡，饭我来做。"

沈小运伸出手去，要从沈牧平的手里把饭锅拿过来，却被沈牧平推开了。看着自己的手从锅边落下去，沈小运低着头，眨眨眼睛，说："其实是我把锅给烧了吧。"

沈牧平又看了她一眼，还是没有再说什么，沈小运叹息了一声："是我做错的事情，你应该告诉我呀。"

"昨天有剩的米饭，我们吃蛋炒饭好吗？"

"好，别放胡萝卜。"

早上这一场小小的混乱，就算是过去了。

外面路上，下了一场小雨。沈牧平打着伞跟在沈小运的后面，看着沈小运用力在地上踩出细细的水花。

"我今天能记住自己上班的地方了，是不是特别厉害？"沈小运这么说着，沈牧平点了点头。

到了书吧门口，沈牧平看着沈小运走了进去，才快步往小巷外走去，今天下雨，上班的路上一定堵得很。

下雨天，书吧人少，沈小运在书吧门口坐着，看着纸条上熟悉又陌生的字迹：

每天上午十点、中午一点要起来打扫卫生。

"是谁要打扫卫生啊？"抬头看看空空的书吧，她一脸的茫然。

十分钟前，书吧老板说要出去办点事儿，让沈小运替她看看儿子，那小家伙挺乖，自己坐在沙发上用指头戳着游戏机。沈小运走过去对他说："你是我儿子吗？"

小家伙仰起头看她。沈小运摸了摸小家伙的脸："不对，你没我儿子长得好看。"

小家伙哭了起来，游戏机都扔到了地上。沈小运拍拍他的脑袋说："不哭不哭哦。"

很熟练地把肉乎乎的宝宝从沙发上拔了起来，就是抱不动，于是成了沈小运拽着他的小粗胳膊，看着小娃娃委屈地哭，手还抓沙发。

“你干什么？！”响亮的女声在沈小运的背后炸了起来。还没等沈小运回过头去，一个五十多岁的妇人已经冲过来，手掌往沈小运的身上、脸上招呼了起来：“抢孩子！要死啦！抢孩子！”

沈小运有些茫然，她没抢孩子。不对，她在这儿是干什么来着？

外面的小雨还在下着，对面店铺的老板和客人听见说“抢孩子”都隔着门窗探头看，他们看沈小运，沈小运也看着他们。有两个年轻人冲了进来，也帮着那个妇人拉扯沈小运拽着孩子的手。

沈小运更慌了，她疼。好在这时店老板回来了，终止了这场闹剧。

那个妇人是店老板的婆婆，气哼哼地抱着她的金孙，她用防备的眼光看着沈小运，就连对自己的儿媳也没有好声气。

沈小运的脸上被划了口子，这事儿根本瞒不过去，店老板把电话打给了沈牧平。过了一个多小时，沈牧平匆匆忙忙地赶了过来，书吧老板把事情说清楚了，还连连给沈小运道歉。

心就像是雨中挣扎飞行的一只纸飞机，看见了沈牧平，这飞机可以稳稳落下了。沈小运好委屈，她摸摸自己被打的手臂和脸，撇了撇嘴。

“是她给您添麻烦了，您千万别这么说。”沈牧平也向店老板道歉。

他没带着沈小运回家，而是先去了社区的医院，沈小运的脸上多了一块创可贴，身上的伤也没那么重，还是开了点外用的药。

“我不知道她是老板的婆婆，不然我就松手了。”沈小运这么说道。

“这事你没错。”沈牧平对她说。

“这话我好像听你说了好多次了。”

沈牧平走在前面，脚步突然停了下来：“这边有家灌汤包，要不要吃？”

沈小运立刻忘了自己刚刚说的话，很用力地点了点头，被伤到的地方一阵轻疼。

除了灌汤包之外，这家店里还有汤团，馅料有芝麻、豆沙、萝卜，还有肉，沈小运吃着汤包，眼睁睁看着一碗一碗路过自己的汤团，咬了咬筷子尖儿。

“晚上吃糯米对消化不好。”

“哦。”

吃完了汤包，沈小运在回家的路上还看见有人在卖银鱼，是挑在肩上走着卖的。沈小运拽着沈牧平买了一斤：“煮煮给小小姐，昨天她没吃成虾，剩下的明天早上做面浇头。”

沈牧平点头：“好。”

快到家门口的时候，沈牧平电话响了，他让沈小运先回家，自己在外面打电话。沈小运在房间里用银鱼勾得小小姐上蹿下跳，眼睛圆骨碌的。

外面，沈牧平无声地深吸一口气，听见电话里有人说：“说好的谈客户，你根本就没去！你要是不能干了，有的是人接替你！”

沈小运这一天虽然有很多不愉快，但是晚上睡觉的时候，她都忘了。

天越来越凉了，沈小运坐在书吧的门口，脚上已经穿了一双很厚的鞋子，她不喜欢黑色，可是鞋子是沈牧平买的，她将就着也就穿了。

老板最近的心情不太好，没人的时候经常悄悄叹气。沈小运不记得自己有没有问过老板为什么心情不好了。之前他们吃的饭都是外卖的盒饭，现在每天有个五十岁上下的阿姨来送饭，一次送几人份，她做饭手艺蛮好，沈小运喜欢吃她做的清蒸鱼。

“老板，好久没看见你宝宝咯。”吃饭的时候，沈小运突然开口说。

老板没说话，来送饭的阿姨在一旁咯咯笑了：“她要拼事业哦，顾闲人都顾不过来，哪里看得了自己的孩子，还不是我这个婆婆来忙里忙外，还要给你们送饭。”

老板的筷子碰了一下碗边儿。

沈小运笑眯眯地转头对那个阿姨说：“谢谢阿姨，您做的鱼太好吃了。”

阿姨并没有高兴的样子，倒是老板突然笑了。吃过了饭，阿姨收拾了空饭桶和碗，沈小运拿起拖把开始擦地。

“风这么大，灰都落进屋子咯，你把柜子都擦擦，还有沙发、架子上面也要擦……你不要偷懒哦我跟你讲，擦擦扫扫这种事情都是你的……”书吧里只有两三个客人，阿姨的声音在屋子里像是顽固的蜜蜂，嗡嗡嗡个没完没了。

老板打完一个电话，出来叫了她婆婆一声：“妈，宝宝不是一个人在家吗？您出来好久咯，赶紧回去吧。”

看看沈小运，再看看自己的儿媳妇，阿姨一扭腰，拎着东西走了。老板叹了一口气，对沈小运说：“你擦擦地、招呼客人就好。”

沈小运点点头，没一会儿就把那个阿姨忘掉了，也忘了自己已经擦了一遍地，又擦了起来。

这一天沈牧平来接沈小运的时间比平时晚了半个小时。路上，他看见沈小运踢踢踏踏地走，好像比平时慢了一些。

“怎么了？”

“鞋子湿了。”

客人起来换书的时候撞到了沈小运，她水桶里的水都泼在了自己的鞋子上。沈牧平蹲下去捏了一下沈小运的鞋子，一捏发现里面都是水：“你不知道把鞋子脱掉吗？”

沈小运摇摇头：“你给我买的鞋子，我脱在外面忘记带回家了怎么办？”

沈牧平低着头，过了一会儿才说：“我再去给你买一双新鞋，不，买好几双，放在家里随便你换着穿，弄丢了也不怕。”

跟在沈牧平的身后往鞋店走，沈小运有些开心地说：“那我能要有花的鞋子吗？”

结果沈牧平给她买了四双鞋子，棕色的、咖啡色的、黑色的和黑色的。穿着新鞋子和新袜子，沈小运得意扬扬地迈着八字步：“沈牧平，你对我真好呀。”

沈牧平没回答。

这次下班本来就比平时晚一些，又花时间买了鞋子，赶不及买菜，沈牧平带着沈小运一起去吃了碗炒肉面。

沈牧平吃的是紧汤硬面，给沈小运要的是宽汤烂面，都是免青[1]的，浇头要单独拿，用勺子舀了盖在汤面上，里面有猪肉、虾仁、木耳、笋丁……还有沈小运很喜欢的黄花菜。

“现在天冷了，你要不要先不工作了？”吃完面回家的时候，沈牧平问沈小运。

要不是还记得沈牧平给自己买了四双新鞋子，沈小运就要生气了。所以她没生气，只是低头不说话。过了半分钟，沈牧平说：“我们去肉食店买点鸡肝煮给小小姐吃好不好？”

“好呀好呀！”沈小运立刻又开心了起来。

有鸡肝吃的小小姐也很开心，煮鸡肝的时候她就在厨房门口甩着尾巴守着，等到鸡肝放凉了，她嘴里吃得呼噜呼噜的。

沈小运拿着卫生纸，小心地擦着自己那双“旧鞋”里的水。卫生纸用掉了半卷儿，鞋子里还是潮乎乎的，她把鞋子放在小凳子上，搬着小凳子走来走去。

“你把鞋子放着就行了，这些新鞋子也够你穿了。”

“不行的。”沈小运摇头，继续看哪里适合晾她的鞋子。

沈牧平低头写了一会儿东西，又抬起头来说：“你能不能别为一双湿了的鞋子这么忙了？”

1　免青指面条里不放葱蒜。

沈小运继续摇头，十分倔强，她噘着嘴说：“这不是湿了的鞋子，这是你给我买的鞋。”

沈牧平看着她，好像不会说话了，只能看着沈小运最后把小凳子连着上面的鞋子一起搬进了自己的房间里。低下头，他继续看着手里的合同，眼前却渐渐一阵模糊。在听见沈小运出来之前，他摘掉眼镜擦了擦眼睛，继续工作。

小小姐吃饱喝足，伸了个懒腰，去猫厕所里哼哼唧唧了一阵儿，出来之后就喵喵地叫着。沈小运屏着气给她铲了厕所里的小球球，握着她粗粗的腿儿说：“又能吃又能拉。”

小小姐大概觉得自己的尊严没了，很生气的样子，沈小运笑着用手抓她的白肚皮。

过了几天，天气骤然降了好几度。老板家的宝宝病了，老板没有来书吧，老板的婆婆也没来送饭。到了吃饭的时间，书吧的店员姑娘举着手机问沈小运：“你想吃什么，我们一起点吧。”

沈小运想吃肉汤团。小巷往里走五十米就有一家，吃完再回来，很快的。所以沈小运出了书吧，踩着那双湿透了又晾干的鞋子走在青条石路上。

今天恰好是周末，一群小孩子举着棉花糖嘻嘻哈哈地跑了过去。沈小运看着他们的棉花糖，像是很漂亮的云彩一样，眼睛跟着一起飘啊飘啊，等那些云彩飘得没影了，她又忘了自己要干什么，在小巷里走了个来回都没想起来，就回了书吧。

晚上沈牧平加班，八点才能来接她。店员姑娘陪沈小运到了七点，才收拾东西走了。沈小运就坐在书吧门口，她觉得很冷，而且身上一点力气都没有。

“以后我来得晚，你就自己买点东西吃，别总干等着。”

“可我吃饱了就不能陪你吃了呀。”沈小运还振振有词。

沈牧平转头看她：“那也比你像今天这样起不来好呀。”

沈小运低下头，不服气地说："你就知道记我的错。"

"五分钟之前的事，怎么就成我只记你的错了？"

"我记性这么差，你要是不说，我不就忘记了吗？"

沈牧平停下脚步，回身看着沈小运："我知道，你会忘了很多事情，可是遗忘不是逃避，如果这次的事情能让你一直记着吃饭，我更希望你能把这件事一直记着。"

沈小运的嘴又噘起来了，像个小鸭子，她眨眨眼，看着沈牧平："我还饿。"

在书吧里，沈牧平把包里的两块巧克力都给沈小运吃了，她才有力气站起来，虽然有力气了，可肚子还空呢。

"我们回家，我订了外卖的比萨，很快就送上门了。"

沈小运点点头，跟在沈牧平身后继续往家走："那个，你别生气了哦。"

"我没生气。"

进家门没一会儿，沈小运刚喝了两口温水，比萨就送到了。牛肉、腊肠、虾仁、青红椒……薄薄的面坯往上一提，上面的奶酪就拉出长长的丝。

沈小运吃得很开心，吃完了，她就忘了自己之前的事情。吃过饭，沈小运抱着猫看电视，沈牧平坐在餐桌旁，噼里啪啦地在电脑上敲敲打打。

沈小运歪头看了沈牧平一眼，说："要不我明天带点吃的去上班？"

沈牧平点了点头。

可第二天沈小运没有上班，因为沈牧平病了——发烧。温度计里的水银柱显示他发烧38℃。

沈小运洗了凉凉的帕子放在沈牧平的头上，又在锅里熬了稠稠的粥。她很慌，明明沈牧平已经吃了药，现在只是在睡觉，她每隔一会儿就想打开房门看看他怎么样了。

房间里有点冷，开了空调也不顶用，沈小运翻出一个早就不用的牛奶瓶，在里面装了热水，塞好瓶盖，用两条毛巾包起来，放进了沈牧平的被窝里。

“妈。”沈牧平轻声叫着。

明明隔着一道房门，沈小运还是听见了。打开房门，她进来给沈牧平换了一条凉毛巾：“我要记着你生病了还喊妈妈，等你醒了嘲笑你。”

沈小运很记仇的。

可是沈牧平并没有很快醒过来。中午沈小运把剩下的两块比萨吃了，下午三点沈小运又饿了，她走出家门，去不远处的包子铺买了几个包子。

秋风秋雨，给冷里添了一份浓浓的湿气，沈小运没戴围巾，回家之后打了个冷战，手里的包子也温了。她没急着吃包子，而是蹑手蹑脚地进了沈牧平的房间，把自己冰冰凉凉的手放在了沈牧平的脖子上。

男人被冰醒了，掀起眼皮看她：“我想吃香油荷包蛋。”

“哦好。”沈小运把手背在身后，点点头说，“好！”

水烧开，在里面打上两个荷包蛋，等蛋有七分熟的时候放白糖，出锅了再点香油。不是只有一两滴那种平常的点法，而是让蛋汤的边上一层都是金色的。

沈小运做好了荷包蛋去叫沈牧平，才发现他又睡过去了。她甩着手去吃已经凉下来的包子，好在锅里的粥还是热的，她喝了一碗。

小小姐肚皮朝上，在沙发上睡得昏天黑地。沈小运刷完了碗，抱了毯子和小小姐一起蜷在沙发上，眼睛时不时看看沈牧平的房门，没一会儿就睡了过去。

沈牧平睁开眼睛看看表，时间已经是下午六点，外面的天已经黑透了。早上请完假之后他的电话就静音了，看看上面的八九个未接电话，他叹了一口气。今天约了两个客户看合同的，其中一个是晚上七点半，离这里也不远，现在还来得及。搓了搓眼睛，沈牧平走出房间，打开灯，看见沈小运正睡着。

茶几上摆了一个白瓷碗，里面两个透白的鸡蛋浸在汤里，外面有香油包边儿。看看鸡蛋再看看沈小运，沈牧平喝了一口凉凉的鸡蛋水，把鸡蛋一个一个地拨到自己嘴里，嚼了两三下就咽了下去。再看餐桌上剩的一个包子和空了的比萨盒，沈牧平看看时间，扎上围裙，从冰箱里拿出冻着的小馄饨，煮了一锅。

沈小运被叫醒的时候看见沈牧平，高兴不已："你好啦？"

"起来吃馄饨。"

吃过了馄饨，时间已经是六点四十，沈牧平换了外出的衣服，从房间里走出来，却看见沈小运坐在他的皮鞋上："你生病了，别出门了。"

"工作不能拖的，越拖越多，我很快就回来。"

沈小运摇头："生病的人应该好好休息，有事明天再做。"

沈牧平无奈，打开鞋柜，从里面找了一双运动鞋穿上。

沈小运站了起来，也往身上套外套："我和你一起去。"

"我是去工作。"

"你生病了，我送你去工作，我有病，你不也是天天送我吗？"

沈牧平说不过沈小运，只能给她戴好围巾，再戴上口罩，一起往外走去。客户家就在古巷子另一头走出去的小区里，沈牧平说："我十五分钟就出来，你去肯德基等我好不好？"

沈小运摇摇头，又点点头："我就在楼下站着等你。"她用脚在自己周围画了个没人看得见的圈儿。

沈牧平不放心，可是时间就要到了。他掏出笔，在沈小运的手上写了客户家的地址和自己的手机号。

原定十五分钟的事，沈牧平恨不能一分钟做完，在客户家好几次因为说话太快而被客户说"没听清"。就算是这样，十分钟后他也完成了自己的工作。

就在这时，客户家的房门被敲响了。沈小运站在门外，看见沈牧平的一瞬间，眼睛里的惊惶就消失不见了。

过了两天，老板终于出现在了店里，她眼下乌青，脸上满满写着疲累，照顾小孩子是很辛苦的。沈小运觉得沈牧平生病的时候也就比小孩子强那么一点点，比指甲尖儿还小的那么一点点。

中午吃饭的时候，老板叫了外卖，还说这个月结算工资的时候会补给他们三天的饭钱。沈小运没有工资，所以老板把钱直接给了她。

沈小运挺高兴，还把自己带的豆皮虾仁卷分给了老板一个。虾仁、猪肉、藕丁、香菜……蒸过后又煎了一下的虾仁卷就算放凉了也很好吃，是沈小运昨晚和沈牧平一起做了蒸好，早上起来又煎的。

看见虾仁卷，老板愣了一下，吃的时候有些不好意思。沈小运倒是美滋滋的，虽然汉堡王的猪肘堡已经下架了，可是她已经忘了汉堡里居然会夹整片肉这种操作，吃着厚牛肉饼的汉堡，她依然觉得很开心。

下午的时候，老板的婆婆又找了过来，说孩子哭着找妈妈，让老板跟她回家。坐在门口的沈小运看看那位阿姨，再看看老板，虽然她生病了记性不好，可是看气氛这种事是不需要记性的。

“妈，我要把宝宝送托儿所，你们都不让，我把宝宝带来书吧，您也不让。妈，这几天我真的很累了，您为什么不去叫您儿子回去看孩子呢？”

沈小运默默站起来，默默退后，站在了店员姑娘的身边。店员姑娘小声在她耳朵旁边说：“咱们老板脾气够好了，我早上问她她老公没替她看孩子呀，她都没说话。她老公是公务员，这几天工作一点都没耽误，没事儿的时候孩子就丢给婆婆带，一有事全要她靠上去，哎哟哟。”

“当妈妈都不容易啊。”看看老板，再看看老板的婆婆，沈小运小声说道。

婆婆生气了，音调都提高了八度：“你什么意思？他工作忙你不知道吗？”

“妈，我也忙。”

书吧是个务必要安静的地方，几句吵吵嚷嚷已经让书吧里的几位客人不满了。

老板回头看了一眼店里，很疲惫地对她婆婆说：“妈，您一辈子把心都放在了我老公的身上，我明白您觉得我得跟您一样天天围着儿子、老公转，不能给他们添麻烦，可说到底……我跟您不一样。”

“什么不一样？哪里不一样？”

“说到底，我是被我爸妈养大的，不是被您养大的，他们可没教我生了个儿子就得跟死了老公似的。”

老板在所有人面前一直都是好声好气的样子，沈小运在店门口迷了路，或者扫地时碰倒了花瓶，里面的水流了一桌，她也没生气。可是今天她生气了，抬着下巴，眼睛泛红地看着她婆婆。这个话真的说得太重了，书吧门口开始有人围过来看热闹。

“既然您让我回去照顾孩子，那我就回去了。”店门口停着老板的电动车，她骑上去就走了，留下她婆婆一拍大腿，赶紧去追。

“老板真的就这么回去了？”店员姑娘很困惑，她还以为老板说了这么难听的话，是一定不会回去的。

“老板生气咯。”沈小运摇摇头，她觉得老板真正气的人不是她婆婆。

如果只是婆媳有矛盾，有老公在中间总还能调和，要是她是对自己老公有了大意见，这事情就真的难了。看着老板的婆婆颠颠儿往回跑的背影，沈小运呼了一口气。

回家路上，她跟沈牧平说起了今天的见闻。

沈牧平听完了之后说：“咯咯，你跟我讲了这个，是想说什么？”他的感冒还没好全，嗓子有点哑。

沈小运讲得兴致勃勃，连老板的婆婆拍大腿的样子都学了回来。不知道的人还以为她是在讲相声。

“嗯……”沈牧平把沈小运问住了，她歪了歪头。能把这件事儿记得这么清楚，她自己都很惊讶。

“当妈妈真不容易，总想给自己孩子最好的。可是谁也不知道，对另一个人来说什么是最好的。就像老板的婆婆，她以为让自己儿子万事不操心就是最好的，可是现在老板觉得她儿子这样不好，他们的生活就会有争吵，老板很可能受不了自己老公被养成的这种习惯，然后他们家里就会多很多的乱子。”沈小运说得很认真，她的大脑一直以来昏昏沉沉，今天不知道碰到了哪根弦儿，竟然敏锐起来，“……所以，孩子得粗养，让他自己去找到底想要什么。”

说完话，抬起头，他们已经到家了。

今天沈牧平做饭，米饭上焖了切成片的香肠，米粒儿里吸了油脂的香，手打的扇贝丸子做了个很清爽的汤，还有新鲜的生菜，用蚝油扒了一下。小小姐拒绝吃扇贝丸子，沈小运给她开了一个有蟹肉的罐头。

开了空调的房间里有些干，趁着沈牧平做饭，沈小运拿起拖把把地拖了一遍。今天她很开心，从早上到现在的事情她都记得，一点都没有犯糊涂。

吃饭的时候沈牧平有点心不在焉，扇贝丸的汤里他忘了放盐，沈小运踩着兔子拖鞋去拿了盐罐子来，往里面加了一勺，还用汤勺搅了搅。

“你说孩子得粗养，那……要是孩子做了没出息的事情，你会怎么样？”沈牧平端着饭碗问沈小运。

沈小运放下碗筷，表情非常认真：“我才十五，你不能拿这么超前的问题来问我。”

沈牧平垂眼，夹了一筷子生菜。

“不过，我才不觉得什么有没有出息呢，一辈子那么长，这个世界变得那么快，谁知道出息在哪里，长什么样？当下活得高兴才对啦。”说完，沈小运晃了晃脑袋，连着香肠带着米饭一起塞进了嘴里。

沈牧平的筷子晃了晃，他看了沈小运一眼，问她：“明天早上你想吃什么？”

晚上，沈小运到底还是犯了一次迷糊，跟小小姐玩着玩着，就站起来说：“这不是我家。”沈牧平和以前一样把她安抚下来。

深夜，男人坐在床上，从床头柜里掏出了一个老旧的饼干盒子，他想了想，还是没打开，而是放了回去。

“这些年，她没怪我。”一声轻叹，像是一把钥匙，打开了一把陈旧的锁。

第二章 咸酥饼

你送我花，

就送我康乃馨啦？

◆◆◆

第二天，沈小运又在店里看见了老板，她看起来跟之前没什么两样。

早上刚开门没多久，老板的婆婆就找了过来，居然是笑着的："你把宝宝带回娘家了？多大的人了，一有点不高兴就带孩子回家哦？"

老板也笑着说："我妈想外孙了，我就送他回去了。"

沈小运在一旁默默看着，她觉得今天的老板虽然也笑脸迎人，却比昨天更厉害了呢。

"那什么时候接回来啊？唉，说是照顾孩子不容易，可真不在眼前了也真想，亲家母知道孩子现在病还没好全，得吃姜汤吧？"

"姜汤就不用了，又辣又烫嘴，宝宝只要按时吃药病就会好。既然照顾孩子不容易，那我就不麻烦您了。"老板本来在整理书架，突然转过头来，看着自己的婆婆。

"什……什么？你什么意思？"

"就是这个意思，既然您儿子什么都不管，那孩子以后我想怎么照顾怎么照顾，不麻烦您，以后孩子病了哭了，都是他妈我的事儿，不用您操心了。"

在沈小运的眼里，她就看见头顶着一根小爆竹来的老板的婆婆，呼啦啦一下子变成了个炸药桶："你凭什么不让我管宝宝？！"

“您儿子都被您养成了那么个废物样子，娶了老婆只当是管家奴，凭什么来管我儿子？这话谁来我也是一样说。”说话细声细气的老板，这次的话真的字字都像是钢针一样呢。

沈小运往后缩，店员姑娘跟沈小运缩到了一处。

“你说，她会不会打咱们老板啊？”店员姑娘是个北方人，想一出是一出，手里已经握住了鸡毛掸子。

沈小运很奇怪：“为什么要打人呀？”

“啊？不动手吗？搁我们那儿三句话没说完已经薅头发了。”

“哇！”沈小运觉得自己是见识太少。

老板和她婆婆到底没有动手，婆婆气得用当地方言骂自己的儿媳妇，声音震天响，一根手指头都没动。沈小运拉着店员姑娘的手臂，生怕她冲出去用鸡毛掸子打人。

老板婆婆在房子里面骂还嫌不够，跑到外面指着店门痛骂起来。沈小运听了一耳朵的“系系特算哉”“作内个老孽”，拿着拖把走了出去。

“你干什么？我跟你讲哦，你打人我是要报警的！”

打人？沈小运只是到点该擦地了而已。

这位阿姨在外面骂了快半小时，小半条街的店家都走出来看热闹，有个店老板说：“阿姨呀，你这么骂下去，她生意做不成，是要跟你儿子离婚的呀。”

“我怕她离婚哦，我儿子玩过的破鞋，谁爱要谁要去咯！”

擦地的沈小运抬起头，看见自家老板在偷偷抹眼泪。她拎起自己拖完地剩下的水走出去，直接都泼在了老板婆婆的身上。

“老了老了人话不会说了是吧？你媳妇每天赚钱养家，还生了一个胖孙子，哪里对不起你咯？本来好好一个家，你非要搞事情。她带着儿子来上班，儿子带得好，店也照顾得好。你非要照顾孩子，把孩子照顾到医院里去了，谁不心疼孩子啊？她不得赚钱吗？昨天孩子哭了你就让她回家，店里的事情都不管了，你这人不讲道理的呀！有本事你把孩子照顾妥妥的，谁都轻松咯，你又做不到。

“你那个儿子啊，下大雨都不知道来接老婆孩子下班的，我来这里工作这么久只见过一次，还是等着你媳妇一起出去吃饭，这样的老公是你教得不好你晓得吧？你没把你儿子教成男子汉，你晓得吧？！”

老板婆婆身上湿漉漉的，冷风里打了个喷嚏，沈小运掐着腰，自己都不知道自己怎么说出了这么长的一串话，不过这不重要，吵架嘛，气势最重要，她看着老板婆婆就这么被气走了。在沈小运的身后，店员姑娘倚在门上呱唧呱唧地鼓掌。

嗯，我跟人吵架了这件事，要不要告诉沈牧平呢？逞完了英雄，沈小运才有点怕沈牧平知道。

中午的时候，老板给她们点了外卖，又添了一只盐水鸭。

“今天为了我的事情耽误你们工作了。”老板很有些不好意思。

沈小运也觉得有些不好意思，因为骂人就赚了盐水鸭什么的，真不是她能做出来的事情。虽然她也想不起来她之前到底做过什么事情了。

今天沈牧平给她带的点心是蛋糕。他们家门口走到河边儿不过桥转左边走五十多米有一家点心铺子，每天早上都有一阵阵浓浓的甜香气传出来，沈小运每次过桥的时候都会忍不住扭头去看。这次沈牧平特意早了十几分钟出门，给她买了这家的小蛋糕，还有蛋卷酥。

把蛋糕和蛋卷酥分给老板和店员姑娘，沈小运小声地说：“能不能拜托你们，不要把我跟人吵架的事情告诉沈牧平啊。”

“啊？”老板愣了一下，继而笑了。

沈小运也笑眯了眼睛，就当她们是答应了。可惜下午的时候，沈小运就忘了自己不想把吵架这事儿告诉沈牧平。

今天沈牧平难得准时下班来接沈小运，沈小运美滋滋地跟他说：“我今天帮老板吵架吵赢了，老板请我吃盐水鸭了。”

沈牧平：“……你是怎么吵的？”

“就是，就是很厉害地吵，然后吵赢了。”

“哦。”沈牧平竭力用一个字表达自己的敬意。

跟在男人的后面，她嘀嘀咕咕地说：“真的很多人都养不好孩子哦，老板的婆婆就是因为养不好孩子，才会有这么多麻烦。”

“养不好孩子？”领着沈小运过了一条街，沈牧平回头看着她，“在你心里什么样的孩子是好孩子？”

“就……”沈小运看见自己在的这条路不是回家的路，挠了挠头，“我们要去哪里呀？”

“天气冷，我领你去吃明炉羊肉。”

沈小运一下子就开心了起来：“我要多加羊血和油豆腐！”

沈牧平点头，又问了一遍自己刚刚的问题：“在你心里，你觉得什么样的是好孩子啊？”

嗯？沈小运想了半天，抬手拍了拍沈牧平的脑袋：“你这样的，就是好孩子了吧。”

这一天的羊肉汤在小火的灼烧中细细地翻滚着，热烫的肉混着汤水下肚，人的每个毛孔都仿佛是暖的，就连心都是暖的。

沈小运早上被沈牧平叫起来一起去吃了生煎包和粉丝汤，上班的时间也比平时早了不少。店老板还没来，沈牧平看看时间，陪着她一起站在外面等着。

一个三十多岁的男人骑着电动车进了巷子，径直往书吧门口驶了过来。他摘下头盔，也站在了店门口：“这家店老板还没来吗？”

沈牧平没说话，虽然因为工作的关系他每天要跟客户说很多话，但事实上他还是个不爱说话的性子，只是拉着沈小运往后退了一步。小巷本就不宽，他们三个人往这里一挤，别人都没法走路了。沈牧平不说话，沈小运也不说话，三个人就僵在那里。

过了不到五分钟，又一辆电动车开了过来，这次是沈小运她老板。看见了那个男人，老板先招呼沈牧平：“沈先生，真不好意思，我今天来晚了。”

“没有，是我今天带着她一起吃早餐，来得早了，您吃了吗？”

“吃了吃了。”

客套一通，沈牧平目送沈小运进了店里，皮鞋底在青石路上蹭了一下，却没急着走。因为之前来的那个男人快步走进了店里，很有几分来势汹汹的样子：“你明天，不对，今天下午就把孩子送回家，妈都急哭了。”

“有什么好急哭的？”老板不紧不慢、细声细气地说，“看孩子的是我亲妈，孩子亲姥姥，怎么还能让你妈急哭了？”

老板的老公很愁苦地叹了一声：“你非要跟我讲这个理是吗？我妈就是为了孩子好，孩子生病了她也很着急，你也别总怪她了，长辈哪里做得不好，我们体谅下就好了嘛。”

单听这些话可真没毛病啊。沈小运把自己带的咸酥饼放在柜子里，心里默默地想着。

人们总是在别人遭受痛苦的时候很会讲大道理，然后等到自己倒霉了，就是满口的脏话。

“你这话，要是放在我妈照顾宝宝出了岔子的时候，还说得出来吗？这世上就你妈是个宝，得天天哄着供着，说什么是什么，别人都是杂草，要放在地上踩。你这么珍惜你妈，别娶老婆呀，天天哄着她让她当太后好了吧。”

嗯，母亲是巴不得全世界都把自己的孩子当皇帝，孩子呢，又是一副自己的妈妈说什么都对的样子，还真是太后生了个皇帝儿子。沈小运在心里默默地给自家老板点了个赞。

老板的老公脸都涨红了：“你别这么说话，就算妈真做错了什么，咱们好好说说也就行了。”

“那是你说行了，不是我，在我这儿，不行。我的孩子就得我自己带，你妈愿意伺候你我随便，反正我也不打算回去住了，你能接受我的条件，咱就维持现状，你要是觉得不行，那就离婚。”

“离婚？”男人被吓到了。他似乎想不明白，怎么一件小事儿闹到了要离婚的地步，而且他妻子的态度还很坚决。

“对，离婚，我一个人也能带孩子，你跟你妈去当皇帝、太后吧，我这个小老百姓就不陪着了。”

不嫖不赌不沾毒，每天准点上下班，有应酬就早点打电话告诉家里，男人想了半天都不知道到底有什么天大的错误，怎么就到了离婚这一步？

争吵这种事情，真的是能总结出套路来的。先是你来我往地互相指责，然后开始翻旧账，翻得双方都筋疲力尽才算完。就在沈小运发呆的时候，这两个人的旧账已经一路翻到了他们结婚时候的礼金是怎么分的。

面对自己婆婆的时候，老板说话犀利得很，面对自己丈夫，她的语气中多了两分柔软和脆弱。沈小运觉得吧，自己老板还是喜欢过她老公的，要是没有一点点挑选后的好感，又怎么会结婚呢？

“我受够了。”老板低下头又抬起来，慢慢地说。

书吧里的空气凝固了。

啪啦一声，老板的老公把一个花瓶打到了地上。花瓶里本来插着几枝非洲菊，现在花瓣落了一地，浸在水里。

一直在外面没走的沈牧平冲了进来，沈小运在一边捂着耳朵，他走上前说：“有话好好说。”

老板的老公看看老板，再看看沈牧平，似乎产生了什么神奇的误会：“好呀，你这里连备胎都找好了。”

回头看一眼沈小运，沈牧平一只手抬起来，握住了那个男人的肩膀：“这里是工作的地方，我跟老板也没什么关系，你不要在这里吓到别人。”

沈小运看着沈牧平抓着男人的肩膀把他拽走了，心里一阵激动。果然，沈牧平是很有力气很有担当的嘛！

男人还是要脸面的，到了店外面，旁边人来人往，他没有再说什么“备胎”“姘头”之类的话，一双眼睛瞪着沈牧平，像刀似的，嘴里说：“我一定要报警抓你们！”

沈牧平不说话，回视他，看得他心里发虚起来，没一会儿，他就走了。沈小运在身后啪啪地给沈牧平鼓掌。

“你怎么这么开心啊？”沈牧平有些不解。

沈小运笑眯眯地给他看自己的大拇指，两只手的。这一天再没什么波澜。

晚上下班的时候，沈牧平来接沈小运，继续收获她看英雄似的眼神。沈牧平说的话却让沈小运顿时不开心起来：“我觉得书吧的环境不太好，咱们换份工作吧。”

沈小运低头沉默地走了十步，才抬起头来看着沈牧平说：“我喜欢书吧，喜欢老板。”

“可是现在书吧的环境真的不好。”

沈牧平预感，无论老板是否离婚，书吧里都会闹腾一阵，他不想让沈小运眼前每天都是这样的鸡毛蒜皮。

“我觉得挺好的，我天天看热闹，人都不糊涂了。”沈小运这么说。她气鼓鼓的，不明白沈牧平为什么突然有了这样的想法。

“你不喜欢的，不代表我不喜欢。”

男人的脸上一阵恍然。他们脚下老旧的青石板，并不是第一次听见这样的话语。

老板真的想要离婚，书吧里常有些莫名其妙的人来，比如她老公的姑姑、表姐之类的，嘴里说着差不多一样的话。老板声气柔软，像是长了一嘴的软钉子，把她们都顶了回去。

沈小运每天看热闹，偶尔讲给沈牧平听。大多时候她都忘了沈牧平因为这些“热闹”想给她换个工作地点。

今年冬天整座城都异常地冷，老板不让沈小运坐在门口招呼客人了，把她的椅子搬到了吧台旁边，那张小桌子上摆了花瓶和相框，成了个装饰台。不用再受着开门关门的冷风自然很好，可是没有了桌子上纸条的提醒，沈小运常常不知道自己应该干什么。

她就把“有人来了站起来问好，上午十点、下午一点擦地”写在了手心。空调的暖气让房间里很温暖，坐在椅子上，沈小运一阵儿接一阵儿地犯困。

上午十点多，老板接了一个电话，喊了一声“宝宝”，她抓起车钥匙就冲了出去。沈小运和店员姑娘面面相觑。透过窗子，她们看见店老板连头盔都没戴。

中午两个人一起吃了点外卖，下午沈小运招呼客人、擦地，晚上五点多沈牧平来接她的时候，沈小运有点蒙：“当妈妈真的不容易啊。”

这么冷的天，头盔都不戴地骑着电动车，除了孩子，还有谁能让一个母亲把自己都忘了呢？

“今天又发生了什么？”

沈小运摇摇头。

两个人一起回家，沈牧平买了一只白切鸡，又炒了一道青菜，下了一碗清汤面。白切鸡不止沈小运喜欢，小小姐也很喜欢，抱着一块鸡腿肉吃得很热闹。

“给。”沈牧平又给了沈小运一块鸡腿。

“其实我更爱吃鸡架子那块。”沈小运嘴里说着，还是喜笑颜开地把鸡腿吃掉了。

“今天怎么你们老板又不在？”

“宝宝好像有什么事，老板去忙了。”

沈牧平起身走到衣架旁，从自己的包里拿出了一个小盒子：“这是个手机，下次老板不在的时候你打我的电话，我都给你存好了，摁下绿色的按键就行。”

手机不是老板和店员姑娘用的那种扁扁的款式，而是胖乎乎的，也更小一点，上面有很多按键，都有黄豆粒那么大，其中的一号键，沈牧平粘了一小块圆圆的绿色胶布。

过了一会儿，沈小运又来找沈牧平说："这个手机要很多钱吧？"

沈牧平戴着眼镜正在做表格，转头看向她说："不会，你有很多钱，想买什么都可以。"

沈小运有点不好意思地笑了："那我明天早上能买两盒蛋糕吗？"

"可以。"

"我能早上去吃生煎，还买蛋糕吗？"

"你想要什么都可以。"

沈小运更开心了："你这个当爸爸的也很好呀。"

沈牧平第无数次重申："我不是你爸爸。"

"我知道我知道。"沈小运抱着自己的手机回房间了。她的门没关好，小小姐扒拉着门缝儿，迈着小步子也走了进去。

第二天上班之前，沈小运已经忘了自己要吃生煎买蛋糕的事儿。沈牧平蹲在地上给她的两条腿都绑了棉护膝，又给她围上了厚厚的围巾。

"我们去吃虾仁生煎配粉丝汤。"

"好呀好呀。"

"吃完了还要买蛋糕，买两盒。"

"哇，今天你怎么这么好？"记性不好的人，碰到了沈牧平这种人，经常会收到很多惊喜。

吃了虾仁生煎，蛋糕也买了热的，装了纸盒又放在塑料袋里，没一会儿塑料袋里就积满了热气。沈小运走在青石路上，感觉自己像是个满载而归的大将军。

"要是你们老板今天还没来，你要记得给我打电话。"

"嗯嗯，我记着呢。"

"午饭要记得吃。"

"晓得啦。"把头点得像个小麻雀，沈小运迈步进了书吧。

早上十点，沈小运擦着地板，老板来了，眼睛红肿，头发都是乱的，身上穿的也是昨天的衣服。

昨天，她妈妈带着宝宝去菜市场买菜，回家的时候她婆婆突然冲出来抢宝宝，婆婆抱着宝宝跑，最后两个人一起摔在地上。婆婆身上受了伤，宝宝的头也摔破了。老板几句话说了一下情况，又把钥匙交给了店员姑娘。

沈小运在一旁默默听着，转身去小柜子里拿出一盒蛋糕给了老板："宝宝会没事的，这个蛋糕给你和宝宝一起吃。"

看着沈小运，老板用手揉了一下鼻子，眼泪止不住地掉了下来。出事之后，所有人都在责怪她——她老公骂她"搅家精"，害得所有人都不得安宁；她妈妈怪她怎么就找了这么个婆家；宝宝一直在哭；婆婆呢，更是骂声连天。从昨天到现在，在沈小运的面前，她才听到了第一声安慰。

"我就是想要离婚，怎么什么都成了我的错？"

沈小运拍拍她的肩膀，轻声说："你没有错的。"

一阵痛哭之后，老板又走了，擦干了眼泪，她还得照顾老老小小，昨天她妈妈追着宝宝的时候也扭伤了腿，她什么都得自己担着。

沈小运坐在椅子上和店员姑娘一起吃蛋糕，看着外面属于这座城的第一场雪轻轻飘下来。

沈小运摁下了手机："喂，是沈牧平吗？"

"是我，今天你老板还是不在吗？"

"嗯。"

"那我早点下班去接你。"

"沈牧平，外面下雪啦。"

"是吗？"

"我可不可以捏个小雪人带回家，给小小姐玩儿呀？"

"你别急着出门，我接你的时候我们一起做雪人好不好？"

"好的呀。"沈小运没说，她刚刚好像想起了什么，却又忘了。

沈小运认认真真地用花剪剪掉了多余的花枝，将一枝荔枝玫瑰插在了花瓶里。老板不在，可每隔三天就来一次的花已经送到了，店员姑娘在忙着给客人找书。沈小运盯着装花的盒子看了好一会儿，才找出花剪，自己修剪起了这些花。

“你配得真好看！”店员姑娘走过来，捏着花瓶转了一圈儿，真心实意地夸奖她。沈小运开心地笑了起来。

回家的路上路过一家花店，沈小运停下了脚步。

“怎么了？”沈牧平回过头来看她。

“我要买花。”沈小运说。

现代大棚技术和物流手段，让万里之外的花也能鲜嫩地出现在这座城市的街头小店里。沈小运走进去，东看看西看看，真是哪个都想买。

“你喜欢哪种花，我们一起买呀。”沈小运对双手插在大衣兜里不说话的沈牧平说。

沈牧平看了看，拿起了一把花：“我买一束这个。”

“红色的康乃馨？”沈小运看了看沈牧平，很无奈地点点头，“你只会买这个呀？”

“我只买过这个。”

好吧，一束红色的康乃馨。

十分钟后，沈小运抱着一把百合、洋牡丹、文心兰、雏菊凑在一起的花束和沈牧平一起往家走。

“小雏菊真好看，单独插在花瓶里就很好啦。”沈小运笑眯眯的。

“我记得家里就有两个花瓶。”

“两个花瓶足够啦。”沈小运还在盘算着花应该怎么插才好看，随口说，“我们得把百合花的蕊去掉，这个对猫不好的。”

“嗯，好。”

沈小运停下了脚步，瞪大眼睛说：“我怎么会知道百合花蕊对猫不好呀？我以前是不是也养过猫呀？”

沈牧平回身看她，说："有可能。"

"哎呀，那小小姐就不是我的原配猫了。"沈小运伤心起来，"原来我还是陈世美呢，我原来的猫也不知道哪里去了。"

沈牧平说："就算你是陈世美，现在也没有包青天用狗头铡。"

"不对呀，应该是虎头铡，陈世美考过状元的。"认认真真讨论起了包青天，沈小运很快就忘了自己以前可能养过猫的事儿。

回到家里，沈牧平果然翻出了两个花瓶，还有一个陶土瓶子，装水试了一下，也能当花瓶用。

等沈牧平做好了饭，沈小运也把花插好了。确实很好看，艳丽的洋牡丹配着白色的百合，给客厅添了亮色，小雏菊插在矮瓶子里，放在厨房正合适。那束红色的康乃馨让沈小运整理成了一个花球，插在陶土瓶子里。

"这个康乃馨放在窗边的架子上好不好？"她抱着瓶子去问扎着围裙的沈牧平。

"不好，康乃馨你先别管了，来吃饭吧。"

小雏菊花瓶旁放着煎豆腐、土豆条炒牛柳和热腾腾的蔬菜汤。蔬菜汤里有香菇、娃娃菜、丝瓜和油豆腐，特别的一点是先把香菇放在锅里用油煎出了香味儿，才放了娃娃菜去翻炒，汤里满满都是香菇的鲜美味道。

吃过了晚饭，沈小运坐在电视机前面，抱着小小姐，继续看《包青天》。这是沈牧平专门给她找的老片子，她看得津津有味的。看呀，看呀，沈小运的眼睛飘到了沈牧平的身上："你要干吗呀？"

抱着陶土瓶的男人清了清嗓子，他的鼻梁上还架着眼镜，看着比平时羞涩了一点点："这束花，送你的，我给你放卧室去吧？"

"哎呀？！你怎么随便就送小姑娘花的啦？"沈小运提高了嗓门，很惊讶，很愤慨，"你送我花，就送我康乃馨啦？"

所以，沈小运收到花到底是高兴还是不高兴呢？她气哼哼地从沈牧平的手里接过花瓶走回了房间，一会儿又气哼哼地空着手走了出来："好随便啊，我让你挑一束花，你就挑了一束，转过来又送给我了。我跟你讲，你这样追女孩子，一定追一个跑一个。"

沈牧平摸摸鼻子，低头走回去继续写东西，过了一会儿，沈小运抱着胖乎乎的小小姐又蹭了过来。

"那个，谢谢了哦。"沈小运笑了，也有点点不好意思的样子。

"我看我以后还是别送你花了，只给你做好吃的就行了。"沈牧平一边敲键盘，一边说。

"别呀，你送我花我也喜欢的呀！"

反正两个人都笑呵呵的，电视机里包拯义正词严地说："……人可欺，天不可欺；人可侮，天不可侮！"

沈小运听得很激动，抱着开始蹬腿挣扎的小小姐又跑了回去。

转天，老板终于来上班了，她的头发梳过，脸上化了淡妆，看着却比之前老好几岁的样子。孩子已经出院了，跟着她一起来了书吧。

"哎呀，宝宝！"沈小运凑过去，拿着小蛋糕给宝宝。

宝宝的头上贴着白色的纱布，看起来很可怜。看着沈小运，他小声说："我不要老疯子，我要奶奶。"

说完，他就哭闹起来。要爸爸，要奶奶，不要来见老疯子。老板正在整理书，手里的书拍在了沙发上："这些话就是你奶奶教你的？你就跟你奶奶学了这些？！"

沈小运茫然地站在那里，手里小小的蛋糕掉在地上打了个转儿。

"我不是老疯子。"沈小运红着眼眶，店员姑娘过来扶着她的肩膀，她挥了一下手，又收了回来，"我只是生病了，我只是看着有点老，可我才十五岁。"

"我知道，我知道小运只有十五岁。"店员姑娘拍打她的后背，安慰她。

那边老板过来看着沈小运，她很想道歉，突然又转回身去，把她的儿子从沙发上抱了下来："你道歉！"

“呜呜啊啊！”小孩子哭得特别可怜。

沈小运缩着肩膀看着他，特别害怕他再说一句自己是……

“你听见没有，妈妈让你道歉！”

“我不，我要奶奶，我要爸爸！”

“我告诉你，以后你就要跟着妈妈过，妈妈不允许你随便骂人，做错了事情就要道歉！”

沈小运心里的难受因为孩子可怜的样子而被压了下去，她对老板说：“孩子还小，你不要放在心上了。”

“就因为他还小，我才不能让他跟他爸爸一样一点责任心都没有，他做错事情就必须道歉。”

老板好严厉的样子，对比之前仿佛完全换了一个人似的，沈小运张了张嘴，没有再说什么。

母子二人僵持了快半个小时，小孩子哭得像是全世界都抛弃了他一样，最后他还是涨着一张小脸对沈小运说：“对不起，我错了，呜呜呜呜呜。”

沈小运知道她应该像个大人一样笑笑，然后这个事情就结束了，可她没做到，她也哭了。不知道为什么，她觉得自己心里塞了好多好多的委屈，多得她都快站不住了。

“呜呜呜……”她拿起挂在胸前的手机，摁下了绿色的按键。

“喂，今天你老板还是没来吗？”

“呜呜呜……”

“你怎么了？”

十五分钟之后，穿着黑色大衣的沈牧平气喘吁吁地站在了书吧的门口。沈小运的眼睛还是红的，直直地看着他说：“我想回家。”

“好，我们回家。”沈牧平扶着沈小运，给她戴上围巾和帽子，一步一步往家的方向走去。

旧城阴沉沉的天，又有雪花漫天飘下。

大上午的，又下着雪，路上的人真的不多。沈小运回到家里，还在打着嗝。沈牧平帮她摘了围巾和帽子。昨天的花都还好好地插在花瓶里，小小姐凑过来闻着沈小运鞋子上雪的气息。

“我不想去书吧了。”沈小运看着自己脚上的兔子拖鞋说。她之前从没想过退缩的，哪怕踩着一双湿乎乎的鞋子在书吧里坐了一下午，可是这次，不一样。

每个人的一生都有无数的第一次，第一次微笑、第一次哭泣、第一次跌倒和第一次恐惧。在她苍白的记忆里，这次的经历让她第一次产生了恐惧的念头，又或者说，她的内心本来就怀抱着巨大的恐惧，可是这种恐惧被包裹在柔软的橡胶里，成了一个气球。

一个两岁的孩子，拿着一根极小的针，轻而易举地就戳破了它，将所有的恐惧都释放了出来，铺天盖地，将她彻底淹没。

“不行。”沈牧平很坚决地说。

不知道为什么，面对沈牧平，沈小运并不想像刚刚那样孩子似的哭，她瞪大了眼睛，看着那个还没来得及脱掉外衣的男人。

“今天你好好休息，明天你要继续上班。”

“我不。”

“你只是身体不好，为什么不能挺着胸脯去上班？那只是个小孩子。”

沈小运吸着鼻子说：“小孩子，小孩子说真话的啦。”

“不是这样的。”沈牧平的目光沉沉的，好像无数旧时光在他的眼底倏然划过。

二十多年前有人把他推向球场时，是用了怎样的口吻？那时候的那个人，是不是也对他有着某种期待？这种期待远胜他自己对自己的界定。

“我知道你能做到，你有足够的智慧去判断别人是怎么看你的，你也有能力克服所有的困难。”

“我没有。”

“你有。”

沈小运的手指头缠住了自己的毛衣下摆：“我脑子不好用，我还得了怪病，我总是什么都记不住，还总闯祸，我没有智慧，也没有能力。”

“你有。”

“我没有。”

“如果你没有，为什么不肯一直待在家里，一定要出去工作呢？”

沈小运不说话了，嘬着嘴歪头看着厨房里的小雏菊，两个人就僵在了门口。过了好一会儿，沈小运先动了，手指转来转去，她说：“你真觉得，我还能去工作啊？”

沈牧平的脸上慢慢地挂了笑意，他说：“怎么不能，你一直做得很好啊，老板和店员都很喜欢你，你们对面那家糖果铺的老板也会跟你打招呼。”

“可我害怕。”

“没什么好怕的。”沈牧平想了想，说，“包青天脸那么黑，天天被人叫包黑炭，你看他秉公执法，也没怕过。”

沈小运笑了，像看傻子一样看沈牧平：“你以为我是五岁的小孩子啊，还拿包青天哄我？”

“你也知道你不是五岁了？”

“我十五岁。”

“十五岁的女孩子可不会被两岁小孩说一句就哭鼻子。”

沈小运抬起了头，然后从鼻子里轻轻地哼了一声。

雪下得差不多了，外面沉沉的阴云散开。沈小运坐在沙发上继续看《包青天》，对沈牧平挥挥手说：“我没事了，你去上班吧。”

从回家到现在，沈牧平的鞋子也没换，大衣也没脱，听见沈小运这么说，他嗯了一声，开门走了出去。

“欸？真走了呀？”

过了半个小时，沈小运快睡着了，沈牧平开门回来，手里拎着大包小包的东西：“难得都在家，咱们吃火锅吧。”

沈小运愣愣地看了两秒，然后欢呼起来。

火锅的汤底没用现成的底料，毕竟时间还早，沈牧平把两块筒子骨放在了锅里，小葱打结，大姜切片，锅开之后撇了沫子，要在锅里炖足两个小时。

沈牧平拿着刀聚精会神地切着羊肉片。沈小运给玉米去了皮，拿玉米的叶子去逗弄小小姐。除了羊肉之外，沈牧平还买了活虾、扇贝、鱿鱼、竹荪、香菇、小白菜和半只三黄鸡。

开吃之前，沈牧平先让沈小运喝了一碗热汤，才准她拿着筷子对着羊肉使劲儿。涮火锅的每一样东西沈小运都很爱吃，就连火锅里煮出来的玉米她都啃得津津有味。

沈牧平的饭量大，吃到最后还下了一包乌冬面在里面。沈小运啃着玉米，看他吃面，歪头笑了一下，沈牧平也笑了。

“沈牧平，真好啊，还有你在。”

男人的筷子顿了一下，脸上的笑容淡了：“你别跟我道谢。”

沈小运心里和脸上的阴霾大概真的被火锅彻底拂去了，她举着啃了一半的玉米说：“你不去上班，煮火锅安慰我，我当然要道谢，不然忘了怎么办呀？”她又是干什么都理直气壮的老样子。

吃过饭，陪着小小姐玩了一圈儿，沈小运缩在沙发上睡起了午觉。沈牧平看看手机，到底还是把它反扣在了桌子上。

雪后天晴，太阳出来了，化去了地上的白雪。沈小运之前做的小雪人还在冰箱底层冻着，她也已经忘了。

下午两点，沈小运睁开眼睛，看看四周，有些迷茫地摸了摸趴在她腿边的小胖猫：“沈牧平？你怎么在家？今天是周末？不对，周末你也不休息的。”

男人戴着黑框眼镜，修长的手指片刻不停地敲在键盘上，他看了沈小运一眼，慢慢地说：“今天外面下雪了，路不好，我不想上班，让你在家陪我了。”

“你？不想上班？”沈小运仿佛听到了一个大笑话。

沈牧平点头：“对呀，我想坐在家里看雪。”

沈小运在屋子里走了一圈儿，小小姐跟在她身后，尾巴翘得好高。

“我是不是又惹祸了呀？”

“你对自己这么没信心，总觉得自己会惹祸？”

“才没有。”嘴上是这么说的，可沈小运还是心虚，左看看，右看看，还看沈牧平的表情，“嗯，我应该是没闯祸，你都没生气。”

沈牧平的手停了下来，他看着沈小运，很认真地说：“我没生过你的气，从来没有。”

沈小运半信半疑，可走了这一圈，除了知道他们中午吃的是火锅之外，再没别的发现了。

晚上，沈牧平想起来一家购书网站正在打折，他买了自己一直想买的几本书，还顺便买了一本《育儿心理研究》。

早上上班的时候，沈小运收获了一个小小的惊喜。店员姑娘送给她一个小礼物——一只粉色的小兔子娃娃。

“哎呀，怎么这么好看的呀？”

“你喜欢就好啦。”店员姑娘有些羞涩，她不知道送什么礼物给沈小运更合适，还是她的朋友出主意说真把她当十五岁的小姑娘就好。沈小运真的很喜欢这只兔子，拿在手里都不想松手了。

“我家里有一只猫叫小小姐，现在又有了一只兔子，我叫他什么呢？”看着粉色小兔子身上穿着的西装和小短裤，沈小运决定叫他“长耳先生”，正好跟小小姐配一对，“谢谢你送给我长耳先生。”

店员姑娘看见沈小运拿出了一个本子和一支笔，一边写一边念出声：“今天笑起来很好看的店员姐姐送了我一只粉色的兔子，我叫他长耳先生。”收起本子和笔，她笑着说，“这样我就忘不掉了。”

上一次做好事被人写在日记里是什么时候呢？今年才二十三岁的店员姑娘想了想，那大概是十五年前的事儿了吧？店员姑娘沧桑地叹了一口气。

老板带她两岁的儿子来了书吧，沈小运看见他，很惊喜地说：“哎呀？这是哪里来的小帅哥？”

小男孩缩到了他妈妈的身后，没有说话。沈小运对他眨了眨眼睛，好看的长耳先生在她手里晃了晃，就被她收到了柜子里。

中午吃饭，老板比平时阔绰了些，平常的盒饭之外，还叫了一个八寸的轻乳酪蛋糕，切了一大块给了沈小运。沈小运的眼睛都眯了起来，觉得今天真的是个惊喜连连的好日子。宝宝昨天被他妈妈教训了一顿，今天很老实，倒是沈小运总是不安分地想要去逗他。

“宝宝，看这里？”沈小运摇着手里的花。

宝宝不想看。

“宝宝，你的球不见了。”沈小运背着手，手里拿着宝宝的球。

宝宝噘了噘嘴。

老板在旁边站着，每当宝宝有点委屈地看向她，她的表情就变得十分威严。她还跟沈小运说：“没关系，你想怎么跟他玩儿都行。”十分大方的样子。

沈小运反而知道自己有点聒噪了，对宝宝笑了笑就坐回了自己的椅子上，还拿小本本记上：“老板家的宝宝笑起来有小酒窝，真好看。”

她的字很清俊秀气，店员姑娘拎着热水瓶路过看了一眼，想到自己的那一手狗爬字，又默默地走开了。

下午三点多，正是整条古街人最多的时候，书吧里坐了十来个客人，都在安安静静地看书。店员姑娘用咖啡壶煮了一壶香浓的咖啡，倒在圆墩墩的杯子里，又提着奶壶做出了拉花。

沈小运两手放在腿上，坐在那儿一直屏息静气地看着，看见咖啡上面涌出一圈又一圈的小心心，她的眼睛都亮了起来。她觉得新鲜得很，店员姑娘却早已习惯，在她崇拜的目光下，把咖啡端给了客人。

本该一切都好好的，书吧的门外却传来了一阵嘈杂，老板的婆婆又来了，她就站在书吧门口号哭，说要见自己的孙子。听见奶奶的声音，宝宝也哭了起来，他这两天大概也受了不少的委屈，迈着小胖腿就往外面跑。

“你出去，我就不要你了。”老板气急，对着自己的儿子这么说。

“哎呀，怎么能这么说话啦？”沈小运赶紧走过去，她抱不动胖乎乎的宝宝，可她能把孩子拽到他妈妈的面前，“你怎么能跟孩子这么说话啦？孩子会害怕的呀。”

两岁的孩子还不懂得什么是选择，他被自己妈妈的话吓住了。老板的眼眶也红了，人被层层叠叠又看不见尽头的琐碎逼到了极致，是真的会恨不能去伤害别人的，哪怕心里明明知道，伤了别人也就伤了自己。

看看这可怜巴巴的母子，沈小运深吸一口气，又看看镜子里的自己，拎着拖把走了出去。外面不止有老板的婆婆，还有她拉扯来的几个亲友，不过沈小运一个都不认识。老板的婆婆倒还认识她，拍着胸脯哭骂道：“你个老疯婆！”

老疯婆？沈小运眨了眨眼睛。老疯婆挺好的呀，老疯婆才能制得住坏人啊，就像包青天一样，一张黑脸能把坏人吓得什么都招了。

“教不好儿子，带不好孙子，你脸好大的啦，还说我是老疯婆，哪个有你疯得厉害呀？把孩子照顾病了，又把孩子摔伤了，你以为这是旧社会，你买了个童养媳，天天折腾儿媳妇的呀？”手里的拖把一横，沈小运仰着脸说，“我今天就在这里看着啦，你们谁敢碰我一下，我告诉你们，我身体不好，你们官司吃死了呀！”

沈小运这样，旁人都不敢动了，她得意起来，觉得自己像是穿着红袍子的御猫展昭。谁骂她，她就骂回去。

过了一会儿，几个警察过来了，劝散了所有人。沈小运开心起来，回到屋里，先在小本子上记了一笔：“老板的婆婆像郭淮，我是御猫展昭。”

晚上下班的时候，她还跟沈牧平表功。

沈牧平叹了一口气说：“你这样不好，关了门报警，你就不要当英雄啦。”

“哦。”沈小运点点头，“我也觉得不好。可是我出去了，老板就不怕了呀。”

明明昨天她还被小孩子的一句话伤得像个小宝宝，今天她就看见了别人的恐惧和害怕。

沈牧平拍了拍她的肩膀说：“转过去这边有卖糯米藕的，要吃吗？”

沈小运连连点头：“要的呀。”

晚风里，甜滋滋的糯米藕香气已经沿着粉墙传了过来。

第三章 桂花糖粥

你为真正喜欢你爱护你的人，
流过眼泪吗？

◆◆◆◆

书吧老板坚持要离婚，坚持不肯放弃自己儿子的抚养权，她的婆婆几乎每天都要来闹，连附近的片儿警都认识了他们这一撮人。

“有什么问题都要协商解决，不能妨碍别人正常经营知道吗？”

“这店是我儿媳妇的呀，我们这是家事的呀，警察同志。”

“我们都知道得很清楚了，你是因为你儿媳妇要离婚才来闹事的。不管什么原因，你们这是侵害了他人权益，要是再屡教不改，往严重了说你这是寻衅滋事，要入刑事案件的。”

可一个快六十岁的妇人，豁出去就为了自己的孙子，总是让人忍不住退一步的。

除了书吧老板，她知道自己一步也不能退，到了这个时候她要是离不成婚，她都不敢想象自己的人生会变得多么可怕。在没有人的时候，她时常偷偷掉眼泪，沈小运看见过两次，很是替她觉得心疼。因为有奶奶在这里，宝宝也极少被带来了。

店里的生意自然也不好做了。店员姑娘精美的咖啡拉花一天也看不了几次，沈小运总有点心塞塞的。

“你说，我该怎么办呢？”上午的时候，店里空荡荡的，老板坐在书吧位置最好的沙发上，一双眼睛懒懒地看着外面。

从她决定离婚到现在也不过半个多月，她却像是把一辈子都走完了。或许很多人的一辈子，都没有像她这半个多月里似的，举头四望，无依无靠，无着无落。所有的人都可能站在她的对面，跟她说：

“孩子还小……”

“你一个人带孩子可怎么过？！”

“你家那口子怎么说也是个老实人。”

“你年纪也不小了，带着个孩子再找又能找什么样的呢？”

等等等等。

这些话，她的家人说，她的朋友说，她没什么往来的邻居也说，甚至就连她十年没有联系过的高中同学，听说了这件事都发微信给她。这场婚姻，让她仿佛成了这个世界上最受瞩目的人，又仿佛整个世界都成了她的敌人。

沈小运看着她，过了好一会儿才说：“我也说不好，离婚怎么就这么难呢？”

“是啊，离婚怎么就这么难呢？”老板一声叹息。

“不过我觉得你想做的事情一定能做成的。”沈小运说得很坚定。

“是吗？”

“嗯！你踏实能干，把书吧经营得这么好，好难得的啦。店员也喜欢你，我也喜欢你，因为你是个很好的老板，这样的好老板想做的事情都做不成功，那就没有道理可讲了啦。”

老板失笑：“你这是在夸我呀。”

“我说的是实话呀。要是你这么好的人想做的事情都做不成，那这个世上就没有道理了呀！世上还是有道理的，所以你想做的事情一定能成。”虽然她总傻兮兮的，还脑子不好用，可沈小运自有一番做人的道理，这套道理她从来没有丢下过。

老板笑着说：“真的谢谢你。”

沈小运有点害羞。

看着沈小运开开心心走开，老板回头四下看看这个自己经营了多年的书吧，良久，叹了一声。

这一天，老板的婆婆又来了，她也不闹了，就在路边直勾勾地看着书吧的门，谁要进去她就看谁。见状，沈小运走了出去，手里拿着店员姑娘放在吧台上的镜子。

“你看看你自己呀。”她把镜子放在了老板婆婆的眼前。

妇人看见她，嘴里咬着“老疯婆”几个字，转开了眼睛。可沈小运很固执，所以她不管往哪里转，都会看见镜子，和镜子里的自己。

“你看看，有谁跟你一样把日子过成了这样咯？之前你来送饭的时候不也干干净净，衣着得体？你看看你现在，头发、脸、眼睛，好好的一个阿姨，成疯婆子咯！”

“你才疯婆子，老疯婆！”

“我是老疯婆我也不在人来人往的街上发疯呀，你让别人看看我，你再看看你自己。我，新鞋子、新衣服、新围巾，头发整整齐齐，手指干干净净。你看看你自己，脸上被风吹得都是褶子，手指脏脏的，身上脏脏的，哎哟哟，头发好久没洗咯，你看看谁更像疯婆子哦？”照照镜子里的自己，美滋滋的，再看看对面的妇人，沈小运都觉得不忍心再看了。

站在老板的角度，沈小运本应很讨厌这个阿姨的，可沈小运今天脑子清楚，她记得这个阿姨做的清蒸鲈鱼很好吃。

“你把自己都活没有了呀。”她轻声说。

妇人看了她一眼，余光瞟到了镜子里的自己，很难看，真的很难看。谁会想到，有一天会在镜子里看见这么难看的自己？

沈小运又说：“光看着你，我就知道你儿子怎么个样子啦，自私自利又冷酷，不然哪个孩子会眼睁睁看着自己的妈妈这个样子哦！”

“我告诉你，你不要乱说话。”

“那你看看你自己哦，你天天这么闹，你儿子肯定是要被人指指点点的呀，哎呀，他的妈妈是个疯的，他还有脸上班的哦，他妈妈都那个样子了。”

“我哪个样子？”

“就你现在的样子咯！”对方一提嗓音，沈小运的声音稳稳地，又把她的气势给生生拖了下来。

“其实你都不爱你儿子的，不然哪里会变成这个样子？你想想，别人要是有样学样，跟你一样去你儿子单位守着，不让他上班，你儿子是不是都要被开除啦？别人开店，到哪里都能开，你儿子是做什么的呀？”

沈小运是真不知道，老板的婆婆却以为她是在恐吓。她儿子是个公务员，工作搞丢了那真的是补不回来的。

一边的糖果店老板也搭话：“阿姨不要总这样搞，坏事呢，谁都会做，就看做还是不做，你做别人也会做，到最后谁能讨得好啦？”

沈小运听着，笑眯眯地从他摊子上买了一根棒棒糖。18块的，给出去100块，老板找了她85块。

“呐，都快要吃饭了，你也站了好久，吃根糖。”

吃什么糖呀，老板的婆婆心里都要苦死了：“我就想要我孙孙，人家都说了，孙孙年纪小，一离婚肯定跟妈妈走了，我可怎么办呀！”拍了一下大腿，她都要哭出来了，“儿子在家里天天怨我，我能怎么办呀？！”

“你儿子还有脸怨你咯，唉。”沈小运很同情地拍了拍她的肩膀，“你有退休金不啦？”

“有的呀，一个月四千块。”

“四千块过好日子咯，你自己过日子去，我跟你讲啊，你什么事都给你儿子做，你儿子才不珍惜你。你自己天天买点点心，买买新衣服，过上一个月，你看你儿子还怪你不啦。说到底哦，你儿子怪你，是因为他怪你都怪不走的，你走了，他肯定着急的呀。你想想，你儿媳妇要离婚，你天天来闹，你儿子是骂你多，还是骂你儿媳妇多呀？”

阿姨好一会儿才说：“我。”

“哎呀，凭什么呀？”沈小运义愤填膺。

老板婆婆看着她，眼睛闪了闪。

站在窗边看见沈小运居然好声好气地把那个阿姨打发走了，店员姑娘的一双眼睛都快变成小灯泡了。

“你都跟她说什么了？”

“没说什么呀。”沈小运有点饿了，打开小柜子从里面拿出了早上买的桃酥，“桃酥要吃不啦？”

两个人一起吃起了桃酥。刚吃两块，就有客人进来了，整个店里一下子就有了鲜活气。

沈小运拿起小本子，在上面写道：“清蒸鲈鱼好吃的，和阿姨聊天也好有趣，请她吃棒棒糖，老板给我打折了。”

晚上下班的时候，沈牧平看了沈小运好几眼：“怎么今天这么开心呀？”

沈小运嘿嘿傻笑，过了一会儿，她突然说：“我想吃鱼。”

“好，要不要吃酸汤鱼？”这些年辣口的菜渐渐多了起来，沈牧平少吃这些，还得拿手机搜一下。

“好呀。”

“酸汤鱼……走吧，我们开车去。”

沈小运这才知道沈牧平居然有车，停在从书吧巷口出去的停车场里：“你上班开车子的呀？”

“对啊，怎么了？”沈牧平的车跟他的人一样，低调沉稳，内设却又宽敞舒服。

沈小运坐在后座上左看看又看看，很新鲜的样子。沈牧平透过后视镜看了她一眼，双手稳稳地握着方向盘。

“沈牧平，”坐在后面的沈小运突然开口说，“我今天突然觉得你特别好。”

男人看着前面，嘴里嗯了一声。

"我跟你讲，你一直对我很好的话，会把我惯坏的。清蒸鲈鱼阿姨就把她儿子惯坏了。"

清蒸鲈鱼阿姨？会不会还有个红烧甩水[1]叔叔啊？沈牧平的嘴角勾了起来，怎么都压不下去。

婆婆几天都没有来闹事了，老板的心情也好了起来，沈小运脑袋又不清楚了几次，早忘了之前还有人来搅得人不得安宁。

宝宝又被老板带来了店里，天气冷，他穿着大红色的羽绒服，走起路来像是个过年的小企鹅。

"宝宝，要不要吃点心呀？"

周围店铺里的点心沈小运吃得差不多了，现在的虎皮蛋糕是昨天晚上沈牧平下班的时候路过一家蛋糕店买的，里面卷了肉松，吃起来又香又软，其实还有一个奶油小方的，昨天晚上沈小运没忍住已经吃掉了。

沈牧平说她吃过晚饭之后不该再吃点心，她还振振有词地说奶油放到明天就不好了。

宝宝看着沈小运，还是有点害怕的，可是又有点想吃蛋糕。他的妈妈站在他身后说："你要是想吃呢，就说'姐姐，我想吃蛋糕，能不能分我一块呀'，别人要是不给你，那就不给你了，要是给你，你要说'谢谢'。"

宝宝看看自己的妈妈，再看看蛋糕，最后低着头奶声奶气地说："我想吃蛋糕，能不能分我一块呀？"

沈小运笑眯了眼睛，分了一块蛋糕用纸巾垫着给他。

捧着蛋糕，宝宝好像终于有勇气抬头了，他继续用奶音说："谢……谢谢。"

"嘿嘿嘿。"沈小运笑得也跟个孩子似的。

1　甩水是鱼尾的一种俗称，又被称为划水，指鱼的尾部连尾鳍的一段，由于经常运动，这一部位的肉特别嫩滑。红烧甩水是苏菜中的一道名菜。

老板摸了摸自己儿子的额头。有人说为母则强，事实上这个世界上有很多软弱脆弱到不能保护自己孩子的母亲。既不能保护他们不被人伤害，也无法让他们知道自己该怎样长大。她不会成为这样的母亲的。

下午的时候，书吧的门打开，门口处的风铃发出一阵悦耳的轻响，沈小运站起来招呼客人，店员姑娘也说“欢迎光临”。

等看见进来的人是谁，店员姑娘的脸就沉了下去：“谁让你进来的？”

“我来看我孙子。”老板的婆婆穿了一件驼色的新外套，头发也修剪过，看着比前几天精神多了。

沈小运眨眨眼睛，有点陌生地看着她，她不记得这个阿姨了。阿姨看看她，竟然低头笑了一下，有些不好意思的样子。看见老板走过来一脸防备的样子，她说：“天冷，你又一个人带孩子，我就来看看咯。”

老板没说话，店员姑娘看见老板的婆婆径直从袋子里往外掏东西，差点尖叫出来。

铁锤！硫酸！！都不是——只是两个保温桶。

“这个里面是桂花糖粥，这个里面是慈姑烧肉，你不要总带宝宝吃外面的，有空还是要做一点。”

宝宝本来在睡觉，现在也醒了，看见自己的奶奶，他叫了一声，扑了上去。

“哎哟，奶奶的乖孙。”摸摸孩子肉乎乎的小脸，妇人笑了，眼眶发红，“你跟着妈妈好好的，奶奶有空就来看看你。”

宝宝眨眨眼睛，拽着自己奶奶的衣摆。妇人又看着现在还是自己儿媳妇的那个人：“你跟我儿子怎么离婚，我不管了，他好大个人了，自己老婆管不了的啦？要他妈给他当枪啊。”

沈小运的老板看着妇人，点了点头。

“反正我是每周要来看宝宝的，你不要拦着我哦。”

“嗯。您……您来看吧。”

桂花糖粥？沈小运的手已经摸到了吧台上的保温桶，这时，那个阿姨突然叫了一声：“哎！”

沈小运吓了一跳，赶紧收回手，看见阿姨正看着自己：“啊？”

“你看我。”妇人对着沈小运转了个圈儿，“鞋子、裤子、衣服，都是新的，头发花了六十块剪的。哎呀，现在动两下剪子都跟抢钱一样，不过那个理发的小男孩好看的呀。”

“嗯嗯。”沈小运点点头，她心里还惦记着桂花糖粥。

“今天没买到好鱼，改天我给你做清蒸鲈鱼哦，我跟你讲，我做的慈姑烧肉也好吃的。”

沈小运继续点头。

目送着那个好能说的阿姨离开，她欢呼一声，捧着小碗等着店员姑娘给她倒粥喝。

喝完了粥，擦擦嘴，沈小运翻开了自己的小本子，看见有一页写着“清蒸鲈鱼”，她恍然大悟：“啊，原来是吃了我棒棒糖的阿姨请我喝粥啊！”

她又赶紧拿笔记下：“做清蒸鲈鱼的阿姨还会做慈姑烧肉和桂花糖粥，也都很好吃，用棒棒糖换好吃的，很值啦。”

晚上下班的时候，她还把这笔“生意”得意扬扬地告诉了沈牧平。

“阿姨好会做饭的，穿得也体面，一看就是好会过日子的。”

“是吗？”沈牧平低头看了一眼手机，今天下午他收到了书吧老板的道谢电话，说沈小运帮她调解了她婆婆和她的关系，不管以后能否离婚，现在她是真的能松一口气了。

可惜那个在赞美糖粥的人并不知道自己做过多么了不起的事情。她的一生中做了很多很多了不起的事情，可她现在都不记得。

“既然你中午吃得那么好，那我们晚上只吃青菜吧。”

“欸？这样不好吧？”沈小运的高兴劲儿一下子就被冷水打没了。

沈牧平忍着笑说：“有什么不好的，慈姑烧肉我都没吃到。”

“对哦，你没吃到。那更该吃点好的让你也开心一下嘛。”拉着沈牧平的衣袖，沈小运说，“走，你想吃什么，我请客就是啦。”

“你请客？那我一定要吃特别贵的。”

“好的呀好的呀。”

话是这么说，沈牧平到底和沈小运到了一家小菜馆里。

三虾豆腐，用干虾子、鲜虾仁、虾脑油一起做嫩豆腐，鲜味道都进了嫩白方里，小小一口，一整个湖好像都进了嘴里。配着卤鸭和炒青菜，沈小运吃得眼睛都眯了起来。美中不足的是沈牧平不让她点酱方来吃，因为中午已经吃了慈姑烧肉。

沈小运想起来就哀叹了一声：“唉，你真是比我爸爸管得都多。”

沈牧平点点头，咽下嘴里的豆腐说：“那挺好。”

“哇！”

早上穿得暖暖的去上班，一路上沈小运都觉得今天和平时不太一样。等到了店里，看着门口挂上了槲寄生花环和金色的塑料铃铛，沈小运问正好站在门口的店员姑娘：“这是在干什么？”

“后天圣诞节，明天平安夜，你不知道这些东西这两天都老贵了，我同学卖这个，我才弄了点便宜货。”

店员姑娘其实还是个大学生，转过年去就要毕业了，现在的大学生经常都觉得自己进了大学就是大人了，恨不能第二天就“社会”起来，各种实践、兼职、实习，忙起来没完。

她也一样。

“圣诞节？哦。”沈小运还是知道圣诞节的，洋节嘛。

书吧里面也挂上了装饰用的小玩意儿，槲寄生花环的中间还悬着一只小鹿。摸着小鹿的角，沈小运突然就为这个节日开心起来。大概是因为要过节了，老巷子里的人也多了起来，不少人选择进这个悠闲的书吧，或是取暖小憩，或是等人。店员姑娘又露了一手绝活，在咖啡杯里做了一个圣诞树图案的拉花，沈小运看得差点就鼓掌了。

过了一会儿，老板拿了一张纸回来，说："景区管理处说今年有个活动，鼓励咱们平安夜通宵开店。"

想也知道，平安夜这里一定有很多客人，这一笔钱不能不赚，可同样，老板叹了一口气说："我可以把宝宝送我妈那里。"

店员姑娘举手说："平安夜我舍友都跟男朋友约会去了，我在店里过也一样。"

沈小运左右看看，小声说："我、我……"

"你就按时回家好啦。"

"可是……"

老板是绝对不会让沈小运在这里通宵上班的，倒不是怕她惹麻烦，主要是怕她身体吃不消，更不用说还有沈先生的嘱托了。接下来的半个小时，沈小运都有些消沉。半个小时之后，她犯了一阵迷糊，就把这事儿给忘了。

下午的时候，有老客坐在沙发上跟老板聊天，说起了通宵加班的事儿，沈小运看看老板，看看店员姑娘，摸了摸脑袋。

店员姑娘拍拍她的肩膀说："平安夜我和老板加班，你就好好过节啊。"

往家走的路上，沈牧平清晰地察觉到沈小运不开心，十分不开心。

"你说……别人是不是把我当累赘呀？"

沈牧平停住了脚步，说："不会。"

"可是，明天晚上通宵开门，她们都不让我去。"

沈牧平眨了眨眼睛，他今天穿了一件深灰色的翻领大衣，戴的围巾是沈小运帮他选的大红色，凉风浸透了他的鼻尖儿和脸庞，与围巾的颜色相映成趣。

"其实是因为我要带你过节。"沈牧平慢慢地说，皮鞋在地上摩擦。

"啊？"

"我想带你一起过节，老板她们都知道，是我让她们不要告诉你的，要给你一个惊喜。”

“那……那你怎么告诉我了？惊喜……惊喜没了呀！”

“你都不开心了，惊喜有什么用啊？要是不跟你说清楚，你得把这事儿在心里想上一天呢。”

“可能想不上一天，因为我脑子不好使。”沈小运很认真地掰着手指头纠正他。

沈牧平继续往前走：“快点走吧，不然好的藕都要卖完了。”

沈小运今天早上就想喝莲藕排骨汤来着，她在沈牧平的身后不依不饶：“你要怎么过节啊，你告诉我呀，说话说一半不好的呀。”

沈牧平只笑不说话。

晚上，喝完了莲藕排骨汤配香菇菜心，沈小运才看了一集《包青天》就困了。看一眼趴在床上舔毛的小小姐，沈牧平拿着手机走出了家门。

“喂，我是沈牧平。”冷风里，他的声音仿佛没有什么温度，“她最近挺好的。”

电话那头传来一个中年女人的声音：“牧平啊，她真的承受不起你惹她生气了，算阿姨求你了，对她好一点，她什么都记不住了，不也还记得你吗？”

“我知道。”男人的手有些焦躁地插进了衣兜里，却没在里面摸到香烟和打火机，“明天我打算带她去吃西餐，您要是愿意，可以看她一眼，不过她也认不出您了。”

“好，好，她最爱吃那家店就是狮……”

“我知道，您告诉过我了。”挂掉电话，沈牧平抬起手，重重地抹了一下自己的脸。不久之前，沈小运说他是个好孩子，那一刻，他觉得这句话自己能记一辈子。可是，过往并不会随着她的记忆一起消失，太多人都知道，真正的、曾经的沈牧平是个什么样子的人。一瞬间，男人很想抽烟，再开一瓶啤酒，可他终究还是忍住了。

房间里，沈小运睡得正香。

第二天早上，沈小运起得有点晚，难得的是沈牧平起得也有点晚，简单做了一碗清汤面，上面卧着一个荷包蛋，沈牧平一边从冰箱里拿出腐乳一边说："中午的点心我放在你的包包里了，你饿了记得吃。"

用心把面吹凉的沈小运认认真真地点头。举着面，她突然转头看着沈牧平，然后嘿嘿笑了起来："我还记得你今天要给我惊喜。"

"嗯，晚上下班。"

"好呀好呀。"

在书吧里，沈小运没事儿的时候忍不住偷偷笑。

圣诞气氛越发浓重起来，书吧里的每个客人消费满五十元就送一个苹果。苹果是老板买的，用一个小筐子装着，放在吧台的后面，挑拣出几个太小或者卖相不好的苹果，就成了她们三个人今天的加餐。

"说是叫平安夜，应该叫苹果节的啦。"吃了一个苹果，沈小运实在吃不下了，她今天的点心是芝麻酥糖，她也很喜欢吃的，要在肚子里留一点位置。

看着剩下的三个苹果，店员姑娘把它们洗净，用榨汁机榨成果汁，分了不大的三杯，三个人一人一杯喝掉了。

沈小运觉得自己现在打嗝都是苹果味儿的。

平安夜整条老街都要通宵营业，还有商家组织的各种活动，下午四点多，街上的人便多了起来。

沈小运戴一顶圣诞老人的帽子，笑眯眯地站在门口，有人路过就对他们说"圣诞快乐"，这个时候正是大家等人吃饭的点儿，不少人因为沈小运的一声祝福选择走进书吧里。

拿一本书，点一壶茶，外面人声嘈杂，这里却能让他们安安静静地等待和他们一起过节的人。

沈牧平提前下班了，因为怕老街附近的路会堵，就算这样，他还是没找到停车的位置，只能把车停在自家楼下的道旁，步行来接沈小运。

挥挥手跟老板还有店员姑娘说再见，沈小运捧着两个苹果走出了书吧：“给，一个是你的。”

这两个苹果不是店里准备的，而是沈小运看见路边有人在卖，特意买的。苹果外面层层叠叠地包着很别致的皱纹纸，蝴蝶结上面垂着长长的流苏。蓝色包装的苹果是沈小运给自己留的，红色包装的她给了沈牧平。

“跟你的围巾很配。”

今天沈牧平的围巾还是沈小运很喜欢的那条红色的。

男人接过苹果，说：“我们要先回家，然后开车去饭店。”

“好的呀。”沈小运小快步跟在沈牧平的身后，逆着人流往外走。

沈牧平的肩膀很宽阔，个子也不矮，穿着一件铁灰色的大衣，戴着黑色的手套，要不是脖子上的那条围巾太活泼了些，那真是十足的绅士派头。

他走在前面，挡着人流，沈小运低下头，看见他的脚迈向和其他脚都不同的方向。还没离开老街，人越发多了起来，沈小运有些害怕，悄悄捏住了沈牧平的大衣后摆。男人仿佛毫无所觉，一步一步往前，走得很稳，有人往他身前倒来，也被他推开了。终于过了桥，算是离开了老街，两个人不约而同地叹了口气。

“人真是太多了，老板她们一定很忙呀。”沈小运忧心忡忡地回头看。

“平安夜大家都是吃吃喝喝看电影，没多少人会去书吧吧？”

“是吗？可他们吃完了喝完了，说不定还想找个安静的地方歇歇脚。”

沈小运没那么好忽悠了，沈牧平顿了一下：“那你明天带点心慰问她们好了。”

“嗯！”

说起这个，沈小运又开心起来：“我们明天下午两点才上班。”

熬了一晚上都累了，当然要让人休息一下，别的店里店员大多能倒换一下，书吧里只有老板和店员两个能用的，做不到两班倒，那就只能放人休息了。

“我明天照常上班，中午的时候我回来送你上班。”

“不用啦，这么几步路我自己可以走的呀。”

沈牧平笑了笑，没答应也没反对，反正到了时间他会回来接人的。

他所谓的“惊喜”就是在一家西餐厅共进烛光晚餐。

穿过冷风，迈进餐厅的一瞬间，沈小运就觉得自己喜欢这个地方，尤其是靠窗的位置，但是很不巧，靠窗的位置已经坐满了。沈牧平转了一圈，带着沈小运往角落里的卡座走去。

沈小运扭头看向窗边，有个位子上坐了个五十多岁的阿姨，看见她，竟然还招了招手。

“沈牧平，那边有人跟我招手。”

男人转身去看，说：“可能就是看你可爱。”

“哎？我长得有这么可爱的呀？”沈小运得意扬扬，落座在沈牧平的对面。

“沈先生，您预订的澳龙您先看一眼，其余的菜请您看一下菜单。”餐厅的服务生穿着衬衣戴着领结，腰间扎着围裙，看起来就格外的精神。

沈小运接过递给自己的菜单，专心看了起来。

“我们要不要直接要个战斧套餐？”

一块战斧牛排已经足够大，加上意面、浓汤和沙拉，足够两个人吃饱了。

沈小运摇了摇头。

“我要一份果木慢烤3A肉眼套餐，牛排要三分熟，加干葱白兰地汁，盘子要再热一点，沙拉要烟熏三文鱼，汤要南瓜的，甜点选焦糖布丁。”

沈牧平还没翻菜谱，一双眼睛只看着沈小运。

沈小运很神秘地看了他一眼，又看了服务生一眼。

等沈牧平点好了自己的五分熟西冷牛排加意面之后，沈小运看着服务生的背影说：“我是不是看起来好专业呀？你是不是超有面子？”

沈牧平眨了眨眼睛：“嗯。”

刚刚急速跳动的心渐渐恢复了平稳。

人们总有把任何节日都过成情人节的能力，餐厅里面成双成对，多是薄有财力的中青年男女。沈牧平他们这桌是个例外，窗边的一桌也是例外。

“魏阿姨，这家店可真是高消费了，我也没做什么，您请我吃饭我实在太不好意思了。”

“不用跟阿姨客气，想吃什么随便点。”魏香兰端起柠檬水喝了一口，眼睛看向斜前方的那个角落。

几分钟之前，她一眼就认出了沈小运，却没认出沈牧平。虽然沈小运现在没了记忆，依然认不出自己，沈小运却依然是沈小运，倒是沈牧平……

魏香兰叹了一口气。

坐在她对面的年轻女孩儿正想点“388”的套餐，听见了这一声叹息，迅速把目光转回了“198”。

魏香兰没看见这些，她只看见沈小运对着沈牧平露出了笑容。在这之前，很久很久，这两个人都没有这样平和地坐在一起了，更遑论对对方露出这样的笑容。

只看眼前这一幕，魏香兰应该是放心的，沈牧平对沈小运很好，能照顾得了沈小运。可魏香兰放心不下，过去那些年，她从那个人身上见到的无言沉默，远远多过笑容。

一大份牛排套餐，还有龙虾，沈小运吃得很饱，她挖着吃完了最后一块焦糖蛋糕，笑眯眯地看着沈牧平把她吃不完的沙拉吃完了。

“这家的餐包真好吃，可惜吃不下了。”

服务生们仿佛是面包店的推销员，还很热情地问她要不要再加一篮餐包，吓得沈小运连连摆手，这么好吃的东西浪费掉就太可惜了。

吃完了饭也不过七点多，沈牧平带着沈小运往外走，听见她又叹了一口气。

“怎么了？”

“老板她们都在通宵上班啊，人那么多，她们两个女孩子。”沈小运说的还是两个多小时前她的担心。

站在餐厅门口，沈牧平的表情有些无奈：“要不我陪你去看看她们？”

“真的吗？”沈小运的眼睛比吃到牛排的时候还要亮。

“真的。”

“好的呀好的呀。”

沈牧平转身，脸上带着微笑，领着沈小运往停车场走去。

餐厅对面的商场顶层，有一家设施很不错的电影院，今天晚上特别放映一部老电影。手机APP买的电影票不能退，沈牧平坐在驾驶座上，把取票码发给了魏香兰。

“她要去她现在工作的地方看看，魏阿姨吃完牛排就去看电影吧。”

魏香兰看着微信上的内容，吃了最后一块牛排，说：“走吧，阿姨再请你看电影。”

小姑娘再次受宠若惊。

开开心心看着外面流淌的灯火，沈小运说：“沈牧平，我是不是忘了跟你说圣诞节快乐呀？”

“大概吧。”

“圣诞节快乐呀。”

“嗯。”

“该你跟我说了。”

“圣诞节快乐。”

沈小运没说，她的包包里藏了一个玩具球球，是她给小小姐的圣诞礼物。

圣诞节的下午，书吧如期开门，店员姑娘看着沈牧平送沈小运过来，又笑着跟沈牧平道谢：“沈先生太客气了，昨天的比萨特别好吃。”

男人点点头，目送沈小运进了书吧，就转身匆匆赶去见客户了。昨天晚上沈小运回了书吧，她其实真没什么可做的，人来人往，连地也不能扫，她就只能偷空儿抢了果盘给客人端过去，这活儿她勉强能干。

那时候，沈牧平看老板和店员都在忙，沈小运也顾不上他，就转身走了，没过半小时转回来，手里拎着一个大比萨。有了扁扁的盒子在吧台后面放着，店员和老板都不觉得这个要通宵工作的晚上有多么难熬了。

十点多钟，书吧里客满，该上的茶水上了，该找的书也找了，老板和店员都闲了一点，有空便劝着沈小运回家。

沈小运问店员姑娘：“比萨真的很好吃吗？”

昨晚她吃得很饱，那个比萨她转圈儿看了两遍，还是没有伸手拿来吃。店员姑娘做出思考状，仿佛又回味了一遍，才说：“嗯，很好吃。”

沈小运有点遗憾。虽然牛排很好吃，可是比萨也很好吃，自己昨天晚上怎么就不能尝一口呢？她越想越失落。

老板捧着一束剑兰进来，看见沈小运噘着嘴，笑着说：“过两天元旦的时候咱们订比萨的外卖。”

乌拉！天晴了！水蓝了！剑兰花也变得更粉了！老板的脸更是在发光呢！看着走来走去太开心的沈小运，老板和店员姑娘都笑了。

圣诞节这天老街依旧人多，年轻的男男女女手拉着手，从长长的青石路的一头走到另一头，仿佛他们的爱情就会变得比青条石、白粉墙都更加长久。

三点多的时候，沈小运犯了一阵儿迷糊，坐在椅子上东掏掏、西摸摸，看见吧台的铁架子上挂着一顶红色的圣诞帽，她摘下来戴在了自己头上，还笑着问店员姑娘：“好看吗？”

“好看好看。”店员姑娘正说着，看见有纸片从沈小运的衣兜里掉出来，她走上前去捡了起来。

圣诞节要给沈牧平买生日礼物。

看着上面的字儿，店员姑娘站起来，拍了拍沈小运的肩膀。

“还记得他吗？”她指着字条上沈牧平的名字给沈小运看。

过了好一会儿，沈小运又能认人了：“我是不是还没擦地啊？”

“先别擦地了。”老板拿起沈小运的外套，对店员姑娘说：“你带着她去买东西吧，快去快回。”

“这是什么？”沈牧平看着自己手里的东西，还有他面前高高兴兴的沈小运。

“节日礼物！”

走在回家的路上，沈小运忍不住第二十次问沈牧平：“你不打开看看吗？”

明明应该是收到礼物的人最期待才对，现在却成了送出礼物的人迫不及待。沈牧平戴着黑色手套的手拿着小巧的礼品盒子，第五次回答：“不着急，回家再说。”

沈小运甩着腿跟在他后面，小声说：“我本来想买红色的，可是红色的没有男式的。”

摸摸自己脖子上红色的围巾，沈牧平觉得已经猜到了沈小运送自己的东西，左不过是手套、袜子之类的。

今年圣诞节很流行一种“圣诞彩蛋”，装在小盒子里感觉沉甸甸的，真正拆开才能知道里面的东西是什么。沈牧平今天在公司看见前台的小姑娘就在玩那个，跟他手里的很像。

“晚上想吃什么？”

“本来想吃比萨，可是老板说元旦请我们吃比萨，我就不知道该吃什么了，你说了算就好啦。”

“去馆子吃酱方怎么样？再要一个青菜一个河鲜。”

沈小运挺想吃酱方的，可是他们去了饭店的话，沈牧平是不是就会更晚才拆礼物？

一边是好吃的，一边是急着想看沈牧平拆礼物，她的脑子里乒乒乓乓两边打了一架，打完了，她才说：“我们先回家啦。”

语气很沉痛。

“家里只有面条、鸡蛋、一包肥牛卷，连青菜都没有。”

“那、那你拆了礼物，我们就去吃酱方好不啦？”

沈牧平笑了：“不着急。”

哎呀，沈小运急死了。

到底还是吃了酱方，还要了银鱼炒蛋和蒜蓉西蓝花。

晚上回到家里，沈小运一进门就看见自己昨天给小小姐买的球球，正好就在门口。小小姐颠着肉乎乎的肚子走过来，对着她喵了一声。

“你还挺喜欢玩这个球的呀。”沈小运弯下腰，捡起球球扔了出去，橡胶做的彩色球球里放了一个小铃铛，铃声响起来，引得小小姐跟着跑，一下子扑到了沙发后面。

沈牧平换了鞋子，摘了围巾，脱了大衣，拿着沈小运给他的礼物坐在沙发上。沈小运跟在他后面，拿着拆快递用的小刀子，十分殷勤。沈牧平抬手接过小刀，慢条斯理地拆起了礼物。

里面装的不是圣诞节彩蛋，而是一个跳舞的小丑，头顶尖尖的帽子，戴着巨大的黑色墨镜，鼻头是红色的。用手拧一下底座，小丑就会扭动起来，还发出嗒嗒嗒的声音。

沈小运看着就笑了起来：“你总是皱眉头，这样不好的呀，工作累了就看着他扭一扭，就能开心起来啦。”

沈牧平有点呆呆的，看看沈小运，再看看这个实在再幼稚不过的礼物，他抬起嘴角笑着说：“谢谢，我很喜欢。”

沈小运开心了：“喜欢就好，我跟你讲哦，我买这个，店员姑娘还说我幼稚，后来又不让我买戴红眼镜的，说女孩子才喜欢那个红眼镜的。”

原来说红色是女式的……说的是眼镜？

晚上十点不到，沈小运已经睡下了，沈牧平还坐在电脑前面敲着键盘，噼里啪啦的声响连成了一串儿，轻易没有断绝。又过了一会儿，他揉了揉额头，拿起了那个小丑，然后走回房间，房间的床底下有个木头箱子，他把箱子拖出来又打开。

“笑一笑十年少，晓得吧？小老头一样。”看见箱子里的小熊，沈牧平的脑海里就响起了这样的声音。

小熊不是单纯的布偶，摁下背上的按钮，它是会说话的。送出礼物的那个人，把自己的祝福都录了进去。沈牧平摁了下去，空荡荡的房间里却只有寂静。它被尘封在这里的时间太久了，电池都坏掉了。

一只手拿着熊，另一只手紧紧地攥着那个小丑，守着一箱子陈旧的礼物，沈牧平把头埋进了自己的手臂之间。

第四章 棒棒糖

她为什么想得多，
因为她知道的实在太少了。

◆◆◆

圣诞节过了，元旦也在转瞬间就过完了，好像只是吃了一块比萨的时间，人们在忙忙碌碌中抬起头，便已隐隐约约看见新年的大门。

明年就要毕业了，按说应该已经没有那么多考试，店员姑娘却没那么幸运，上个学期有两科考试没过，补考也没过，要是她这次考试周的补考还不过，就得在毕业季别人忙着转档案、签三方协议的时候再参加最后的集体清考。

沈小运这才知道店员姑娘在大学里学的是化学专业，也可能她之前知道，不过都忘了。

“那你们是不是都要在实验室里面做很厉害的实验呀？还穿着白大褂的？”抱着沈牧平买给自己的花花水壶，沈小运问店员姑娘。

“是啊，实验特别多，实验服是白色的。”

“哇！”

《包青天》看完了之后，沈牧平又给沈小运找了《一代皇后大玉儿》。沈小运不太喜欢这个故事，倒是很喜欢沈牧平后来找的《英雄无悔》，里面的大反派就是化学天才，让沈小运对学化学的人都有了一种莫名的崇敬。

察觉到再熟悉不过的闪光小眼神，店员姑娘已经习惯，每天不被沈小运崇拜一下，她还觉得有点失落呢。趁着店里人少，她垂下眼看笔记，嘴里念叨着“共轭效应”。

沈小运转悠了两圈儿，抱着她的花花水壶坐回了椅子上。也许是沈小运给沈牧平的礼物打开了沈牧平身上什么奇怪的开关，这些天沈小运几乎每天都会收到沈牧平买的东西。

花花水壶并不是沈小运唯一带到书吧用的，还有一个小坐垫现在就绑在椅子上，跟水壶是一样的蓝色小碎花样式。

沈牧平自己买东西的时候都喜欢严肃一点的黑啊灰啊的，给沈小运买衣服也大多选得雅致，而这些小东西真的是难得的活泼。

抱着自己的水壶坐着，书吧里暖烘烘的，人也少，沈小运不一会儿就打起了瞌睡，脑袋点啊点，耳朵里偶尔传来店员姑娘轻声念书的声音，都成了模糊的。

“在上班的地方可不能睡觉。”她哼哼了两声，抬起头，一下子站了起来，还差点没站稳。

店员姑娘本来也念得恍恍惚惚了，被这么一吓，也清醒了过来：“怎么了怎么了？”

她看见沈小运在吧台前面走了两步，然后打开店门出去站着了。冷风从门外溜进来，店员姑娘吸了吸鼻子，继续看理想气体定温过程的公式。

站在门口，沈小运终于睁开了眼睛。对面的糖果铺子老板跟沈小运打招呼，她也笑眯眯地招了招手。

快放寒假了，整条老街都眼巴巴等着神采飞扬的孩子们带来新的客流，尤其是糖果铺子，赶在这时候又上了两款新糖，把有圣诞节气氛的手杖棒棒糖暂时下架了。

“来看看，我这儿的金猴糖卖得可好了。”

金猴糖？沈小运远远看见金光灿灿的小猴子，又回头看了一眼店门，摇摇头说：“不行呀，上班呀。”

为了上班拒绝掉糖的诱惑，沈小运十分骄傲，一直到午饭的时候都很有精神。

下午的时候，书吧里来了一个姑娘，坐在沙发上，点了一杯拿铁，也没看书，只在那儿看手机。

店员姑娘端了咖啡过去，还提醒她书吧里的书都可以自取，要是有想看却没有的，还能问她们找找。那位姑娘只点了点头，没说话。

沈小运擦地时从那个姑娘身边经过，见她戴着耳机，眼泪大颗大颗无声地落在手机屏幕上。看看在低头背书的店员姑娘，再一想老板去忙宝宝进幼儿园的事儿了，沈小运默默地踮起脚，拎着拖把从那个漂亮姑娘的旁边绕了过去。

接下来的十几分钟，沈小运都有些不自在。有人在哭，还哭得很伤心，她想做点什么，又不知道自己能做什么。就在沈小运很是为难的时候，那个在默默哭的姑娘好像真的憋不住了，发出了一声长长的抽泣。

店员姑娘把眼睛从她越来越看不懂的笔记里拔出来，看向卡座。沈小运立刻闭紧了嘴巴，用手比画哭的动作。

“哦，哭完了就好了。”店员姑娘觉得不用管，做她们这一行，在小小的吧台后面，多少悲欢离合没见过？

她还记得自己两年前曾看见一个男人在这家书吧分手了三次，新交了四个女朋友。之所以记得，是因为店员姑娘很喜欢那个男人的脸，心里会怦怦跳的喜欢。这种喜欢真的是浅薄得不得了。那个男人第一次分手还不到三天，就带了新的年轻姑娘来书吧。店员姑娘的喜欢马上就烟消云散，比台风走得还快。

可是沈小运总觉得不能不管，左看看，又看看，她打开店门走了出去，没一会儿又背着手走了回来：“给，提……提前祝你新年快乐呀。”

泪眼婆娑的女孩儿看见自己面前有一只金色的猴子，脸上涂着红色的圆圈圈，是被包裹在塑料纸里的大棒棒糖。

她抬起头，看见了笑眯眯的沈小运：“不用管我。”

除了棒棒糖，沈小运还拿了一卷抽纸放在姑娘的手边，这个她倒是没有拒绝，低声道了谢就拿去擦眼泪鼻涕。被人拒绝了，沈小运还不肯走，她又说："我们店里有巧克力，你要吃吗？你想吃我请你哦。"

姑娘深吸一口气，抽泣一声，终于再次抬起了眼睛："谢谢，不用了，我就想好好哭一下。"

沈小运撇了撇嘴说："好吧。"

女孩儿低下头，继续听着微信里的一条条语音，余光却看见那个人又走了过来。

"咔嚓。"

什么声音？女孩儿用的耳机隔音效果很不好，能听见身后传来的细碎声音。这个声音让她不能彻底投入到失恋的气氛中去，就算听着那些让她心口疼痛不已的话语，她依然难过，却有些哭不出来了。

憋得难受。

终于，她回过头去，看着沈小运。沈小运捧着一个大鸭梨，咔嚓咔嚓地啃着，有意无意间，声音在没有其他客人的书吧里回荡。

小姑娘好气哦："你……你就不能换个地方吃吗？别人心情不好你不会看气氛啊，让我好好哭一场好不好啊！"

沈小运停下啃大鸭梨的动作，嘴里嚼啊嚼，甘甜的梨汁滑进了喉咙，她情不自禁地眯了一下眼睛。听见女孩儿不满的语气，店员姑娘放下手里的书，走到距离她们不到三米远的地方。

"可是。"咽下最后一口梨肉，沈小运说，"可是你哭完了，眼睛会肿，脸会很大，皮肤也会不好。"

小姑娘真不明白，自己怎么就这么背，走进一家书吧想静静，别人还来这么吵她，现在还说她丑？她到底做错了什么？

"你看看，你为了一个让你伤心的人，还变丑了呀。"

店员姑娘随时做好准备，要是客人真的去打沈小运，她可一定得拉架。

沈小运很认真地看着那个小姑娘，然后又说："你为真正喜欢你爱护你的人，流过眼泪吗？”

没关严的门缝里，有冷风轻轻撩拨着门口的风铃，书吧里一下子变得有些安静。

沈小运抱着鸭梨，又啃了一口，眼神恋恋不舍地瞟过那个金色的猴子糖。她把它留在了那个小姑娘的桌子上，送出去的礼物，虽然馋，也是不能吃的。

晚上下班，沈牧平接了沈小运从书吧里出来，沈小运深吸一口气说：“你等等我哦。”然后她就转身去了对门的糖果铺子。

穿着深蓝色大衣的沈牧平双手插兜，在道旁看着。过了一会儿，沈小运好失落地走了回来：“猴子糖卖完了呀。”

等小孩子们放了学，看见新的糖果吵吵嚷嚷一番，自然就都卖没了。沈小运简直是用她的脚步声在喊着“难过”。沈牧平听着踢踢踏踏的声音，有些同情，又有些好笑：“你可以午休的时候买啊。”

沈小运的脚步声顿了一下，变得更加沮丧：“原来我这么笨的呀。”

安慰反成了捅刀，沈牧平摸了摸自己的鼻子：“今天早上出门的时候，我看见咱们家后面新开了一家汤粉店，要不要去尝尝？”

“什么汤粉？”

“好像是广式汤粉，还有卖肠粉和艇仔粥。”

嚯！沈小运的眼睛亮了：“我们去吃吧！”

汤粉在广东是遍地都有的家常小吃，离开了原生之地，不仅价格贵了，东西看着也多了花头。

沈小运对着长长的水牌看了半天，要了排骨汤粉，加了碎油条。沈牧平要的是牛肉汤粉，还要了手撕盐焗鸡和虾仁肠粉。等汤粉的时候，沈小运还对那个棒棒糖念念不忘。

“那个糖特别特别好吃。”她是用介绍宝藏的语气说这句话的。

沈牧平替她掰开一次性筷子：“你又没吃，怎么知道啊？”

“我看见别人吃了呀，可好吃！”

热腾腾的汤粉端上来的时候，沈牧平已经听沈小运讲完了她今天遇到的那个女孩儿的故事。

“我不懂，伤害自己的话要反复去听，为什么不去多陪陪爱护自己的人呢？时间那么宝贵，好浪费呀。”

吃了一块汤粉上盖着的排骨肉，沈小运美滋滋的。

沈牧平嗯了一声，挑了一筷子盐焗鸡放在她面前：“你多吃点。”

“嗯嗯嗯嗯。”

沈小运说的是“你也一样”。

沈牧平端起汤粉碗又放下，才说：“所以才有很多人一辈子用很多时间去后悔，因为他们做了很多浪费时间的事。”

早上上班的时候，糖果铺子已经开了。沈小运站在店门口，看着沈牧平走到马路对面去，买了一根金灿灿的猴子棒棒糖又走了回来。

“呀，真好看！”她发出由衷的、欢喜的赞叹声。

沈牧平把糖给了她，转身快步离去。

沈小运美滋滋地进了书吧，跟店员姑娘说：“你看，我一大早就有糖吃。”

除了店员姑娘之外，店里还有另一个年轻的小姑娘。

“她是我朋友，也会做咖啡，我最近复习要忙一周，找她来帮我的。”

新来的小姑娘有一头利落的短发，沈小运盯着她大红色的嘴唇看了好一会儿，点了点头：“你真好看。”

那个姑娘没笑，对沈小运点了点头，就跟店员姑娘说话去了。

老板带着宝宝来上班，她早就知道了店员姑娘让别人来代班的事情，只说：“这周麻烦你了。”

沈小运坐在椅子上，看着新来的姑娘洗水果，客人来了，她接手做咖啡。店员姑娘陪她忙了一上午，下午的时候就和沈小运并排坐在椅子上，看起了课本。

下午一点多，沈小运拖完地，拿出了自己今天带的点心。冰皮绿豆糕里面裹了椰蓉，吃起来又香又甜，还清爽不上火。

沈小运一共带了八块，她数了数，加上她，店里正好四个人，每人能吃两块。两块给老板，两块给新来的代班姑娘，两块给店员姑娘，剩下的两块自己吃。恰恰好这个绿豆糕不怎么甜，吃完之后她还可以吃猴子糖。

老板和店员姑娘都随手接过点心吃了起来，那个代班的姑娘说了声“谢谢”，就把点心放在了一边。半个小时后，沈小运看见那两块点心还在那儿。又过了半个小时，外面飘起了小雨，有客人进门，带着冷冷的湿气，吹在两块绿豆糕上。

沈小运觉得它们很可怜。

直到快下班了，外面的路灯都亮了，有人迎着冬雨匆匆回家，绿豆糕们还依偎在这个遗忘了它们的世界里。

“绿……绿豆糕你不吃吗？”最后，沈小运鼓起勇气去问代班姑娘。

姑娘愣了一下，看看绿豆糕，再看看沈小运，垂下眼睛说：“哦，不好意思，我不爱吃甜的。”

“哦。”

沈小运抓起两块绿豆糕一口一口吃了下去，然后拍拍手，坐回椅子上等沈牧平来接她。

撑着黑色长伞的男人穿着一件翻领的铁灰色羊毛大衣，手上戴着黑色的手套，脖子上是黑色的围巾，走在石板路上，仿佛自来就带着老城冬日的肃杀。

有人在敲着店门，沈小运立刻站起来，抱着自己的围巾跑去开门。看见沈小运的围巾还没戴好，沈牧平收起伞放在门口，推着沈小运先回了书吧。

等戴好围巾、手套，拿好小包包，沈小运才听见沈牧平说：“好了，我们回家吧。”

沈小运嗯了一声，和平常一样跟在沈牧平的身后，却被男人拉住了手臂。单手打开伞，沈牧平把伞靠近沈小运，扶着她慢慢往家的方向走去。

“绿豆糕好吃！不过还是猴子糖更好吃啦。”

沈牧平一直低着头没说话，下过雨后的石板路有点滑，他怕沈小运摔倒。

“沈牧平，你会不会被同事讨厌呀？”走过石桥的时候，沈小运问他。

“同事？”河面上的风更大了些，沈牧平手里的伞往沈小运那儿一歪，自己铁灰色的大衣上挂了点点的水珠，“我同事喜欢我还是讨厌我，又不耽误我赚钱。”

“可是会不开心呀。”

“又不是从他们身上赚钱，有什么不开心的？”

沈牧平没有多想，当初给沈小运找工作的时候特意找了跟他有点交情的这家书吧老板，至于那个店员，打过几次交道，也是个不错的姑娘。

“哦。”沈小运点点头，细细的水幕笼罩着老旧的街巷粉墙，水滴从青灰色的瓦上滴滴答答地落下。

她的脚踩起一小片水花：“我们今天晚上吃什么呀？”

湿漉漉的天气，最好的就是热腾腾的羊肉了。

沈牧平说：“家里有羊肉卷儿，我回去给你做羊肉面吃吧。”

“好呀好呀！”

怀着对羊肉面的憧憬，沈小运暂时忘了自己心中的小郁闷。回家之后，沈牧平让她在空调旁边坐下，又拿出了一个插上电之后会发热的木盒子，让她把脚放在上面烤着，这才扎上围裙去厨房做饭。

看着电视里高天也跟自己的老同事闹矛盾，沈小运歪了下脑袋。小小姐跳到她的腿上，用脑袋拱她的肚子。

水烧开，下了面条、蘑菇和娃娃菜，羊肉卷儿先用水焯一下再放在面锅里一起煮，加点盐，出锅的时候撒上葱花。除了羊肉面之外，沈牧平还做了一个煎豆腐，嫩豆腐撒盐蒸一下，切片，裹蛋液，下锅煎出来。

花椒、辣椒、葱花放在碗里用热油泼了，再倒点酱油进去，可以用来给羊肉面调味，也可以用来蘸煎豆腐吃。

听见沈牧平叫自己吃饭，沈小运抱着小小姐，拖着拖鞋走了过去。伴着雨声一口一口吃了羊肉面，沈小运靠在椅子上深深地叹了一口气："真舒服。"

沈牧平吃掉了剩的最后一块煎豆腐，站起来收碗。沈小运拿起扫把扫了扫厨房的地，又去客厅看电视去了。

格外寂静的雨夜里，两个人一个看电视，一个忙工作，小小的房间里一点湿冷气都没有。

"明天早上想吃什么点心？"睡前，沈牧平问沈小运。

想起了代班姑娘说她不喜欢吃甜的，沈小运说："我想吃……甜的点心。"

"甜的？"

沈牧平突然想起了什么，跟沈小运说："这个周末我休息，你请假我带你去太湖边上吃白玉方糕好不好？"

白玉方糕还是要趁热吃的。

沈小运本来正在打哈欠，一听见点心的名字，好像关节里已经被糖给塞满了一样："好的呀好的呀！"

被沈牧平这么一打岔，五分钟后，沈小运说："我还是吃咸味的点心吧，就肉松酥饼好啦。"

第二天，又到了吃点心的时候，沈小运小心地把一块肉松酥饼放在了代班姑娘的面前。

"这个不甜，可好吃啦。"她笑眯眯地说着，一点也不怕被人拒绝。

周末，沈牧平依照约定开车带着沈小运去太湖。古老的城，也是一座新的城，被河水环绕的老城外是鳞次栉比的高楼大厦。

沈小运目不暇接，只觉得到处都是看不完的风景："沈牧平，那里有家羊蝎子！"

"要是我们晚上回来的时候你还没改主意，我们就去吃羊蝎子。"

不用等晚上回来，两分钟后，路过一家鱼火锅店，沈小运瞄着招牌上肥嫩的鱼肉已经改了主意。行了一路，这主意改了半道。

沈牧平在旁边听着，她每改一个主意他都答应，到最后反而是沈小运觉得自己真是见异思迁，不好意思起来。

先去买了白玉方糕，热乎乎的，捧在手里，沈牧平带着沈小运在周围溜达了一会儿，消化完了糕点，才带着她继续往湖边去。

天不是很晴朗，被云割开的天光照下来，沈小运趴在车窗上看着外面的浩荡湖水，一阵儿出神，等她回过神来，沈牧平已经带她到了一个古香古色又分明是新建的楼阁处。

"说好是看湖的呀？"

"天气这么冷，你在外面一直走肯定感冒，这里能让你暖暖和和的。"

坐在茶室里，看着湖上的风吹着枯黄的芦苇，沈小运坐在软软的沙发上，长长地出了口气。确实，很舒服呀。

站在门边看着沈小运在那儿坐着，沈牧平笑了笑，走到外面给沈小运选点心。

一群人从门外进来，路过沈牧平的身边，一个男人突然停住脚步说："沈医生，好久不见，我之前去医院，他们都说您走了，您现在在哪儿高就啊？我妈那个病当年是真亏了您，前两天她八十大寿，还说想请您一块儿坐坐，结果我怎么也找不着您。"

沈牧平的手还捏着菜单，对着男人点点头，笑容很客气："我现在不在医院工作了，您要是有什么保险方面的需要，可以找我。"

沈小运很喜欢茶室里的碧螺春，更喜欢的是点心。因为她点心实在吃了不少，下午一点多，沈牧平才带她去吃“午饭”，也是在湖边找的馆子。

鱼、虾、黄鳝在靠水吃水的文化里自然不能少——清蒸白鱼、鸡头米炒虾仁、响油鳝糊都点了。太湖边的东山湖羊也很有名，虽说现在城里也有湖羊馆子，沈牧平还是给沈小运点了一份白煨羊肉，沈小运吃得喜笑颜开。

“沈牧平，你是不是经常和别人出来玩儿呀？好吃的好玩的，你都知道的呀。”

“提前做做功课就什么都知道了，没什么。”

“怎么会没什么？就是好厉害呀。”吃饱喝足玩儿得尽兴的沈小运夸奖起沈牧平来，像是每说一句话就有人给她钞票一样。

吃完了一块羊肉，用勺子舀鸡头米和虾仁，沈小运看了沈牧平一眼，终于说：“你心情不好呀？”

男人抬眼看看她，说：“没有。”

“你要是心情好，我说你心情不好你一定要说‘你不要乱猜，好好吃饭’，才回答我两个字，你一定是心情不好到都不想跟我说话了。”

沈小运偶尔也不是很好糊弄的。

沈牧平吃了一口白鱼，过了好一会儿才说：“想起了一些不想想起的事情，不是心情不好。”

“哦。”沈小运继续乖乖吃饭。

过了两分钟，她又问：“那你现在心情好了吗？”

沈牧平没有回答，沈小运悄摸摸地给沈牧平夹了一块羊肉。几分钟后，看着自己盘子里堆得满满的，沈牧平终于忍不住笑了。

“没事了。”

听他这么说，沈小运也开心起来。

吃过午饭，沈牧平带着沈小运去了湖边的一个生态种植园，那里交了钱可以自己采些应季的蔬果，当然，想要带回来得交钱，从价钱来看就是花钱买乐子。

沈小运非常神勇地挖出了四个白萝卜，因为沈牧平问她要不要吃白萝卜炖牛肉。这四个萝卜她也已经分好了，店里的两个姑娘都还是大学生，不开灶的，只用拿出一个萝卜送给老板。

沈牧平还采了点白菜、花菜、大青菜和西蓝花，每样都不多，装在一个小箱子里，还是白白胖胖的大萝卜更有存在感。

玩儿了大半天，沈牧平开车带着沈小运想最后看一遍湖景，看着看着，他身后传来有些茫然的声音。

“这是哪儿？”

男人没有看后视镜，语调平稳地说：“这是太湖边上，我答应你周末带你来看风景的。”

沈小运试探地叫了沈牧平的名字，听见他应了，她突然就不怎么担心了。

“那我们玩到哪里了呀？”

“湖边的风景还没看完呢。”

说着，沈牧平调转车头，开着车子往他们来的路又走了一圈儿，沈小运看着湖面上的波澜，又赞叹起来。

映着夕阳的余晖，沈小运看湖景看得挺开心，这一条路沈牧平却已经走了足足两个来回。

第二天上班的时候，老板收到了沈小运送来的萝卜，用报纸包着，里面还带着泥。

“这个萝卜炖牛肉一定好吃的。”沈小运仿佛是个嫁女的老母亲，千叮咛万嘱咐，让老板这个新郎要好好照顾她的萝卜女儿，看得旁人都想笑。

除了萝卜之外，她还带了些草莓，不是在生态园里摘的，而是昨天回来的路上买的，圆圆的一大盒里装着，去了蒂洗干净，可以整个放在嘴里吃。草莓比寻常市面上见着的更大，带着浓浓的果香气，一看就价值不菲。

老板给宝宝一个，自己吃一个，本来只是想意思一下，没想到真的好吃，忍不住又吃了一个。

沈小运的眼睛都笑眯了，又端着去给代班姑娘，照例是拿出两个放在她手边：“包甜的呀，知道你不爱吃甜点心，可是现在冬天不吃点好吃的草莓，就觉得一个冬天也没有好好过过呀。不像从前……”

欸？不像从前什么来着？沈小运空着的那只手敲了一下自己的脑门，里面却还是空空如也。她把草莓放在一边，坐回了椅子上。

代班姑娘站在原地，再看看坐在那儿的沈小运，皱了下眉头。

老板想年后把书吧收拾一下，再加点新书，书吧的二楼以前是给一个定制衣服的铺子做工作室的，九月的时候到期了，老板想收拾出来把书吧扩一下，结果家里连连出事，她甚至一度动了想收摊不干的心，这事儿就搁下了。现在什么都好好的，这事情还是要做的。

下午看着客人不多，她就骑着电动车出门了，找设计师、看材料，她要忙的事情可多了。书吧里只剩了沈小运和代班姑娘。

点心时间到了，沈小运东摸摸西找找，看见草莓，想起来自己今天的点心就是草莓。见盒子里只剩了四个草莓，她又抱着碗去分给代班姑娘。

“给。”

“我已经吃过了。”

“这是点心呀，现在吃了，下班的时候就不会很饿。”

代班姑娘抬起眼睛看着沈小运，好像深吸了一口气才说：“我还有三天就走了，你不用总给我吃的。”

沈小运笑眯眯的：“你是还有三天要走，又不是三天不要吃东西了。”

代班姑娘更无奈了，朝天看了两眼才说：“我不习惯吃别人分的东西，你不用给我。”

沈小运还是笑眯眯的：“反正你三天就要走了呀。”

女孩儿无奈，自己动手拿出了一个草莓。草莓酸酸甜甜的味道和香气在嘴里散开，姑娘吃完了好一会儿，才说："谢谢，挺好吃的。"

沈小运的脸上简直要开出花来了。

下午四点半，沈牧平打电话来说他今天要七八点才下班，问问沈小运想吃什么，他订了外卖送到书吧里。

书吧平常也是七点关门，沈小运看了看在擦水果杯的代班姑娘，对沈牧平说："能订两个人的饭吗？"

"可以，你想吃点什么？广式的好不好？"

"好的呀。"

"想吃烧鹅、叉烧肉、鸭腿还是白切鸡啊？"

"鸭腿。"

"另一份呢？"

沈小运想了想，说："要店里招牌的。"

沈牧平快笔记在了记事本上，又嘱咐沈小运说："在书吧等我，别出门啊。"

"嗯嗯，晓得啦。"

过了一个小时，外卖送来了，代班姑娘看着沈小运说："我晚上都是回去吃饭的。"

沈小运站在吧台前拆着自己的餐盒说："你还有三天就走啦，忍忍吧。"

代班姑娘一时间又不知道自己该说什么了。

五点半的时候老板回来了，看见沈小运还没走，问她："晚上吃饭了吗？"

沈小运想了想说："吃了呀。"

老板看了一圈儿又出去了。

代班姑娘看看吧台后面自己吃了一半的烧腊拼盘饭，跟沈小运说："其实你没必要天天来这里，在家里待着，每天好吃好喝，也不用花冤枉钱给别人分吃的。"

沈小运抬起头来看她，眼睛瞪得大大的，然后眨了眨，最后笑了笑："我知道，一定有好多人都这么想啦。"

看见沈小运的表情，代班姑娘有一点后悔说了刚刚的话。

"我要是在家里，沈牧平也不用送我上班，接我下班，辛辛苦苦的。我还会做饭呀，我每天在家里做做饭、扫扫地，他一回家就能吃饭了。家里还有一只猫叫小小姐，我还能喂猫呀。"沈小运一直在笑，眼睛看着外面亮起的灯火，她说，"就是……会害怕呀。"

沈牧平来接沈小运的时候，沈小运正在本子上写东西："我马上写好哦，你吃饭了吗？"

"在公司吃了工作餐。"

写完了最后一个字，沈小运收拾好小包包，穿上羽绒服，戴上围巾和手套，跟沈牧平一起回家。

走出店门的时候，她回头跟代班姑娘挥了挥手。代班姑娘垂着脑袋洗咖啡杯，没理会她。

今天的沈小运一路上都很开心，四下略有些昏暗，沈牧平都要小心点，只能提醒她不要迈着大步子碰到别人。

"你知道吗？"沈小运笑得神秘兮兮地，"我今天知道了一个秘密。"

"什么秘密？鸭腿饭好吃吗？"

"好吃的呀。嘿嘿，秘密就是秘密，不能告诉你。"沈小运拍了拍自己的小包包。

她把这个秘密记在了自己的小本本上：

不爱吃糖的草莓姑娘看起来凶凶的，也会哭鼻子。

她不说，沈牧平也不再问，工作了一整天，他也有点累，能这样安安稳稳一步一步走回家也是种休息。

"沈牧平呀。"

“怎么了？”

“辛苦你了呀。”

男人：“嗯。”

沈小运等了两秒钟，转头看他说：“你应该说‘不客气’。”

沈牧平不说。沈小运觉得自己好像吃亏了。

“给。”

早上刚上班，沈小运傻乎乎地看着放在自己面前的纸盒子，抬起头看看代班姑娘：“什么呀？”

代班姑娘眼睛看天，闷声闷气：“我自己做的。”

“哦。”

打开盒子，里面装了四个蛋挞，沈小运哇的一声：“你会做蛋挞？！好厉害的呀！”

代班姑娘抬手揉了揉自己的耳朵，上面又红又热。沈小运像是个孩子似的转圈圈，手里捧着蛋挞，脸上写满了欢喜。她越是这样，代班姑娘就越不好意思，清了清嗓子说：“那个，你不吃，它就凉了。”

沈小运像是吃人参果一样小口小口地吃了一块，眼睛眯成了一条缝。

“好吃呀，”她强调，“特别好吃呀。”

看见她喜笑颜开，代班姑娘忍了又忍，也笑了。沈小运几乎是迫不及待地打开自己的小本本，这么好吃的蛋挞她一定要记下来。

窗外的阳光很好，沿着玻璃窗照进来，像是很多很多用不完的快乐一样。今天对沈小运来说，大概是个特别适合收礼物的日子吧。快到中午的时候，一个阿姨拎着保温桶走进了书吧，沈小运站了起来：“欢迎光临。”

那个阿姨瞪向她：“老板呢？”

“老板不在。”沈小运清了清嗓子，她是店里的老员工了，老板不在的时候她得能撑起来，“您有什么事情呀？跟我说也是一样的呀。”

“呶，清蒸鲈鱼，你赶紧吃吧。”

“啊？”沈小运眨眨眼睛，这个世界上有这么好的事情啊，一个阿姨进来就请人吃鱼哦？

那个阿姨又看了代班姑娘一眼，说：“新来的呀？”

代班姑娘点点头。

“你看好她哦，今天天气预报有小雨，别让她出门，知道吗？”

代班姑娘带着一头雾水又点点头。

看看她们两个，那个阿姨叹了一口气：“就让你们两个看店，她真是心大哦。”

沈小运打开了保温桶，看见里面还冒着热气的清蒸鲈鱼又是哇的一声。鱼蒸的火候恰恰好，肉嫩嫩的，一点腥气都没有。午饭送来之前，沈小运就和代班姑娘一起吃鱼，吃得沈小运眉毛都要飞起来了。

那个阿姨对书吧熟悉得很，沈小运回头要夸她的鱼好吃，却看见她拿着抹布在擦桌子。

“哎。”

“吃鱼。”

“哦。”

“不是我要帮你干，我闲着也是闲着，上午我去跳舞了呀。我跟你讲，你要是没事也可以去呀，跳跳舞，还有人唱歌，我年轻的时候好嗓子呀，我一唱歌，别人都不敢接的呀。”阿姨攥着抹布，一手叉在腰间，腰板挺得笔直，“我那个儿子说我不管他，我哪有时间管他呀？下午下雨，我约了人一起喝茶的呀，人家过的什么日子呀，我过的什么日子啊，我享不了儿孙福我给自己找福气哦我跟你讲。”

阿姨说话噼里啪啦的，听得沈小运晕晕的，只能吃着鱼尾巴眼巴巴看着。

“你说，我这样好不好呀？”妇人盯着沈小运。

沈小运头点得像小鸡啄米：“好的呀好的呀！”

阿姨一甩自己刚做的发型，拎着她们吃完的保温桶走了，来去如风。

沈小运跑去翻自己的小本本，长长地哦了一声：“原来是清蒸鲈鱼阿姨啊。”

代班姑娘正在擦杯子的手一抖。

下午的时候客人多了起来，有几个穿着校服的男孩儿女孩儿走进书吧，点了茶和果汁，看着老板刚进的漫画。他们都很乖巧的样子，就算看到了特别开心的地方，也只是叽叽喳喳地小声讨论着。

沈小运看着他们，忍不住想笑。其实她该跟他们一样大的，穿着校服去上学，忙忙碌碌准备考试，考完试就成群结队出来玩儿。可是看看自己的手，伸开，握紧，她叹了一口气。

四个蛋挞她原本吃了两个，剩下两个想留给沈牧平来着，可她心情不好，所以又拿出一个吃了起来。

蛋挞吃到一半，沈小运脑子又蒙了，看看蛋挞，她拿出手机，摁下了代表沈牧平的绿色按键。

“喂，我是沈牧平。”

“我在吃东西。”沈小运说。

“好吃吗？”

“甜的，好吃。”

“嗯，吃完了记得擦手。”

“沈牧平？”

“嗯？”

“我吃完了，是不是就不难过了？”

“怎么难过了？”

“我……我不记得了呀。”

“难过的事情忘了就忘了吧，我晚上带你吃酸萝卜老鸭汤好不好？”

听见吃的，沈小运眨了眨眼睛，眼前的模糊消了下去：“好。

我……我今天吃撑了，早上吃了蛋挞，中午吃了鱼，蛋挞可好吃了，我现在还在吃，没给你留。”

电话那头一阵沉默。

沈小运接着说：“外面买不着的，是别人给我做的。”

“你喜欢吃蛋挞吗？”

“喜欢的呀。”

“喜欢吃就行了，我那份也送给你。”

沈小运打了个嗝。挂了电话，沈小运又神气起来，她站起来，收拾了自己吃蛋挞的残渣，拿起拖把去拖地。孩子们看见她推着拖把过来，纷纷抬起自己的脚，还对她笑。他们走的时候，沈小运站在门边看了半天。

“年轻真好。”她说了一句被很多人说了很久都说烂了的话。

代班姑娘听见了，端着要洗的杯子走到她身边说：“年轻的时候都不觉得年轻好，都想赶紧长大，像大人一样。”

沈小运转头说：“可我不想，我想一直就这么大。”

十五岁的时候多好，漂漂亮亮的，烦恼少得可怜，有很多很多还不知道的事情在前面等着，就像沈牧平带她吃的早餐和晚餐，一顿又一顿，能一直吃下去。

代班姑娘看看她，没再说什么。人们都希望变成自己最渴望的样子，可很多时候，渴望本身就代表着不满足。

“我做的蛋挞真的好吃吗？”

沈小运瞪大眼睛，非常认真地说：“超级、超级、超级好吃。”

语气十分坚定。

“我打算自己开个点心店，你说怎么样？”

“好呀好呀好呀。”

沈小运忘了自己一直把代班姑娘当成和店员姑娘一样的学生了。

“要是我真能开起来，请你吃蛋糕啊。”

在沈小运的眼里，这个姑娘已经是世界前三可爱的人，另外两个是沈牧平和清蒸鲈鱼阿姨。不对，是世界前四，最可爱的还有她自己。

沈牧平下班的时候还有些担心沈小运，没想到在书吧里见到的沈小运比她平时还要开心一些，一直笑眯眯的。

“走吧，去吃酸萝卜老鸭汤。”

“好的呀。”

沈小运回身去跟代班姑娘招手，不对，在她的小本本上，代班姑娘已经变成了蛋挞姑娘。

“考完啦！我解脱啦！”考完试的店员姑娘真是高兴得不得了，站在书吧门口神气得像是个凯旋的将军。

沈小运竟然还记得她，呱唧呱唧地给她鼓掌。书吧里立刻欢快了起来。

按说上班的回来了，代班的就该走了。代班姑娘站在吧台后面，提笔写着各种配料还剩多少，什么东西该买了。

店员姑娘跟沈小运叽叽喳喳地说她这次考试一定能过，又跑过来跟代班姑娘道谢：“这几天真辛苦你了。”

“还行，不累的。”

沈小运从她们身后路过，店员姑娘对着代班姑娘眨了眨眼睛。代班姑娘没说话，垂下眼睛继续写清单。

交接是要时间的，到了沈小运下午吃点心的时间，代班姑娘还没走。

“哎？”店员姑娘拿着糖心糯米饼，却看见沈小运手里还有小蛋糕。

“今天你还带了两种点心？”

沈小运把小蛋糕外面的纸仔仔细细地放在塑料袋里，才说：“糯米饼是我带来的。”

那这个看起来很好吃的小蛋糕呢？店员姑娘歪着脑袋凑过去看，有点馋。

“你说蛋糕呀？是蛋挞姑娘给我的呀。”代班姑娘正要给咖啡拉奶油花，差点把小心心拉成一坨。

“那蛋挞姑娘是谁啊？”顺着沈小运的目光，店员姑娘看过去，然后捂着嘴笑了。

“蛋挞好吃，肉松蛋糕好吃，小蛋糕也特别好吃！”沈小运完全不吝惜溢美之词，在她的眼里，这几天吃到的点心都是世界上最好吃的。

左眼写着“嘻嘻”，右眼写着“哈哈”，店员姑娘就这么嘻嘻哈哈地看着代班姑娘，一直看到沈小运被沈牧平接走了。

“师父，你不是说你烦店里有这么一个人吗？”在店员姑娘的眼里，沈小运千好万好，可她也知道，别人的想法不可逆转。

代班姑娘低头想了想说：“也没我想象中那么糟，她挺好的。”

“当然挺好的，我都说了，你不是不信吗？还说自己不是养老院打杂的，结果这才几天，还给人做蛋糕。师父啊，我都没吃过几回你做的蛋糕。”店员姑娘戳了戳她师父的腰。

“别闹。”眺望窗外，看见沈小运的背影，代班姑娘叹了一口气，“行了，我交接完了，走了。”

“啊，不等我下班啊？”

“不了，我今天，嗯，回家看看。”

她穿上外套，骑着自己的公路自行车走了。

转头一看，书吧里就剩了自己和几个客人，店员姑娘双手插在围裙兜里：“今天下班我也给爸妈打个电话吧。”

回家路上，沈小运走在沈牧平的身后，小声说：“蛋挞姑娘明天就不来了。”

沈牧平说：“她要是继续在这儿工作，你都要胖了。”

“才不会！”

十五岁的女孩子还是很注重身材的。

“我一点都不胖！”

“嗯，不胖。”

沈小运确实不胖，单说起来，清蒸鲈鱼阿姨也不算是壮实的，可比她还要胖一圈儿。单看背影的话，她跟店员姑娘一样薄，只是总穿得很厚实，因为有个总是想尽办法让她多穿的沈牧平。

这一天的晚饭是在家里吃的，很大一块的酱肘子，沈牧平煮了面，把肘子切了薄片码在面上。他又做了一个海鲜汤，放了蛤蜊、贝丁和虾仁。

端汤上桌的时候，沈牧平看着自己面碗里的葱花，深吸了一口气。沈小运又把葱花放进了海鲜汤里。拿了一个小碗，挑拣了一下葱花，沈牧平招呼着沈小运吃饭。

沈小运站在桌子边上，傻乎乎地说：“我怎么忘了你不爱吃葱花呢？”

沈牧平抬头看她说：“就因为我说你会胖，你就往我碗里放葱花啊，心眼儿真小。”

“是吗？”沈小运攥着手里的葱花问沈牧平。

沈牧平无比坚定地点头。他也不急着吃饭了，站起来走过去，推着沈小运把手里的葱花都扔进了垃圾桶，再送她去洗手。洗完了手，沈牧平再推她去吃饭。

“再不吃面就坨了。”

“哦。”

饭吃到一半，沈小运又开心起来，肘子卤得香而不腻，切成薄片，和面条一起入口，真的好吃。

除了自己吃面之外，沈小运还偷偷拿了一张餐巾纸放在桌边，将从海鲜汤里捞出来的虾仁摆了一个在上面。

一会儿，再摆一个。

又摆一个。

小小姐明明已经吃了晚饭，却还是围着餐桌打转儿，没一会儿，一只略有些灰的毛爪探到了沈小运的碗边，捞住了那块纸巾。

“呀！”

沈小运大惊小怪地说：“小小姐抢我的虾仁！”

她很愤慨。

小小姐吃得可香了。

沈牧平决定不理会沈小运的“钓猫执法”。

吃过晚饭，沈小运站起来要去看电视，却又转了回来：“沈牧平，这个肘子真好吃，是哪里买的呀？”

“不是买的，是别人送的，快过年了，有人送年货的。”

“哦！快过年了！”沈小运总觉得自己忘了什么，原来是忘了这个，“沈牧平，过年我们怎么过呀？”

沈牧平说：“你想怎么过，我们得好好想想。”

沈小运在沙发上坐好，又探头看沈牧平：“过年的时候还是只有我们两个人？”

哗啦啦的洗碗声传过来，沈牧平大概没听见。

晚上九点多，沈牧平接了一个电话，他在自己的记事本上记了一笔，又翻起了自己的通讯录。

两个人过年该怎么过呢？

想起上一个春节，自己跟一群同样没家没落的年轻人一起在KTV过了个新年，第二天一早又挨个给客户打电话拜年，然后捧着手机写了半小时短信，还是没发给该收到的人。

他恍惚觉得那些都已经是上辈子的事情了。

早饭是很简单的清粥和黄瓜鸡蛋饼。沈牧平做鸡蛋饼的样子有点笨，摊出来的饼都不圆，沈小运拎起来比画了一会儿，觉得那块饼更像是个地图。

“沈牧平，我觉得这块饼我们不能吃呀。”她一本正经地说。

沈牧平正在解腰上的围裙，转头看她：“为什么不能吃？”

沈小运说：“拿着去地图上对一下，我们说不定能找到藏着宝贝的地方。”

沈牧平突地笑了一声：“你把它吃了，你不就是那个宝贝了？”

“哇！还能这么说！”沈小运觉得沈牧平瞎编的本事比自己高多了，于是她在黄瓜鸡蛋饼上抹了一点腐乳，配着白粥吃了下去。

上班之前，沈牧平给沈小运切了一些肘子片放在一个小饭盒里，让她午饭的时候拿出来分给别人吃。足足四个肘子，他们两个人是怎么也吃不完的。除了肘子之外，沈小运今天的点心是一小盒手指饼，上面撒了黑色的碎芝麻。

“我今天下午有点事情，估计还是要七八点才能来接你，我已经跟老板说了，她会替你订饭的。”

沈小运点点头：“晓得啦。”

沈牧平觉得很抱歉，过了一会儿又说：“年末的时候我很多事情都比较杂，我要是疏忽了什么，你要记得告诉我。”

“没有呀。”沈小运站在桥上，看着下面的河水。老城里再冷的时候，河水都不会被冻上，有人摇着小船从下面缓缓过去。再抬头，天上有阴云，看样子又要下雪了。

“你要好好工作呀。”沈小运拍拍沈牧平的肩膀说。

养家糊口是很辛苦的。

沈牧平看着沈小运的脸，笑了。

蛋挞姑娘不在的第一天，想她。

沈小运还特意问店员姑娘蛋挞姑娘还会不会再来。

店员姑娘有点伤心，自己离开了一周，沈小运都没说想她，她师父才几天就用点心把沈小运给收买了。

沈小运虽然很心虚地解释说自己也想过店员姑娘来着，可是真的让人一眼就看出了她的口是心非。没办法，沈小运不仅没有问到蛋挞姑娘的消息，为了安慰伤心的店员姑娘，她还付出了三根手指饼的代价。

吃着手指饼，店员姑娘才笑着说她过两天还会看见那个蛋挞姑娘。

说完那四个字，店员姑娘捶着吧台爆笑，幸好没有客人在。今天没有出门的老板瞪了她一眼。

“我昨天给我爸妈打了个电话，本来今年过年说好了不回去，想想还是回去吧，明年毕业了可就没这么长的假了。”

店员姑娘挽着沈小运的手臂跟她说：“我跟你讲，我运气特别好，开了抢票软件，今天一早就刷到回家的票了。”

“哇！”沈小运替店员姑娘高兴。

“所以我后天就不来了，我师父，就是你说的蛋挞姑娘，过年的时候替我上班。”

她还嘱咐沈小运说：“你记得跟她多要蛋糕吃啊，她可会做了。”

就是脾气不太好，从前是个咖啡馆的手艺担当，店员姑娘就是跟她学的做咖啡，也没少挨训。后来她自己开了个咖啡馆，刚做起来就跟合伙人吵拆伙了，这才会让店员姑娘请来替班。

十八九岁就在社会上漂着的孩子，年纪轻轻背后就有了一堆的故事。酸的甜的，掺着不肯服输的苦。

店员姑娘一直没说的是，最初找师父来的时候她是很不愿意的，因为店里有个沈小运，师父打心眼儿里觉得沈小运根本就不该出来工作，于人于己都是麻烦。好在沈小运的魅力惊人，昨晚店员姑娘跟师父一提过年替班的事儿，师父就答应了。

“我师父只是看起来凶，其实人挺好的……”

这一点，沈小运万分同意，用力点头，头点完了，她的手指饼又被店员姑娘吃了两根。

午饭之后，老板又骑着小电驴出门了，沈小运擦完地坐在椅子上，腿上摆了一本书，书上都是一幅幅的画。有客人来了，她就会合上书站起来说“欢迎光临”。每一幅画她都看得很慢，蓝天、绿树和水上的行船。

快到五点的时候，沈小运急急忙忙把书放好，穿上外套，还戴好了帽子和围巾。可是等啊等啊，快六点了，沈牧平还是没有来。

沈小运掏出手机，给沈牧平打电话。

“喂，我是沈牧平。”

沈小运听见沈牧平周围吵吵嚷嚷的：“你还在忙啊？”

“嗯……”沈牧平压低了声音说，“我还在帮客户处理事情。”

沈小运听见沈牧平身后有一个女人用很洪亮的声音说：“明年孩子们就要上初三了，中考是他们人生中一个重要的阶段，希望各位家长……”

“哦，那你忙吧。”沈小运把电话挂掉了。

房间里有点热，热得沈小运都有点迷迷糊糊的了。有外卖送了过来，店员姑娘招呼沈小运来吃饭。

“哦，好的呀。”

她站起来，又坐了回去。吓得店员姑娘三步并作两步冲了过来：“怎么了？”

“我没事。”沈小运解开围巾，慢慢地说，“太热了。”

外卖是鳗鱼饭，还有海草小菜，沈牧平直接给书吧老板打了一百块，这样刚好花得差不多了。鳗鱼应该挺好吃的，米饭上面撒了黑芝麻，也很好吃。沈小运却吃得很慢，好像一点都不饿。

吃完，她自己收拾了半满的饭盒，没有再坐着，而是蹭到店员姑娘旁边问她：“你知不知道，租一个房子，得多少钱呀？”

“租房子啊？得看租什么样的，像我们这种穷学生，有一个月八百的，只有一张床，房间里睡两三个人，要是租一整套房子，怎么也得两千吧。”

“两千啊。”掰着手指头算了算，沈小运觉得那是好多钱。她的小包包里只有五百，好像连最普通的一张床都睡不起。

七点半，沈牧平身披一身细雪匆匆赶来，凉风把他的脸颊和鼻头都吹红了：“我们回家了。”

沈小运哦了一声，站起来跟着沈牧平往外走。

碎雪细细落下，沈牧平时不时回头看看沈小运的帽子和围巾是不是都戴好了，走了一会儿，他突然觉得少了什么——今天的沈小运好像格外安静。

“晚饭吃的什么？”

“鳗鱼饭。”

“你们老板真大方，居然给你叫鳗鱼饭吃。”

沈小运低低嗯了一声。

沈牧平又说：“那个会做点心的姑娘今天没来吗？”

“嗯。”

想到那个电话，沈牧平又问她：“今天上班有没有不开心？”

“没有。”

可是明明很不开心的样子啊。

快到家门口的时候，沈小运深深地吸了一口气，她鼓足勇气：“沈牧平，我想一个人住。”

男人的脚步停住了：“怎么了？怎么突然就想要一个人住？”

沈小运委屈巴巴地，她凑不齐能租房子的钱可怎么办呀，天气暖和点还能住在桥底下，现在这么冷，她住在外面会不会冻死？沈牧平的脸色已经变了，压着心里的惊慌，他小心地问：“是不是别人说什么了？”

“不是，我听见了，我听见你有孩子啦。”从挂电话到现在，沈小运想了很多，沈牧平不是她爸爸，却一直在照顾她，连自己的孩子都见不到，实在是太辛苦了，她应该一个人住的。

“你不用为了照顾我就什么都不要了。”说着说着，沈小运的嘴巴又噘起来了。

沈牧平又气又急又想笑：“我什么时候有孩子了？我今天是替我客户开家长会。”

沈小运啊了一声。沈牧平从大衣兜里掏出手机，给沈小运看自己的微信消息：

李先生，您女儿的家长会我已经开完了，学校一共发了如下材料……

沈牧平指着自己的手机说：“看见了吧，是我的一个客户，他今天公司开年会走不开，让我替他把家长会开了。”

卖保险就是这个样子的，能做的不能做的，赚了别人的提成，有些事情就不能计较。

沈小运眨巴眨巴眼睛。

沈牧平已经笑了起来：“你每天也想得太多了。”

沈小运有点尴尬地揪了揪自己的衣摆，然后也笑着说：“原来是我想多了呀。”

晚上，沈牧平整理着表格，突然想起了今天沈小运的话，此时，他好像明白了。她为什么想得多，因为她知道的实在太少了。

男人抬起右手揉了揉额头，心里的酸涩和无力比外面的雪还要密。

第五章 紧酵馒头

时光和记忆都是旧的，
可疼痛与想念永远崭新。

寒假开始了，年味也真切了起来。站在书吧里，能听见外面有小孩子欢快地说："妈妈，明天带我去买新衣服。"

于是沈小运也惦记起了自己的新衣服。

蛋挞姑娘果然又出现在了书吧里，沈小运笑眯眯地分给她香蕉，她也给沈小运带了自己烤的小泡芙。有来有往，俨然成了一对关系很好的吃友。书吧里的客人比平时多，沈小运除了每天两次擦地之外，蛋挞姑娘还给她安排了别的工作。

"这样折对不对呀？"举着纸玫瑰，她一脸求肯定地问蛋挞姑娘。

"折得不错。"寡言的蛋挞姑娘点头夸奖她。

过年之前还有个重要的日子就是情人节，老板想在店里弄一点节日气氛，又怕过头了让书吧显得不那么安静，又或者刺了别人的眼和心。毕竟情人节还一个人泡在书吧里的，不是单身，也是异地。

沈小运一直不明白为什么单身的年轻人要被称为单身狗，单身就单身吧，为什么物种都变了？不过这也不关她的事儿，她要做的就是按照蛋挞姑娘教的，用皱纹纸折出玫瑰花，再拼成一个个花球。这是蛋挞姑娘出的主意，窗边挂上两个纸玫瑰花球，看着简单雅致，又有气氛。更重要的是让沈小运有事做，不要再夸蛋挞姑娘做的泡芙好吃了。

忙着这个，沈小运十分开心，可以一直坐着折一两个小时，下班的时候都有些恋恋不舍，觉得自己的工作比从前有意义多了。

“给你。”

看着自己面前绿色的纸玫瑰，沈牧平愣了一下。

“情人节快乐啊，单身……狗。”

狗？沈牧平接过玫瑰花，小心地捧在手里。

“我亲手做的，好好保护呀。”

沈牧平决定回家后放在小小姐够不着的地方。

回家之后，沈牧平又眼睁睁看着沈小运给了小小姐一朵粉色的纸玫瑰。小小姐闻了闻，看了看，肉乎乎的爪子就摁了上去，啪的一声，玫瑰花瘪了。

沈牧平把自己的那朵花带回卧室，好好放了起来。他，不跟单身猫一般见识。

放好了花，他扎上围裙开始做晚饭。肘花还是没吃完，被他冻上了，拿出来化冻，在碗底放些切碎的白菜，摆上肉一起上锅蒸，蒸架上还摆了几个洗干净的芋艿。

沈小运用那朵已经被摧残过的纸玫瑰逗得小小姐跟着她一路跑，跑来了厨房。

“你要做什么啊？”看见沈牧平往调好的肉馅儿里倒打好的蛋液，沈小运的脑袋凑了过去。

“虎皮辣椒塞肉。”

沈小运的脑袋又缩了回去。

“这个我喜欢。”说完，她从已经趴在她腿上的小小姐嘴里把纸玫瑰抽出来，带着它又跑回了客厅。

晚饭的时候沈小运充分地表现了自己对辣椒塞肉的喜欢，伴着米饭吃了两个，连菜汤都浇了一点在饭上。蒸过的肘子肉她不是很喜欢，倒是对下面吸饱了肉汁的白菜频频下手，蒸芋艿当是饭后点心，她蘸着糖吃了一个大的一个小的。

吃饱喝足，沈小运有点撑，站在沙发前面看电视。倒是小小姐坐在她一贯坐的地方，藏起了前爪爪蹲在那儿，破烂的玫瑰花在她白滚滚的肚皮底下压着，沈小运怎么看她都像是一只烧鸡。

沈小运很爱看的《英雄无悔》已经播放大半，电视里，高天评价舒月："但是她从来不怨天尤人，不憎恨人生，也不放纵自己……"

沈小运很喜欢这段话，可还没等她品味完，脑子又被轰轰烈烈的剧情给带跑了。沈牧平戴着眼镜坐在电脑前面写文件，突然扬声对沈小运说："明天晚上我们出去逛街吧，买点过年的东西。"

沈小运一听，立刻顾不上去想胡副局长是不是坏蛋了，转过头来，眼睛亮晶晶的，说："好的呀。"

过了一会儿，沈牧平抬起头，看见沈小运站在客厅数东西："怎么了？"

沈小运在数她包包里的钱，数来数去，也就只有五百。

"五百块钱能买什么呢？"沈小运为过年的事情忧伤起来。

沈牧平带着沈小运走进她的房间，拉开一个抽屉，拿出了一个大钱包。让沈小运失望的是，大钱包里并没有很多钱，只有一些卡片。

"这个是每个月你赚来的钱，你有很多钱。"沈牧平挑拣出一张卡和一个存折给她看。

沈小运打开存折看了一眼，存折最后一次的记录是在去年六月，看着上面的存款余额，她揉了揉眼睛。

"我这么有钱啊？！"她问沈牧平。

沈牧平没说话，只点头。

"明天买东西，我掏钱！"财大气粗的沈小运很用力地拍了拍沈牧平的肩膀，"你想买什么都跟我说，晓得吧？"

沈牧平仰头看看她，又低下头笑了，手指轻轻擦过眼角。

一上班，沈小运就拿着苹果给了蛋挞姑娘。蛋挞姑娘看看一手都有点儿抓不过来的苹果，给了沈小运一小盒曲奇饼干。要老板说，这两个人就像是幼儿园里交换零食的小朋友，还很有仪式感。

“这个苹果特别好吃。”沈小运又开始嫁“女儿”了。

新郎——被沈小运叫蛋挞的姑娘点点头，拿过去，“咔嚓”咬了一大口。看见蛋挞姑娘点头认可自己的苹果，沈小运笑得也像个苹果。

今天的沈小运继续叠玫瑰花，一朵又一朵。快午饭的时候，蛋挞姑娘走过来对她说：“有个客人说你叠的玫瑰特别好看，问你能不能送她一朵？”

好看吗？沈小运惊喜地抬起头，看看蛋挞姑娘，再看看那边对自己点头的一个年轻女孩儿，她欢快地说：“好的呀。”

店里并不只有一个客人，另一桌的小姑娘看见了，也在结账的时候说：“我可以也拿一朵玫瑰花吗？”

别人喜欢自己叠的花！沈小运顿时觉得自己像是坐在玫瑰园里的花仙子。

这一天，沈小运一共叠了一百朵花，送出去了九朵。漂亮的玫瑰花被粘在一起做成了两个花球，剩下的花沈小运很大方地送给了蛋挞姑娘和老板。

沈牧平早早来接沈小运，就看见沈小运神气活现地捧着花球跟自己说：“今天有人特别喜欢我做的花，是不是很好看？”

“好看。”沈牧平说得真心实意，于是沈小运更开心了。

走在通往停车场的路上，沈小运突然停住脚步不肯走了：“我们不回家吗？”

“我们去买过年的东西好不好？”

“好的呀。”沈小运已经忘了自己昨天还信誓旦旦要让沈牧平花她的钱。

走着走着，她又掏起了自己的小包包。

“这是什么呀？”她举着银行卡问沈牧平。

人来人往，男人把她的手摁回了小包包里：“这是你的卡，里面有钱，你有什么想买的，今天都可以买。”

“我的钱？”沈小运觉得自己今天真是太棒了，不仅做的花别人都喜欢，自己还变成了有钱人。

“对，你的钱。”沈牧平点点头，对面一堆人走了过来，他护着沈小运往边上靠了一下。

这时候，沈小运突然拍了一下脑袋说：“我想起来了，这是我的钱，说好了今天要你买东西我买单的呀。”

她的思维像是一只小蚂蚁，弯弯曲曲走出去，有时候能带着吃的回家，有时候就会被水淹掉、被人踩了，或者不小心爬到了车上，一不小心就被带到了远方。昨晚走出去的那只小蚂蚁，费劲曲折地走回来了，趾高气扬，虽然伤了触角。

沈牧平笑着扶着她的手臂，带着她一路到了停车场。沈小运想起了不少事儿，打开包包，里面还有一张纸条，写着她想买的东西。

发动车子之前，沈牧平拿过纸条看了一眼，然后说：“我们先去吃饭然后逛街，好吗？”

“好的呀。”沈小运拿出小本子，今天她做的玫瑰花很多人喜欢，这事儿是要记下来的。

沈牧平打开车里的顶灯，她弓下腰趴在膝头上写字，等她写完了，他才开车往外驶去。

“你想吃什么？”

沈小运想了想说：“我想吃葱包烩。”

葱包烩可不是这里有的，沈牧平笑了笑说：“咱们得逛街，吃点结实的肉吧？狮子头怎么样？”

狮子头沈小运也很喜欢，连忙点头说：“好的呀。”

蟹粉狮子头、肉末粉丝煲、鱼香茄子，加上香米饭，他们就在靠近商圈的老菜馆里吃了一顿。沈小运除了狮子头之外最喜欢的就是那个鱼香茄子，火候足，酱料都带着跟热铁锅碰撞出的焦香气，又没有很油，开胃又下饭。

吃过饭之后，他们一起过马路去对面的商场。站在人行横道边上，看着车来车往，沈小运有点紧张，她极少看见这么多车子。沈牧平拉着她的手臂说："没事，一会儿车就都停了。"

绿灯的时候，沈牧平一只手扶着她，另一只手抬起来示意有人过马路。有风吹过他大衣的下摆，让他看起来像是一堵墙。路走到一半的时候，沈小运看了他的下巴一眼，又变成了笑眯眯的样子。

快要过年了，又是情人节前，商场里各种活动搞得热热闹闹的，沈小运跟着沈牧平一阵走，看着各种喜气洋洋的橱窗："沈牧平，你看那件衣服好看吗？"

沈牧平看了一眼，脚下都没停，说："过年的时候你还穿不上裙子。"

尤其是吊带裙。

"哦。"

沈牧平带着沈小运进了一家女装店，店员迎上来，他说："给她挑衣服，显得年轻一点。"

沈小运在他身后说："要粉的呀。"

店员来回拿了几身衣服，沈牧平看了看，有点薄。

"穿这个不会感冒吗？"他看着轻薄的羊绒衫说。沈小运坐在坐墩上，挑挑拣拣。

终于选了两身，沈小运进去试衣服，沈牧平问店员："内衣店……最近的在哪里？"

店员微笑着说："出门往左大概二十米就有一家。"

"那你觉得……她该穿什么样的？"

店员扑哧一声笑了，在纸上写了尺码和样式让他去买。等沈小运从更衣室里出来，沈牧平站在衣架旁边，手上多了两个纸袋子。

沈小运如愿买到了粉色的大衣，不是那种软软的嫩粉色，是带了一点灰的粉，肩领处都做得很宽大，沈牧平夸她这件大衣很好看，又带她去买了两条围巾。看着沈牧平手里的大包小包，吃着冰激凌的沈小运说：“我们去给你买衣服吧！”

花钱的人并不接受反驳。

沈小运给沈牧平看好的衣服是一件牛仔风的夹克，样式很好看，沈牧平觉得自己穿上之后可以骑着摩托去城外飞车了。穿衣风格一向很古板的三十二岁男人对着镜子看了半天，还没等他接受这样的造型，沈小运已经刷卡结账了。沈牧平之前告诉过她密码，她还记着呢。

买了外套，沈小运还要给沈牧平买里面穿的衣服。沈牧平进更衣室之前，跟沈小运说：“我们打个赌，你要是输了，我就剥夺你继续花钱买东西的权力；你要是赢了，明天早上我们一起去吃生煎包。”

生煎包？沈小运点点头，纸杯里的冰激凌快化了：“好的呀，打什么赌？”

“我出来之前，你坐在这儿别动，你就赢了；你要是动了，你就输了。好吗？”

沈小运说：“吃冰激凌可以吗？”

“可以。”

沈小运信誓旦旦：“那我赢定了。”

沈牧平给了店员一个拜托的眼神，才走进了更衣室，门都不敢关紧。解开了两颗扣子就把身上的衬衣扒了下来，又把沈小运挑的粉色衬衣往头上一套，裤子脱得更匆忙，手机都掉在了地上，皮带也没换下来，系上了扣子拉好拉链就算穿上了……

穿着上总是一丝不苟的沈牧平很狼狈地走了出去。沈小运还坐在那儿，优哉游哉地吃冰激凌，嘴角沾了一点。

“你换衣服好快啊。”她很惊讶。

沈牧平先去给她纸，让她擦嘴，才回身对着镜子用手扒拉了下头发，店员过来帮他整理了衬衣和裤脚。粉色的衬衣，深色的牛仔裤……沈小运觉得衬衣和牛仔夹克不是很配，又给沈牧平挑了一件黑白粗横纹的长袖T恤。

不看脸，沈牧平像是十七岁。沈小运心满意足。

“买衣服好开心的呀。”沈小运说。

冰激凌吃完了，沈牧平又给她买了去壳的蚕豆仁儿，她咔嚓咔嚓地吃着，沈牧平拎着大包小包走在她的后面。

“沈牧平，你看，那边有抽奖。”

商场在搞消费满额抽奖，沈牧平看看前面排队的人，问她：“你想去吗？”

沈小运想要抽。

沈牧平带着她排了十分钟的队，用他们的购物小票换了一堆奖券。

“这个能换什么？”

“幸运奖，‘福’字。”

“哇，好棒！不用买了！这个呢？”

“肥皂盒。”

沈小运刮开了一张又一张奖券，没有一个落空的，可也都是些细碎的小玩意儿，她已经高兴得要跳起来了。最后一张奖券，沈小运跟沈牧平说：“沈牧平，你来拆吧。”

沈牧平看看手里的东西说：“你拆吧。”

沈小运撇了撇嘴：“那你吹一口气。”

沈牧平照做了。

“沈牧平，这个是什么奖？”

一等奖，iPad一部

沈牧平看看墙上的奖品单，再看看小小的奖券，他一直以为商场里号称有大奖是骗人的，原来也有些是真的。

虽然不知道iPad是什么，可这拦不住沈小运的开心，她简直快要高兴得上天了，坐在车里捧着奖品盒子，她很认真地掰着手指说：“幸好我不是天天都买东西，不然心脏都要爆掉的呀！太开心啦！”

沈牧平微微喘着气，知道沈小运中了一等奖，好多在买东西的小姑娘都要过来跟她握手蹭喜气，他拎着一堆东西，还要把沈小运从人堆里带出来，从商场里到商场外的这一段路真的不好走。

“你是喜欢买东西呢，还是喜欢吃东西呢？”看见沈小运开心，沈牧平这么问她。

“嗯……”沈小运很认真地想了想，说，“还是吃东西比较好，每天都是小开心，细水长流才好嘛。”

想起明天要吃生煎包，这个生煎包还是自己赢来的，她晃了晃脑袋，心里美滋滋的。

沈牧平开着车，带着沈小运在夜色里穿行回家，他身后偶尔有道旁的光照在沈小运胸前抱着的盒子上，映在后视镜上，他一抬头就能看见。很多东西，他曾经很坚定地以为是假的，后来，时间证明了他的片面。比如抽奖，又比如，妈妈很爱他。

科技改变生活，这话大概是没错的，至少沈小运的生活就被一个iPad给改变了。

“半个小时已经到了。”沈牧平神情严肃地站在沙发边，看着玩得正兴起的沈小运。

沈小运嘤了一声，手指拽着平板的边缘。小小姐从她的腿上迈过来，大概是以为这里有什么热闹。

“说好了饭后只能玩半个小时。”

“可是，可是我开游戏花了时间呀！”

沈牧平说：“你现在都没关游戏，时间上已经抵了。”

“我马上就要赢了！”沈小运的手指还是不肯松开，她几乎是在央求了。

沈牧平不说话，过了半分钟，因为步数走完还没消除掉足够的小动物，沈小运的这一关宣告失败。

“我觉得，你要是再让我玩一次，我就能赢。”

沈牧平一言不发地把平板电脑从沈小运的手指间抽了出来。

活着没意思，沈小运在沙发上扭了一下，还是坐起来默默打开了电视机，电视里高天的那张脸也不如以前吸引人了。

沈牧平关了平板，把它放在自己的电脑下面，开始整理用户资料。年根的时候银根紧张，保险公司都会推出一些高收益的理财险种，沈牧平靠着这个又从老客户的手里捞了一笔。

“沈牧平，我今天跟老板说了我抽中了一个iPad，老板说，让我拿去给她看看，好不啦？”

“我用你的手机拍张照片，明天和书吧老板说起来，你就把这张照片给她看好了。”

沈小运心里打的什么小九九，沈牧平又不是不知道，拿去书吧看一看，自然也就玩一玩了嘛。

瘫在沙发上，沈小运像是个瘪了的气球，她想念黄色的小啾啾鸟，想念绿色的小呱呱蛙，更想念头顶好几种颜色的猫头鹰，超厉害，一下子就把一个颜色的小动物都带走了。就在沈小运沮丧到了极点的时候，沈牧平的手机突然响了起来。

看着来电显示上的人名，沈牧平拿着手机走回自己的房间，然后关上了门：“喂，我是沈牧平。”

“牧平，我是魏香兰。”

沈牧平的神情变得比刚刚严肃十倍，对于沈小运目前平静的生活而言，魏香兰的每个电话可能都意味着波澜。沈牧平并不喜欢这种波澜，沈小运的世界变得很小，可正因为小，才安全和稳定。

“牧平，我今天去了看护中心……”

伴着电话里魏香兰的声音，男人下巴上的线条变得紧绷和冷厉起来：“对不起，我不能答应你。”

挂掉电话打开门走出去，沈牧平看看自己的电脑下面，iPad还在那里，沈小运并没有像他小时候那样，大人见不到的时候就肆意妄为。

“你明天……可以把平板带到书吧去，但是我们要说好，我会跟你老板打招呼，让她监督你，中午只玩半个小时。”

哇！只是一个电话的时间就能有这么大的惊喜降临吗？她高兴得都快说不出话啦！

看着沈小运的表情，沈牧平笑了：“只有午休时间的半个小时。”

“好的呀好的呀。”

“明天早上想吃什么？”

沈小运摸摸肚子，晚上吃的是沈牧平炖的萝卜牛尾汤、虾仁炒饭和蒜炒空心菜。

“能吃生煎包吗？”

沈牧平说：“前天吃过了。”

沈小运叹了一口气：“好吧，那就煎蛋配白粥吧。”

这个倒是简单，沈牧平点点头，转身去忙。沈小运揉揉小小姐的后腿，想把脸埋在她的肚子上，却同时遭到了四只猫爪的拒绝。

iPad得到了书吧老板和代班蛋挞姑娘的围观。不是因为她们没见过，而是在这个各种抽奖比纸币还多的年代，能真正看见一个人的好运也是很难得的。蛋挞姑娘叫沈小运的这个平板电脑是“锦鲤”。

沈小运不懂为什么自己戳小鸡小青蛙的东西就成了一条鱼，不过没关系，她最喜欢吃鱼了，和吃肉一样喜欢。

今天的蛋挞姑娘给沈小运的点心是海苔饼干，烤得脆脆的，海苔的咸香气好足，还带着温热，沈小运刚拿到就忍不住吃了两块。老板也对蛋挞姑娘烤的饼干赞誉有加，还跟她商量起来，等蛋挞姑娘的糕点店开起来，书吧可以从她那里以友情价拿点心。

沈小运听不来生意经，抱着平板电脑坐在那儿，一味地傻笑。

中午的时候沈小运并没有玩她的小鸡小青蛙消消乐，并不是因为她忘了，而是因为清蒸鲈鱼阿姨又来了。她做了咸肉和腊肠，还买了两件小孩子的衣服，圆墩墩的保温盒里装了火腿煨冬笋，配着香香的白米饭，吃得沈小运忘乎所以，果然是全世界前四可爱的人之一呀。咸肉和腊肠还有沈小运的份儿，不多，但是也已经让她受宠若惊了。

“腊肠是一起跳舞的姐妹帮我一起做的，可不准说不好吃哦。”

“好吃的呀，好吃的呀。”明明没有吃到嘴里，沈小运却好像已经吃到了腊肠焖饭一样，说得无比真诚。

清蒸鲈鱼阿姨很是高冷地笑了笑，她今天穿了一双高跟鞋，身上还有一点淡淡的香水味道。

她走了之后，店老板有点蒙，她看看沈小运，说：“宝宝的奶奶在谈朋友。”

哈？什么是谈朋友？跟着一起蹭饭的蛋挞姑娘筷子没抓稳，一大块笋落在了米饭上。

下午下班的时候，沈小运蹲在地上不肯走：“我午休的半个小时没玩儿，让我补上啦。”

沈牧平看看在憋笑的老板和代班店员，她们两个憋着笑给沈小运作证。

“她真的没来得及玩。”

“那什么，我也能作证。”

沈牧平无奈地说：“你今天先回家，这半个小时记在明天午休的时候好不好？”

“加十分钟。”沈小运瞪大眼睛看着沈牧平，理直气壮地说，“是要算利息的啦。”

沈牧平的拒绝没有让魏香兰退缩，她年轻的时候就被人称为“耿到死”，如今老了，那还是没变的。回公司拿合同的时候，沈牧平被前台叫住了。

“那边有个阿姨等你很久了。”

看着魏香兰，男人叹了口气：“魏阿姨，我就是没心没肺。她现在这个样子，还能顾得了谁？我不觉得她欠别人的，现在都这样了，还要为别人的事情操心。”

魏香兰的手指紧紧地捏着手提包，她看着比自己高一个头的沈牧平，肩膀略微垮了一点："牧平，从来没人觉得她亏欠了别人，只有别人亏欠了她的，但是很多事情我们不能说亏不亏欠不欠。老陆的事情她前后操持了这么多年，要是有一天她……知道自己最后错过了这一段，她会难过的呀。"

"她现在这个样子能维持下去已经很好了，我并不奢望她有一天会想起那些事情，会为那些事情难过。魏阿姨，她的世界现在就这么大了，您不要再往里面添加不属于她的重量了。"说着，沈牧平的双手团在一起，比出了一个瓶盖大小的圆。

看着那个圆，魏香兰轻轻退了一步。然后是一声很悲伤的叹息，悲伤到自称没心没肺的沈牧平都觉得一阵凉风从自己的胸膛里穿过，可他站在那里，像是一堵倔强的墙，把自己终于想要保护和珍惜的东西护在了身后。

"牧平啊……她现在是这个样子，以前做过的事情也是有痕迹的，抹不掉的。她活了这么多年，做了那么多事，可能在你的眼里那些都不算什么，但是不管她是生是……那都是她的一部分呀，她要是好好的，是一定想要做完的。"

沈牧平没说话，魏香兰自己的眼眶已经红了。

在他们两个人的眼中，"她"是完全不一样的。有的人见过太多离开的背影；有的人见过太多坚忍的担当；有的人希望那些离开的背影都离去，只留下在自己庇护下安乐的"小小的她"；有的人希望那块已经写上了名字的石碑，刻完最后的笔画。

魏香兰走了。

沈牧平没有回办公室，他走到公司的吸烟区，在身上摸索了半天，才想起来自己为了沈小运已经把烟戒了。最后，他深吸了别人的几口二手烟，呛了一声，才转身走了。

午休时分，沈小运终于玩上了她的戳小鸡戳小青蛙。蛋挞姑娘看了一眼，才第四十关，撇了撇嘴，她又去擦杯子了。

玩儿了一会儿，沈小运抬起头活动了两下脖子，突然问蛋挞姑娘："过年的时候我给你拜年去，好不啦？"

"拜年？"

信息化社会，拜年已经发展成了"云拜年"，蛋挞姑娘想也知道不会是那种。

"你是要上我家拜年？"

沈小运点头，过年的时候只有她和沈牧平，大概真没什么年味儿呢。

蛋挞姑娘叹气："我告诉你地方，你还要让沈先生带着你……"看见沈小运期待的目光暗了下去，她接着说，"不如我带着点心去给你拜年吧，我一个人骑车去哪儿都方便。"

沈小运很开心："好的呀。"她掏出小本本记上了，"你给我带什么点心呀？"还关心起了别人给自己的年礼。

蛋挞姑娘觉得沈小运看着傻，其实可聪明了，这不才说了两句话，就让自己大过年地去送点心上门，还是免费的。

沈牧平来接沈小运的时候，看见她正扯着代班店员的衣袖要拉钩钩。

"我说了会去就一定去的。"

"拉钩钩呀。"

三岁以后就没记得自己干过这么幼稚的事情，代班姑娘挠了挠头，看见沈牧平来了，她直接蹿上了还在清理的书吧二楼，沈小运可追不上她。

"你想拜年？"回家路上，沈牧平问沈小运。

"不东走走西逛逛，哪里算过年呀？"

听着沈小运的话，沈牧平眨了一下眼睛，慢吞吞地说："我过年的时候，要去给一个阿姨拜年，你要去吗？"

"你的阿姨，那我叫什么呀？"沈小运不等沈牧平说话，已经用她聪明的小脑瓜算了出来，"叫奶奶的呀。"

……行吧，叫奶奶就叫奶奶。

“我们晚上吃腊肠焖饭，做个油焖笋，好不好？”

“好的呀。”

说着，两个人已经一前一后走上了桥，过了桥，离家就近了。

老街的很多店铺过年是不放假的，书吧老板还是决定大年三十就放假关店，一直休息到初八开门。

“给，过年的红包。”

“啊？给我的呀？”

沈小运在书吧工作是没有工钱的，只要老板管一顿饭就好了，是真的从没想到居然能从老板的手里拿到钱。

“这段日子，辛苦你啦。”老板的笑容很真诚，沈小运并不是个会给人添麻烦的人，哪怕是现在这个样子，她给予别人的，也比她所获得的多，老板自觉从沈小运的身上也获益良多。

代班姑娘也收到了一个红包，她初八之后还会来做几天。至于已经回家的店员姑娘，她跟自己的亲妈已经从“妈妈我爱你”过渡到“我一定不是你亲生的”，母女感情一度破裂。收到了老板发的一个微信红包，她发了条拜早年的语音过来，叽叽喳喳，祝福的对象从宝宝说到了沈小运。

沈小运也在老板的鼓励下，发了条语音过去：“你也过年好呀！”

她其实不太知道这个语气欢快的小姑娘是谁，但是这不妨碍她开开心心地接受祝福，再送出自己的祝福。

沈牧平放假的时间比沈小运早一天，他去接沈小运下班的时候，看见沈小运乐呵呵地从糖果店老板的手里接过了一根“福”字糖。

“糖老板真好，送我糖当年礼呀，我正好喜欢吃糖。”

哪里是正好？明明每天上班下班都会盯着人家花花绿绿的糖看好半天嘛，糖果铺子的老板眼睛又没瞎。

“我今天拿了红包，还有糖，你收到红包了没有呀？”沈小运最后的尾音都带着得意扬扬的小钩子。

沈牧平说："没有，我们的年终奖三月才发。"

"哦。"收到了二百块红包的沈小运很同情年终奖好几万的沈牧平。

回到家里，沈小运的眼睛都瞪大了。虽然她的脑子不好用，可她也记得家里不是这个样子的啊。站在沈小运的背后，沈牧平抬手揉了揉自己的肩膀，今天他花了大半天的时间把家里里外外都打扫了一遍。

新的脚垫、新的桌布，就连鞋柜子上那条印着小橘子的盖布都是崭新的。小小姐懒洋洋地瘫在新的沙发垫儿上，这屋子里也就只有她还旧里旧气了。

沈牧平刚打扫完的时候，小小姐翘着尾巴里里外外巡视了好几遍，凡是陌生的东西都凑上去闻一闻，现在的沈小运跟她还真有些相似，东瞧瞧西看看，发现沙发抱枕套子是自己喜欢的样子，抱着美了半天。

看一眼时间，沈牧平从锅里把饭拿了出来："给你点心吃的姑娘说没说她哪天来拜年？我昨天买了青橄榄，你要记得给人家泡茶。"

过年的时候给客人喝的茶里放个青橄榄，被当地人叫"元宝茶"，此外还要用很华丽的盒子装了点心糖果请人家吃，这是一个很重要的工作。

沈小运点点头，拿小本子记了下来，翻翻前面，她跟沈牧平说："蛋挞姑娘说要年初二上午来呀。"

"嗯，好。"

过年的食材沈牧平来不及自己去市场买，都是订好了让人送货上门的，连着窗边摆的福橘和荔枝树都是送货上门的。里面有一条鲳鱼看着挺新鲜，沈牧平把它蒸了做成葱油鲳鱼，又炒了个不辣的回锅肉，用青菜粉丝做了个汤。沈小运对那个葱油鲳鱼大为赞赏，沈牧平吃着却有点咸。

吃过饭，沈小运去玩儿她的"戳小鸡"了，沈牧平难得没有忙工作，而是和家里的洗衣机一起加班加点，拆下来的床品和各种沙发垫子都是要洗的。把东西塞进洗衣机里，沈牧平长叹一声，坐在了马桶盖上。年前忙碌各种家事，他一个年富力强的大男人觉得疲惫不堪，要是真让他再去挤一趟市场，他大概就看不见初一的太阳了。

沈小运路过卫生间，看见沈牧平在那里坐着，转头又跑走了，等沈牧平走到客厅，就看见茶几上摆了一杯茶，里面还漂着一颗青橄榄。

“喝茶喝茶。”沈小运笑眯眯地说。

沈牧平拿起来啜了一口，看见沈小运抱着她喜欢的抱枕仰头说：“沈牧平，辛苦啦。”

男人动动嘴唇，点点头说：“嗯，你也辛苦了。”

沈小运不知道自己坐在这里看电视有什么辛苦的，对着沈牧平甜甜地笑了，刚刚她从糖果盒里偷吃了一块奶糖。

第二天早上，沈小运喊着“要迟到啦，吃不上生煎包啦”，从房间里冲出来，看见沈牧平腰上扎着围裙正在厨房里忙着，在厨房门口就能闻见浓浓的香气。

“沈牧平？”

“今天过年，不上班。”

沈小运呆了一下，长长地哦了一声。踩着拖鞋，穿着家居服，吃过了小馄饨，沈小运在房间里晃来晃去，没一会儿她就走进厨房说：“我来和你一起做啊。”

沈牧平说：“你帮我剥葱头的皮吧。”

“我们要吃葱头吗？”沈小运记得沈牧平不吃葱花也不爱吃葱头的。

“不是吃，我用它来煎牛仔骨。”

“吃牛仔骨啊？这个我喜欢。”

午饭的时候随便吃了点炒饭，沈小运就开始期待晚上的年夜饭了。明明每天都吃得很好，可是心里的期待和喜悦就像是可乐瓶里的小泡泡，冒个没完。

“黄豆芽是因为长得像如意才叫如意菜吗？”捏着一根黄豆芽，沈小运问沈牧平。

沈牧平真的答不出来，只能说：“这种很传统的讲法，可能各种原因都扯得上吧。”

过了一会儿，沈小运又拽着一片青菜过来：“这个叫安乐菜，又是为什么呀？”

沈牧平正在往锅里刷油，准备煎蛋饺，只能先关了火，把沈小运推到客厅的沙发旁边，摁下去。

“你现在可以玩半个小时的消消乐。”

沈小运说：“那我晚上还能玩儿吗？”

“能，今天过年，多给你半小时。”

沈小运很开心，沈牧平也松了口气，掏出手机看看自己特意找的菜谱，他想起来自己还没把肉丸子拿出来解冻。

“为什么要做水芹菜？芹菜怎么做？”揉了揉额头，他深吸一口气，又投身厨房——这个热火朝天的大战场。

春晚，穿着红色大衣唱歌的帅哥神采飞扬，沈小运情不自禁也跟着摇啊摇，沈牧平坐在旁边，他对春晚提不起什么兴趣，小时候曾有过的满满期待早就随着眼界的增长和自以为是的审美提高而消失不见了。可是看着沈小运开心的样子，沈牧平觉得电视里的年轻明星也顺眼了不少。

“沈牧平，他好帅啊！”

男人嗯了一声。

“就比你差一点。”

沈牧平也开心起来，并不知道沈小运打开笔记本，在上面写着要给沈牧平买一件大红色的外套。

节目一个接一个，沈小运看着看着，突然呆了一下。沈牧平以为是哪个节目让她想起了什么，微微有些紧张地盯着。

沈小运却转头对沈牧平说："我是不是还有半个小时的戳小鸡没玩儿？"

沈牧平想了想，点了点头。沈小运立刻拿出她的平板电脑玩了起来，她总觉得自己已经玩过了，却又觉得今天的份儿还没用，果然还是没记错呀。

晚上九点半，沈牧平走进厨房，年夜饭的东西早就准备好了。

现成的酱鸭切好了装盘就好。灶上小火煨炖的砂锅直接端上桌，打开盖子，里面的炖鸡已经骨酥肉烂能吃了。海蜇皮和萝卜丝洒了盐、糖，加了香油、酱油、醋和葱油一起拌过，沈牧平虽然不吃葱花，可葱油还是喜欢的。春节前后，已经有焐出来的春笋，个头小小的，价格却不低，去壳做了道油焖笋。

让沈牧平挠头不已的水芹菜最后被切碎成了暖锅的调味料，滚沸的高汤里下了豆芽、蛋饺、肉丸、香菇、平菇、青菜、粉丝，煮成一锅，放白胡椒粉调味，算是把所有的"吉利菜"都一锅打尽。有头有尾的鱼是深海黄丁斑，听着挺名贵的样子，还是冷链从南边送过来的，沈牧平还是选了最稳妥的做法——蒸熟，泼热油。

六道菜，对沈牧平和沈小运两个人来说真的是很大一桌了，怎么也吃不完，沈小运充分表达了自己对每一道菜的喜欢，沈牧平反而担心她撑着，看她又往自己的小碗里扒拉蛋饺，连忙说："吃点豆芽青菜。"

"好的呀。"沈小运乖乖地吃起了"如意"和"安乐"，还有"银条"，就是粉丝。

小小姐今天也是在过年，比手指还粗的青虾煮熟之后放凉，再去壳切成小块儿，正适合给她过年。看她吃得那么香，沈小运还特别坏心地把她从饭盆边拖开，看着她奋力地扒拉着胖腿儿，挣扎着要往饭盆前面凑。

吃过年夜饭，时间也到了十点半，透过窗子往外看，能看见有人乘着夜色往外走，老城的人讲究过年去庙里烧头香，吃过年夜饭就得去了。这样的热闹，沈牧平和沈小运都不想凑，坐在家里安安静静地过年挺好的。

眼睛瞪得大大的，看着电视，时间已经过了晚上十一点，沈牧平第三次说让沈小运去睡，她倔强地摇头：“不要去睡，要守岁的呀。”

十分钟后，她脑袋一歪，在沙发上直接睡了过去，小小姐团在她身边，也睡了。沈牧平无奈地走过去，拍拍她的肩膀，最后只能揽着她的肩膀把她抱了起来。沈小运很轻，沈牧平却觉得自己的手臂都在颤抖，她太轻了，也太重了。

把沈小运送回卧室，盖好被子，沈牧平回到客厅里关电视，却仿佛看见一抹红色从他眼角闪过。定睛去看，竟然是一个小小的红包，就孤零零地被留在沈小运刚才坐着的地方，红包的下面还有个小纸条，上面写着：

过了十二点，把红包给沈牧平。

刚刚她在这里撑着不睡，就是在等时间吧？沈牧平把红包拍在掌心里，头转向一边，然后一屁股坐在了沙发上。

他就这么坐了很久，久到耳边响起了《难忘今宵》。旧事如同翻滚的潮水，在这个应该热闹也快乐的夜晚向这个男人席卷而来，他很高兴——高兴在沈小运熬不下去、等不了的时候，自己能在这里，让她去休息。

一过十二点，沈牧平的手机就振动个不停，到现在，各种微信短信早就要塞满他的手机了。他拿起手机，先把自己早就编辑好的祝福消息发给客户和同事，再一条一条地将祝福回过去，再不是从前桀骜不驯的样子，一点都不在乎这些人情来往，也不会早早回到房间里跟人聊天，把那个人孤单地留在电视机的旁边。

可他现在最想祝福的人，却在房间里睡得挺香，旁边还有跟过来的猫给她压被脚。

第二天一早，沈小运睁开眼睛，哎呀叫了一声。她从房间里跑出来的时候，沈牧平还以为她又记错了时间，当今天是工作日呢。

沈小运却是跑到沙发旁边左摸摸右摸摸，在她自己最喜欢的抱枕下面看见了那个红包。抬头看看沈牧平，沈小运觉得他一定没看见。

红包攥在手里，她嗒嗒地跑到厨房，小小姐本来在跷着脚舔，也停下来跟在她后面跑了过去，一下子跳到了厨房餐桌旁的椅子上。

“过年好。”沈牧平先拜了年。

沈小运背着手，仰头说：“嗯，你也过年好。”然后把红包拿出来，“新一年要乖乖啊，事业顺利，嗯……财源滚滚呀！”

沈牧平接过红包，也从围裙的口袋里拿出了一个红包：“我就祝你健健康康！”

“好的呀！”沈小运兴冲冲地打开红包，看见里面有好多张红彤彤的钞票，眼睛都眯在了一起。她给的红包里是一百八十八，一加一减，自己赚了好多呢。

“今天要出去逛庙会吗？”

沈小运点点头，又摇摇头，好通情达理的体贴样子：“不要啦，你太累了，今天休息吧。”

沈牧平的心中一阵感动，让他仿佛身在暖暖的溪水中。沈小运期待地说：“今天是大年初一呀，我可以多玩一会儿戳小鸡吗？”

“不行。”

溪水迅速降温成了冷泉。

“哦。”

说好的新年快乐万事如意呢？吃了那么多豆芽的沈小运很委屈。

年初二的时候，蛋挞姑娘如约而至，她说是初二上午来，以为九点已经够早了，根本想不到沈小运早上六点半就已经坐在沙发上等着啦。

“过年好。”蛋挞姑娘从背后的书包里拿出了一个红色的硬纸盒，沈小运打开一看，有肉松蛋糕卷、椰蓉蛋糕卷、北海道蛋糕，她喜欢吃的低糖黄油曲奇和海苔小饼干都装在好看的透明袋子里，袋子上有红色的小心心。

沈小运的眼睛里也有红色的小心心。

“谢谢，蛋挞姑娘你也过年好啊！新的一年顺顺利利、健健康康、和和美美……”沈小运忘词儿了，看看拿在手里的小纸条，“全家幸福安康，事业节节高升。”

最后一句，正在创业筹备期的蛋挞姑娘很喜欢。

“我最近在试验新蛋糕，初八上班的时候给你吃啊。”

沈小运小鸡啄米似的点头。

沈牧平之前给了沈小运一个红包，让她给蛋挞姑娘的，沈小运差点忘了，拿出红包的时候还傻笑：“新年快乐啊！”

“你刚刚说过了。”

“好话不嫌多呀，我说了两遍，你就要比别人过得都好呀。”

蛋挞姑娘没忍住，拍了拍沈小运的肩膀，真情实意地说：“谢谢。”

送走了蛋挞姑娘，沈牧平也让沈小运换衣服准备出门。

“我们也出去拜年吗？”

“对。”

沈牧平穿上了沈小运给他买的牛仔外套，对着镜子看了半天，用了点啫喱把头发都往后理了理，又抓了抓本来纹丝不乱的额发。勉强……比从前年轻了一点点吧。

穿着粉色大衣的沈小运，脖子上是重重围巾，她跟着沈牧平坐车穿过了热热闹闹的街道。路上的车子好像丝毫没有变少的样子，可气氛却比平日里轻松多了，过年嘛。

车子一路到了医院。

沈小运悄悄跟在沈牧平的身后走，一点声音都不敢有。

“我们要拜年的人，生病了呀？”她拽着沈牧平的衣摆，小声地问道。过年时的医院比平时冷清一点，走在走廊里，沈小运生怕自己的声音会惊动了什么。

“是的，她……生病了。”站在一个病房的门口，沈牧平把沈小运拉到自己身前，“看见那个阿姨了吗？我们是给她拜年的。”

大年初二，头发花白的老妇人坐在床上，睁着眼睛一动不动。沈小运走过去，笑着对她说：“奶奶好，奶奶过年好。”

老妇人一动不动。沈小运在旁边站着，从口袋里掏出了一小包曲奇饼干，沈牧平都不知道她什么时候偷偷藏起来的。

“奶奶，你要不要吃点心呀？”

老妇人仍是不理她。沈小运突然觉得很难过，铺天盖地的难过一下子压在她的心头。

沈牧平站在她身后，轻声对床上的人说：“陆阿姨，过年好，我来看看您，她现在挺好的，虽然以前做的事情都做不了了，可是现在也能过得开心。”

沈小运低着头，大颗眼泪砸在白色的床单上，被棉布吸走了。

“怎么，怎么就这个样子啦？”沈小运抓着曲奇饼干的手都颤抖了起来。

那个老妇人还是不为所动，冷漠，也许是她对这个世界唯一的应对了。

沈牧平不想看着沈小运一直伤心，轻声说：“跟她说过了过年好，我们就走吧。”

沈小运不肯走，她用一只手的手指抠着病床的边儿，另一只手还倔强地把曲奇往老奶奶的眼睛下面放：“真的好吃的，吃了就不生病了，好不啦？”

刹那间，沈牧平很想用手去捂自己的胸口，如果这个世上真的如她想的这样简单纯粹，只用一包饼干就能治愈所有的伤痛，那该有多好。

老妇人抬起手，打了一下沈小运的手，沈小运抓住了她的手：“别生病了呀！”

老人挣脱了沈小运的手，她终于抬起头，浑浊的眼睛看着沈小运。

陆奶奶的脸形很端秀，虽然如今老了，气色又很差，可她年轻时候必然是美的。沈小运隔着眼泪看着她，心里很坚信，仿佛真的见过似的。

“过年好呀。”沈小运又拜了一次年。

老人又低下了头。曲奇饼干的袋子落在她腿上，口子已经开了，一块饼干的小半边露在了袋子外面。老人终于伸出手，抓起那块饼干，放进了嘴里。

沈小运破涕为笑。

“我们明天还来看奶奶，好不啦？”离开医院回家的路上，沈小运问沈牧平。今天明明是过年，陆奶奶却孤零零地待在医院里，沈小运觉得自己的心大概也生病了，好疼啊。

“陆阿姨的女儿今天值班，明天会来陪她的。”

听了沈牧平的话，沈小运安心了一点点，小小地哦了一声。

沈牧平没有直接回家，而是将车停在了一家老馆子的门口。下午一点半了，午饭时间几乎都要过去了，难得开着的饭馆里，客人也不算多。

沈牧平问沈小运：“我们今天吃叫花鸡好不好？”

沈小运点点头。

问了问，叫花鸡要等一个半小时，沈牧平看看沈小运，对店员说：“我们先点几个菜吃着，叫花鸡也做着吧。”

点了樱桃肉、肉饼蒸蛋和清炒虾仁，沈小运吃着吃着，脸上的表情渐渐松快起来。

“吃好吃的东西，就是能治病的呀。”她还在惦记着生病的老奶奶，希望她能好起来。

沈牧平用汤匙把虾仁送到她面前，有些小心地说：“对，是能治病的。”

“所以奶奶的病会好的呀！”沈小运的语气无比坚定。

沈牧平只能点头，然后希望一会儿的叫花鸡能好吃一点，再好吃一点。

年初三一早，有客户找沈牧平，要他帮忙去火车站接人送到别处去。

沈小运带着小小姐一起在沙发上看电视。《英雄无悔》播完了，现在沈小运看的电视剧是《武则天》，圆盘脸的明艳女演员站在廊下，看着另一个女子坐在小轿子上往皇帝那儿去，一双大眼真是把什么都写尽了。

沈小运看着，突然开口说："封建社会真腐朽呀，是吧，沈牧平？"

回头看看，才想起来沈牧平不在家。沈小运回过头去，继续看着电视。外面有小孩子吵吵嚷嚷，沈小运的注意力被他们吸引了过去，听了一会儿，她站起来走进了厨房。走之前，沈牧平揉了面团，切好了肉馅儿，他是想试着包点饺子的。沈小运走进厨房溜达了一圈儿，小小姐跟在她后面，也趾高气扬。

十五分钟后，沈小运揉着面团看着电视，肉馅里被她调了黄瓜和葱姜进去，还放了切碎的虾仁。

"等沈牧平回来，就能吃饭啦。"

小小姐抱着从沈小运脚下抢来的拖鞋打滚。

正月初三的高速路上，车比想象中多很多，本来来回不到两个小时的路，一个半小时过去了，沈牧平的车还停在离城的车流中。坐在副驾驶座位上的是个比沈牧平大几岁的中年男人，国字脸，气质硬朗。

"真不好意思，大过年的，麻烦你跑一趟。"同样意思的话他已经变着法儿说了四遍。

"您太客气了。"沈牧平看了一眼时间，默默估算着什么时候能回去给沈小运包饺子。

车里的空调开着，男人打开车窗，想要抽烟却又不好意思，只能看着前面堵在一起的车没话找话："你家是本地的？"

"现在是全家都在这儿。"

"家人都在眼前，挺好。"男人的话像是叹息。年轻的时候，叹息像是为赋新词强说愁，到了中年，每一声叹息里，喜怒哀乐都聚齐了，像是一块摆在画架上的线稿，被补满了种种色彩，“我这些年一直在外地，说要把我爸接出去，可他一直不肯，他不肯，我也就不强求，平常三五天一个礼拜打个电话就觉得自己尽心了，逢年过节多带些好东西回去，谁不说是个孝顺的？可到底怎么样……”

男人叼着烟，沈牧平从座位中间的杂物盒里拿出一个金属打火机，给他把烟点上了。

“谢谢谢谢。”

“您客气了。”

“呼。”男人吐出一个烟圈儿，看着后座上自己大包小包的东西。

“我爸去年中风了。”男人垂下了眼睛，“那以后我总想，要是从前多打个电话，该多好？可多少钱都换不回来。”

每个人的心里都有一堵墙、一根柱子、一个能撑着天的人，哪怕是个已到中年自己也撑起了一个家的高壮男人，心里也有那么个人，却在墙倒了、柱子塌了、那个人快要不见的时候，才知道自己是真少不了那个支撑。

“现在打个电话，只能听见他的哼哼声，还想他骂我两句，都没了。”男人深深吸了一口烟，像是把泪和着尼古丁咽了回去，“天天说自己不容易，有时候也不知道自己忙了半辈子到底忙了什么，爸妈没享什么福，孩子也没教得多好，要是赚了钱也就算了，可钱呢，滴水似的进来，流水似的出去，一转眼，自己得算算什么时候退休了。”

大概是在北方待久了，男人抱怨的时候带着一股雾霾气。前面的车动了，沈牧平踩了下油门。

“现在还来得及。”他对那个男人说，“多回去看看，要不就把老人接出来。”

男人看了沈牧平一眼，提了一下唇角：“我话说多了，谢谢。”

沈牧平握着方向盘，说：“您太客气了。”

“我看您的样子，也不像是做保险的人。”男人这话并不是贬低什么，沈牧平气质平和，身上没有什么社会气，看他聚精会神开车的样子，更像是个去开会的学者。

说起自己的职业，沈牧平笑了笑：“做保险挺好的。”

“您这话一听就知道是有故事的，能不能说说，做保险怎么个好法？”

“头低下了，就看见自己是站在哪儿了。”

终于过了拥堵的那段儿，沈牧平提了提车速，又看了眼时间，他还得赶回去做午饭呢。

“啪嗒。”

沈小运睁开眼睛，看表已经是中午十一点半了，电视还开着，她迷糊了一会儿才想起来自己包饺子包累了，躺在沙发上睡了一觉。

包好的五六十个饺子码在一边，用干净的报纸盖着，趁着她睡觉，小小姐在摆着面粉的地方游玩一圈儿，留下了三四个小脚印，还把一小块面团当玩具玩儿到了地上。沈小运就是被面团落地的声音惊醒的。

“沈牧平还没回来啊？”撇撇嘴，沈小运坐起身，擦掉了被猫踩过的面粉，剩下的五六个面团也不要了，还沾着面粉的手点了点猫鼻子，“你呀，惹祸，浪费，这样不对的啦！”

小小姐闻了闻沈小运的手指头，伸着两个爪子想抱住舔，这样不听教训的惹祸精又能怎么办呢？沈小运气哼哼地起身去洗手。

沈牧平拎着一个盒子回来的时候，看见沈小运腰上扎着围裙笑眯眯地说：“回来了！我们吃饺子呀！”

那一瞬间，沈牧平以为自己回到了好几年以前，时光和记忆都是旧的，可疼痛与想念永远崭新。看见沈牧平在愣神，沈小运抬手去点了点他的鼻子：“你怎么了呀？”

男人把自己手里的盒子放在一边，若无其事地说：“我送的那个人家里给了我些紧酵馒头，晚上我们炸着吃好不好？”

“好的呀！我在饺子里面放了虾仁，肯定好吃的！”沈小运忘不了邀功。

沈牧平换了鞋子脱了外套，去厨房煮饺子去了。饺子确实很好吃，就是淡了点，沈小运忘了放第二遍盐。看她噘着嘴自责，沈牧平从厨房端出来了一碟酱油："没事，还不晚，我们蘸酱油吃。"

沈小运试着吃了一个，又开心了起来。

紧酵馒头是老城人年节时候赠人的好东西，少放了酵母的包子皮在蒸过之后还发硬，却很好地锁住了馅料里的汤水，用油复炸一下，包子会继续膨胀，变成个金色的球，酥脆在外，暄软在内，丰美的汤汁成了冬夜里的小惊喜。

沈小运吃了一顿，第二天还念念不忘，一大早就穿好了外出的衣服，坐在客厅等着沈牧平起床。

"我们给陆奶奶送点紧酵馒头去，好不好呀？"

沈牧平刚打开房门，就被沈小运用期待的语气包围了，他有些犹豫。

"去看陆奶奶，我今天可以不玩戳小鸡呀，你要是不让我去，我会难过，玩一个小时戳小鸡都好不了的难过。"沈小运有技巧地谈条件。

沈牧平很有些无奈："她是在住院，我们不好总是打扰的。"

"可是我们有好吃的呀，她吃了，身体就好了呀。"沈小运的道理简单到可笑，可沈牧平也不能说这道理不对。

美滋滋地坐在车后座上，沈小运一会儿看一眼自己身边的纸袋，里面装了六个炸好的紧酵馒头，圆鼓鼓热腾腾的。

医院里，陆奶奶并不在病床上，沈小运站了一会儿，看见一个年轻女人扶着陆奶奶走了进来。

"陆奶奶，我给你带了好吃的啦，可香啦。"

那个年轻女人看着沈小运愣了一下，然后笑了："你来啦？"

"啊？"这个女人好像认识自己，沈小运回头看向沈牧平。

沈牧平对她说："这是陆阿姨的医生，你叫她柳医生就好。"

沈小运立刻乖乖点头，叫对方柳医生。

“你们来看陆阿姨，正好我也要去查房了。”

柳医生笑起来脸上有两个小酒窝，沈小运几乎立刻就喜欢上了她：“柳医生，请你吃紧酵馒头呀！”

柳医生没有客气，拿了一个馒头对着他们挥挥手走了。

沈小运又拿着馒头给陆奶奶：“我昨天包了饺子，还放了虾仁，就是忘了放盐。这个紧酵馒头可好吃呀，你一定要多吃几个，身体很快就好啦。”

陆奶奶又是不理她。沈小运一点也不气馁，还坐在床边看着陆奶奶：“你想吃什么也可以告诉我呀，我不会做的还可以让沈牧平去学的呀。”沈小运还拽着沈牧平的衣摆对陆奶奶说，“他是沈牧平，可好啦。”

陆奶奶慢慢躺在了床上，两眼看着房顶，不看沈小运和她手里的馒头。沈小运像个夏天的小蜜蜂一样没完没了地嗡嗡响，突然，她被人打断了。

“你是谁呀？”一个在病号服外面披着棉外套的老人走进来，用很犀利的眼神看着沈小运。

“我是沈小运。”沈小运一本正经地介绍自己的名字。

老人说：“你快走！”

沈小运当然不肯走，拿出一个紧酵馒头，笑眯眯地说：“可香啦，你要吃不啦？”

老人想说不吃，可手还是把馒头接了过来：“你叫什么呀？”

“我叫沈小运呀。”

吃着别人的东西，老人不说赶人走的话了。陆奶奶还在那儿躺着，眼睛慢慢看向那个老人，又看向沈小运，最后回到了天花板。

回家路上，沈小运还是开开心心的：“昨天我觉得紧酵馒头是很好吃，今天我就觉得它们是很好吃很好吃的啦。”

沈牧平听着沈小运的话，脸上露出了微笑。

大年初五的早上，沈小运早早就被“鞭炮声”吵醒了。这一天财神爷过生日，好多店铺都在开市迎财神，老城里早就不让放鞭炮了，可是有店家想了主意用踩气球代替放鞭炮，一串儿的声音响起来，也很热闹。

这一天，财神爷要上班了，沈牧平也要上班了：“中午我会尽量赶回来，你要是饿了，茶几上有点心，锅里有炖的鱼头豆腐，电饭锅里有米饭，热一下鱼头豆腐就能吃了。”

沈牧平交代得很细致，沈小运抱着小小姐的两条粗前腿点了点头，看起来兴致不高的样子。

“你白天可以玩半小时的戳小鸡，等我回来给你带棒棒糖好不好？”沈牧平问沈小运。

沈小运的眼睛唰地被点亮了。

“能不能带两根啊。”沈小运说，“我一定在家里乖乖的，我也不玩戳小鸡，你给我两根棒棒糖吧。”

沈牧平看见沈小运有些扭捏地说：“陆奶奶没有人给棒棒糖吧？”

沈小运是个永远不想着吃独食的沈小运。沈牧平呆了一下，说：“我带两根回来就好了，戳小鸡你还是可以多玩儿半小时。”

沈小运低下头认认真真算账，抬起头，叹了一口气：“算了，我还是不玩了，你带三根棒棒糖回来吧，那个陈爷爷，也没有人给他带棒棒糖吧？”

陈爷爷就是闯进病房赶人的老人。沈牧平只能点头，不然的话，他似乎太没有底线了。

中午，沈牧平回到家里，看见沈小运坐在沙发上，身上穿着外出的衣服。看见沈牧平，沈小运很委屈：“我睡过了，你还把我锁在家里，没去上班。”

“今天过年，不用上班的。”沈牧平打开自己的公文包，里面装了三根棒棒糖，他只拿出了一根，“给，给你带了棒棒糖。”

看见棒棒糖，沈小运一脸的惊喜。

晚上，沈牧平回到家，又看见沈小运对他噘着嘴："为什么只有一根棒棒糖？我……我没有玩儿戳小鸡呀！"

沈牧平赶紧又拿出了其余的两根棒棒糖给她，这一天才算是平平顺顺地过完了。

第六章 清汤面

所有铺天盖地的愤怒，
全冲向了过去的自己。

正月初八，沈小运也穿着新衣服，喜气洋洋地上班了。代班的蛋挞姑娘给她带了一个塑料小饭盒，能看见上面厚厚的咖啡色奶油：“这个叫焦糖海盐盒子蛋糕，奶油酱里加了焦糖和海盐，不怎么甜。”旁边还有小袋子里装了烤成焦黄色的杏仁片和可可脆片，“你吃的时候倒一点在奶油上面，是两种不同的风味，要是放早了，就不脆了。”说起各种点心的做法和吃法，蛋挞姑娘总是一套一套的。

沈小运的眼睛已经不能瞪到更大，她甚至有点惶恐：“这……这么高级呀？”

“没什么高级的，你现在要吃吗？”

沈小运摇了摇头，她早上吃了加鸡蛋的阳春面，沈牧平说她吃了这个新年开工就会顺顺利利。

过了一个年，沈小运最大的变化就是喜欢给每一种好吃的东西找一个很好的意头，要沈牧平说，大概是被黄豆芽叫如意菜给影响了，于是沈牧平自己也被影响了。

沈小运自己带了白糖糕来，手上有个小纸条，她看了看上面的字，才说：“吃白糖糕，新一年的生意都节节高呀。”

听了她的话，不甜都甜了。就连对面糖果铺子的老板听说她在发白糖糕，还拎着新上市的糖来跟她换："我在门外都听见你在说生意节节高，来跟你混点喜气哦。"

"好的呀好的呀，生意红红火火，节节高升哦！"

书吧里里外外都有了过节的气氛。

过年之前，沈小运就帮着老板他们把书吧里里外外都打扫了一遍，过年回去后还是得打扫卫生，拿着拖把，她把地拖了好几遍，还擦了沙发和桌子。花瓶里摆上了新的冬青，红色的小果子一有人走过便微微抖动，让人不由得甜到心口发颤，好像把白糖糕或者是焦糖海盐盒子放在了胸膛上。等到把书吧都擦干净了，沈小运坐在椅子上，美滋滋地吃起了蛋糕。

下午的时候，沈小运第二次擦完了地板，站在吧台边上看着窗外，老板去老街管理处开会了，书吧里就剩了她和蛋挞姑娘招待客人。

"欢迎光临。"

被沈小运放在盆子里洗干净的风铃清脆作响，一个中年妇人走了进来。

"我要一壶红茶。"

妇人坐在靠窗的位子上，被冬天难得的好太阳晒得眯了眯眼睛，蛋挞姑娘泡好一壶红茶给她端了过去。

下午的点心时间，沈小运像是捧着宝藏一样地端出了自己的蛋糕盒子，上午她在蛋糕上撒了杏仁片，很好吃，下午她打算把一些可可脆片放进去。

可可脆片一倒出来就带着一股巧克力的香气，沈小运吞了吞口水，还是没忍住，把头探下去，用舌尖卷了一口包裹着奶油的巧克力脆片。真好吃！

"这个是你们这儿卖的吗？"沈小运抬起头，看见刚刚点了红茶的那个阿姨正弯腰看着自己。

"不卖的呀。"她说。

看看蛋挞姑娘，沈小运抱着蛋糕盒子站了起来："这边我还没吃，你要是喜欢，我分你呀。”

女人笑了笑，摇了摇手：“你吃吧，看着就很好吃。”

“是好吃，可香了，上面这层脆脆的特别好吃。”蛋糕上好几处的巧克力脆片都被舔没了，楚楚可怜地印证着沈小运的保证。

女人看着沈小运，从一旁的吧台上抽了纸巾，递给她：“你的鼻子上。”

原来沾到了奶油。沈小运擦掉奶油，不好意思地笑了。

蛋挞姑娘在一边说：“客人，不好意思，这个蛋糕是我们店员的自备餐。我们店里有曲奇饼干和水果拼盘，您要是都不喜欢，只要您在本店消费了茶水咖啡，我们也可以替您订附近的点心，让您在这里吃。”

女人又摆了摆手：“不用了，我只是随便问问。”

看着那个阿姨回去坐下，沈小运乖乖坐回去，吃起了蛋糕。那个阿姨就一直坐在那儿喝茶、看书。

下午五点多，沈牧平来接沈小运下班，透过书吧的橱窗看见了她。

“我跟你讲，我觉得我真是个坏人。”走在沈牧平的身后，踩着太阳送给他的影子，沈小运这么说着。

“坏人？”

“今天蛋挞姑娘给了我特别好吃的蛋糕，很多奶油装在盒子里，底下有特别软的蛋糕，一层奶油一层蛋糕，不过我最喜欢脆脆的巧克力片儿……”正正经经地形容了一番那个盒子蛋糕到底有多么好吃，沈小运这才想起来自己要说的并不是蛋糕，而是她自己，“结果我吃的时候，根本就没想起你，这样不好呀。”

沈小运有点小小的内疚，今天的盒子蛋糕真的特别好吃，要是以前的那些点心，沈小运会想，下次吃到的时候可以给沈牧平，可是这么好吃的蛋糕，沈小运觉得她很难再吃到了。

沈牧平回头看着沈小运：“蛋糕真的很好吃？”

“嗯。”沈小运点头。

沈牧平说：“其实我也吃过一个特别好吃的东西，叫椒盐豆腐鱼，本来想带你去吃的，既然这样，那我就不带你去吃了，我们回家下点面就好了，就扯平了。”

这样啊……沈小运停住了脚步，问沈牧平：“那个豆腐鱼真的很好吃吗？”

穿着浅灰色外套的男人点头。

沈小运不肯走了：“那你下次再惩罚我，好不啦？你今天没吃到蛋糕已经很可怜了，不能连豆腐鱼都吃不到呀。”

沈牧平再次被沈小运说服了。

裹着蛋液炸过之后撒上了椒盐的豆腐鱼好吃得让沈小运眼睛都睁不开了，沈牧平夹了一筷子炒粉干放在她的碗里，提醒她不要一直吃油炸的东西。

回到家，沈小运抱着圆鼓鼓的肚子，和在她身上闻来闻去的圆鼓鼓的小小姐继续看《武则天》。

沈牧平拿着电话走出了家门：“魏阿姨，我记得您答应过我，不会来打扰我们的生活。”

“牧平，不用紧张，我只是凑巧路过，顺便去喝杯茶。”

这话，沈牧平是不信的。

魏香兰也不需要沈牧平相信：“牧平，谢谢你带她去看了陆大姐，小柳大夫告诉我，你们去了两次，陆大姐的情绪表现都比平时多一些。”

晚风犹冷，沈牧平的表情像是凝上了一层冰：“魏阿姨，不管您打什么主意，她现在自己都照顾不了，根本什么都干不成。”

电话另一边，魏香兰声音缓缓如茶：“可她还是她呀。牧平，你现在就像个急于保护自己孩子的父亲。在你的眼里，她的成就、荣耀、事业，都没有她的健康安稳来得重要，可说到底，你不是她的父亲。我希望你能正视她这一生的价值，明白她不仅仅是个需要被你保护的孩子。”

“成就、荣耀、事业？”这三个词在沈牧平的嘴里，陌生又熟悉。

“你觉得我去找你们院长是做得不对，没关系，我没指望你夸奖我，我只希望你好好的。”两年前，有人这样对沈牧平说。

那时候，他是怎么回答的呢？

“好好的，妈，你到底明不明白，我要追求我自己的成就、荣耀、事业，不想像头猪一样被你赶进栅栏里围起来！现在，你把什么都毁了，不过你也不在乎，对吧？”

说完这段话的第二天，沈牧平就从医院里辞职了。从一个受人尊敬的医生，变成了一个卖保险的。

房间里，沈小运看着电视，满头白发的老公公说：“你是好人里的坏人，也是坏人里的好人……本就不是什么东西。”

“你呀，好猫里的坏猫，坏猫里的好猫。”她伸出手去摸小小姐的肚子，被拍了一爪子。

年后的第一场雨，在清晨悄悄地下了起来。沈小运站在窗边，看着被雨水洗净的小小绿叶子，突然跑到沈牧平面前说：“我们什么时候去吃碧螺虾仁啊？”

沈牧平腰上扎着围裙，早饭他做的是葱香蛋饼，面饼糊里加了鸡蛋，又在一边打了个蛋，戳碎了黄，这是他跟着网上学会的做法。听见沈小运的话，他回头看了她一眼，说：“那我们晚饭的时候去吃。”

“好的呀！”

年前沈牧平买了个豆浆机，沈小运的早饭就多了很多种能喝的东西，比如今天的红豆绿豆黄豆混合豆浆。沈小运喝了一口，有点嫌弃。蛋饼倒是很喜欢，在上面抹一层薄薄的红方腐乳，沈小运能吃两张。

“豆浆要多喝点，对身体好。”沈牧平仿佛察觉了沈小运的嫌弃，盯着她喝豆浆。

“咕噜咕噜咕噜。”

看着小小姐吃完猫粮坐在那儿擦脸，沈小运很羡慕。猫不喜欢吃的东西，总不会被人强迫一定要吃掉。

吃过了早饭，沈牧平拿出了一个小盒子给了沈小运，里面是洗好的蓝莓，沈小运立刻忘记了豆浆的事儿。

上班路上的青石路有些湿滑，沈牧平抓着沈小运的手臂，怕她摔倒。

“哎呀，你也太小心了呀。”打着小花伞的沈小运这么说。

沈牧平只说：“我怕你摔倒。”

“这是在下春雨呀，小花小草浇一浇都会好好长的呀。我多看看，说不定脑袋也会变好的，你不要总怕我摔倒嘛。”

沈牧平却不肯放手，沈小运撇了撇嘴。走到桥上，沈小运想看看船从桥下缓缓过去，沈牧平还是不肯放。沈小运有点生气了：“你总是抓着我，我哪里都去不了了呀。”

看着沈小运的表情，沈牧平的手略松了松。他今天的状态不对，他自己已经察觉到了。沈小运终于挣脱了沈牧平的手，有点欢快地走在前面，脚下踩着细小的水花。

沈牧平走在后面，只觉得这个世界好像地变成了天，天变成了地，他也从曾经努力想要挣脱束缚的那个人，变成了会让别人努力挣脱的那个人。应该说是人都会变成自己讨厌的样子，还是说时光就是在转圈圈，一圈又一圈，把所有人都兜了进去？

走到了书吧门口，沈小运已经忘了自己生过沈牧平的气，她回过头对沈牧平招招手说：“晚上我们要吃碧螺虾仁的，别忘了呀。”

沈牧平也对沈小运招招手，转身往老街外走去。

书吧里，沈小运放好了雨伞，解开了围巾，然后捧着自己的蓝莓去找蛋挞姑娘。蛋挞姑娘也刚进来没多久，她今天骑车过来的时候没打伞，只戴上了冲锋衣的帽子，现在前面的额发都是湿的，用纸巾拧了一下，现在都成了一条。

“吃蓝莓呀。”

“我今天做了肉松盒子。”蛋挞姑娘像是个圣诞老人一样，拿出了让沈小运惊喜不已的礼物，“跟昨天吃的焦糖海盐一样，一层蛋糕一层别的，不过这次是用了肉松，所以是蛋糕、肉松、沙拉酱。”

蛋糕不像昨天一样为了追求柔软的口感用了戚风，而是用做蛋糕卷的做法做了口感更结实一点的蛋糕底，肉松和沙拉酱也都是自制的。不过这些蛋挞姑娘就没告诉沈小运。

原来比昨天更幸福的就是今天呀。用勺子挖一口蛋糕，吃着香香甜甜咸咸的味道，沈小运的眼睛都美得眯成了一条缝。

“特别特别好吃！”她对蛋挞姑娘说。

瘦高的女孩儿整理着吧台，只嗯了一声，算是接受了沈小运的赞美。

雨滴看着沈小运吃了早饭，吃了上午的点心，又吃了午饭，开始陪着沈小运等下午的点心时间。

下午三点的时候，一个中年女人走了进来，在吧台点了一壶红茶。沈小运对她说“欢迎光临”的时候，她笑着对沈小运点了点头。

吃完了肉松盒子，沈小运捧着水壶站在门前看着外面的小雨。水壶里的水是蛋挞姑娘给她装的，泡了很少的一点红茶，茶味趋近于无，却比水要香，比温水稍热，正适合在这样的时候入口。

“外面有什么好看的吗？”

沈小运扭头，看见那个喝红茶的阿姨就在自己旁边站着。

“有啊！”沈小运点点头，指着一处屋檐说，“你听，那边的声音不一样。”

屋檐下面有个陈旧的铁皮桶，水落在桶里的声音当然跟别的地方不一样。

“像不像是别人都在说小话，就那个人在……”沈小运想了想说，“你听他是不是在读诗啊。”

“读诗？”红茶阿姨有些诧异。

“对呀对呀。别的雨都细细碎碎的，都在说‘哎呀下春雨咯，不记得有没有收衣服’，还有人说‘天这么湿，回家要煮点姜汤水’，就只有他在那里说……”

“从远古的墓茔，从黑暗的年代，从人类死亡之流的那边，震惊沉睡的山脉，若火轮飞旋于沙丘之上，太阳向我滚来……”低低的缓缓的女声，柔软又坚韧，也和诗句本身一样有着澎湃的力量。

目不转睛地听红茶阿姨念完了诗，沈小运连忙给她鼓掌：“我想说的就是这个呀，这首诗我特别喜欢呀！”

红茶阿姨低头笑了笑。

快到五点的时候，那个阿姨撑起雨伞走了，沈小运还把她和她念的诗记在了自己的小本子上。

今天听一个爱喝红茶的阿姨念了我特别喜欢的《太阳》，好开心呀！

她在本子上翻了翻，在第一页把那首诗记了下来。

“……陈腐的灵魂，搁弃在河畔，我乃有对于人类再生之确信。”沈牧平接沈小运去吃碧螺虾仁的路上，就听到她在叽叽咕咕地念着什么。地上仍是湿的，沈牧平却不像早上那么紧张了。

看着自己的小碎步，再看沈牧平跟在她身后又大又缓的步子，沈小运突然说：“沈牧平，我突然觉得你就是落在桶里的雨水。”

沈牧平不懂，不过没关系，看见了碧螺虾仁，沈小运也就忘了，改天翻看小本本，她说不定会赞叹说：“呀，这么好的诗呀！”

就如初次相见。

深夜，雨未歇，魏香兰找出了一个陈旧的塑料皮本子，打开，看见上面写着今天自己背诵过的诗句。

把我最喜欢的诗送给你，祝香兰妹妹二十六岁生日快乐。

时间一晃过去了三十年，钢笔水留下的印记泛着浅淡昏黄。可它发过的光，照亮过的人，都还在，总不该让他们无声无息就落幕了。中年女人叹息一声，把本子收起来，又拨通了沈牧平的电话。

“红茶阿姨，要吃小饼干吗？”魏香兰第三次叫了一壶红茶坐在窗边，沈小运走过来问她要不要吃饼干。

小饼干是蛋挞姑娘做的，里面加了椰蓉，吃起来香香脆脆的。沈小运觉得要是可以的话，她能乖乖坐着吃上一天。

听见“红茶阿姨”这个称呼，魏香兰愣了一下。沈小运笑眯眯地看着她，看得她心都软了。

“好。”

几块椰蓉小饼干，她慢吞吞地吃着，配了一壶红茶。

快要下班的时候，老板骑着电动车急急忙忙地回来了：“从正月十六开始，咱们这里就要重新装修了，停业半个月。”

蛋挞姑娘点点头，说：“等你们再开业，我的蛋糕店也就差不多要开了，正好到时候我徒弟回来接着上班。”

只有沈小运，举着最后一块小饼干，十分茫然：“怎……怎么你们都知道呀？”

蛋挞姑娘和老板一起看向沈小运，从年前到年后，店里要停业装修的事情她们两个已经说了好几次，可沈小运就是一直都没记住。

“那……那我们什么时候上班呀？”

“二月初二龙抬头，好不好呀？”

沈小运把小饼干放在嘴里，翻来覆去算了几次，确定只是休息了半个多月，长出了一口气，然后又因为蛋挞姑娘不再跟自己一起工作而沮丧起来。

晚上下班的时候，她前所未有地垂头丧气。

沈牧平从书吧老板的手里接过一袋子白壳笋，连连道谢。白壳笋是春笋里最受欢迎的一种，又鲜又嫩，现在这一批笋算早的，价钱也不便宜。

走在回家的路上，沈牧平对沈小运说："家里有咸排骨和五花肉，我们回去做腌笃鲜吧。"

沈小运终于高兴起来："腌笃鲜呀？这个我喜欢的呀！"

"配上白饭吃？"

"好的呀好的呀。"

过了一会儿，沈小运就问沈牧平："我要半个月没工作了，在家里给你做饭吃，好不啦？"

沈小运过年的时候也做过饭的，而且还没出大岔子，但是这种事情说不准的。沈牧平不是很放心，他说："你之前折了很多玫瑰花，别人都很喜欢，你在家里的时候多折些花吧，到时候店装修好了重开，你就可以把花球作为礼物了。"

沈小运觉得沈牧平的这个主意特别特别好。

腌笃鲜大概是这个世界上能够安慰一切不开心的东西了。捧着汤碗，坐在灯光下面，沈小运出了长长的一口气："好喝的呀。"

"你喜欢，元宵节还给你做。"

掰手指算一下，元宵节还有两天，沈小运立刻美滋滋的："沈牧平，我要是不去上班了，能去看陆奶奶和陈爷爷吗？"

沈牧平正在给沈小运盛汤的手顿了一下。

"我想给他们带腌笃鲜去，行不行的呀？"

沈牧平点点头，低声说："好，到时候我陪你一起。"

他记得沈小运很怕医院的。沈小运更高兴了，哼着歌抱起了小小姐。过了一个冬天，小小姐似乎更胖了，被沈小运架着两只前腿，圆鼓鼓的脸上一双大眼睛很无辜地看着前方。

沈小运捏着小小姐白胖的爪子，把脸埋在了她的脖子上："到时候我自己做腌笃鲜给他们吃，好不好呀？"

沈牧平只能说"好"。

昨晚魏香兰的话又在他耳边响起："你像个大家长一样替她做一切决定的时候，有没有想过她以前是怎样尊重你的呢？你们成长的那个年代总要求家长去理解孩子，那你理解她吗？你能理解她对待别人的善良和对事业的坚持吗？”

不能。

生长在母树旁的小树总是渴望着天空，却不知道天上有落雷闪电和狂风骤雨，也不知道它们高大沉默的母树是如何长大的。

过去的故事总难被倾听，对成长的渴求超越了一切观察的眼睛。沈牧平这几天一直在反省，觉得自己给沈小运的还不够，那他怎么才能给予更多？

令人激动的戳小鸡时间，沈小运成功突破了一关又一关，还拿到了两个三星评价，她高兴得要抱着小小姐唱歌。小小姐见势不妙，放下自己正舔的小粗腿跳下沙发跑掉了。于是沈小运跑来跟沈牧平分享喜悦：“看，三星！我才走了几步就赢了！”

沈牧平拿出手机，给捧着平板的沈小运拍了张照片。

“拍下来啦！”

沈小运骄傲得像是得了世界冠军，沈牧平纵容她这种骄傲。当然，拍完了照片之后，沈牧平没忘了告诉沈小运：“你的游戏时间快到了。”

沈小运抱着平板嗒嗒嗒跑回了沙发上。沈牧平低下头，开始忙起了自己的工作。

老城的元宵节比旁的地方都要多几分味道，不仅有各种大大小小的灯市，还有很多旁处没有了的老风俗。

沈牧平早早下班，一是怕老街周围人多，沈小运等急了；二是他今天要带着沈小运早早吃完饭，然后去“走三桥”。建在水上的老城有好多的石头桥，从古时候起，每到元宵节，女人们就出家门，走桥渡河，走百病祛灾祸。三十多年来，沈牧平从来对这些风俗嗤之以鼻，可这个风俗，他愿意带着沈小运试一试。

说好的腌笃鲜吃到了，还吃了香香的黑芝麻汤圆，听说沈牧平要带着自己出去走过三道桥，沈小运一边换衣服一边说："那我们是不是能猜灯谜？"

今天的书吧里也做了灯谜的活动，屋顶挂了两排的纸灯，进店的客人每人可以抽一道灯谜，只要答对了就能拿到一盏灯。老板让沈小运也抽一个，她拿到的题目是：

斑竹一枝千滴泪。（打一水利词语）

这题出得偏了些，沈小运却几乎是不假思索地回答："管涌[1]。"

答案是对的。就连当时店里的客人都觉得沈小运好厉害。沈小运拿到了一盏兔子灯之后就暗戳戳地对猜灯谜上瘾了。可惜店里的灯谜只能猜一个，不然沈小运觉得自己能把所有的小狗、小猫、小猴子灯都带回家。

虽然担心晚上猜灯谜的人太多，可沈牧平还是带着沈小运去了。

晚上十点半，他们两个人终于回家了。沈小运手里拿着四个灯，沈牧平的手里拿着七个灯。沈牧平比自己还会猜，这件事让沈小运很骄傲。她送了沈牧平一个灯，还留了两个灯给陆奶奶和陈爷爷。

"小猫给陆奶奶，小猴子给陈爷爷。"分得清楚明白，要记在小本子上。沈小运忙来忙去，沈牧平看看自己的小狗灯，手指一推开关，灯就亮了起来。

左手拎着腌笃鲜，右手拎着小猫灯和小猴子灯，沈小运跟在沈牧平的身后又到了医院。

"陆奶奶，我又来看你啦。"沈小运一进病房就叽叽喳喳。陆奶

1　管涌是指在渗流作用下，土体中的细颗粒被地下水从粗颗粒的空隙中带走，从而导致土体形成贯通的渗流通道，造成土体塌陷的现象。

奶床头有个空了的花瓶，沈小运不客气地把灯笼点亮，然后插了进去，“陆奶奶，我家里有一只小猫，叫小小姐，可胖啦，我不能把她抱来给你看，给你个猫猫灯笼哦。”

保温桶打开，里面的汤水还热腾腾的，沈小运用勺子把汤舀进了小塑料碗里：“我给你讲哦，沈牧平做腌笃鲜是用咸排骨和鲜肉，我是用了咸排骨和猪蹄，汤可润了。”

陆奶奶无动于衷。

沈小运撇了撇嘴，没有气馁，一屁股坐下。她说：“你要是不喝，那我喝给你看哦。”

沈牧平站在病房门口看了一会儿，转身出去，敲响了主治医师的办公室门。

“牧平，”看见是沈牧平，柳唯抬起头笑了笑，“她也来了吗？”

沈牧平点了点头。从桌边站起来，她穿上挂在一旁的白大褂走了出去：“我去跟她打声招呼。”

“我要去上班了，中午的时候来接她回家，上午要麻烦你帮我照看她一下。”

听了沈牧平的话，柳唯点了点头。看着沈牧平转身要走，女医生又叫住了他：“你……现在工作好吗？”

“一单生意一单收入，挺好的。”

男人的背影消失在医院的回廊里，柳唯叹息了一声，去了陆女士的病房。

沈小运已经坐在了陆奶奶的床上：“你真的不要尝一口吗？我跟你讲哦，春天的笋可鲜啦，接了春雨，受了春风，才从地里冒出来，一个春天都在里面咯，要是没吃一口，就要等明年了呀。”

柳唯在一旁看着，生怕陆阿姨抬手把沈小运手里的汤碗给打翻了。可陆阿姨就坐在那里，偶尔看看沈小运，更多的时候就坐在那里一动也不动。

过了一会儿，一个穿着病号服的老人走了进来，瞪着沈小运，很严肃地说："你谁呀？"

沈小运端着汤碗，一本正经地说："我是沈小运呀，你要不要喝汤呀？我炖了腌笃鲜，可好喝啦。"

总也记不住人的陈爷爷有一张随时会把小孩子骂哭的脸，沈小运却不怕他，还笑眯眯地又盛了一碗汤。

老人看看汤碗，看看沈小运，接了过去，咕嘟咕嘟把汤喝了，还用手直接捞了里面的猪蹄和笋块吃掉。

看见他吃得香甜，沈小运很满意，回过身继续骚扰陆奶奶，终于，她把汤匙送到了陆奶奶的嘴边，陆奶奶张开嘴，让她把汤喂了下去。

"喝一口，把春天的雨就喝下去啦。"

"再喝一口，春天里头刮的小风是不是可香啦？"

一口又一口，陆奶奶喝了五六口汤，闭上嘴不肯再喝了。可在沈小运的话语里，她已经吃完了整个春天所有的好风景。

另一边，陈爷爷自己摸到了保温桶旁边，端起来把里面的汤都喝了，还有点点汤水淋在了他的胸前，他也不在乎。可惜，就算喝完了半桶腌笃鲜，他也还是没记住沈小运的名字。

中午时分，沈牧平如约而至，沈小运才恋恋不舍地走了。带着沈小运在一家小餐馆里吃了碗黄鱼面，沈牧平开着车送沈小运回家。

"沈牧平，我今天看见医院里都有照顾病人的护工呀。"坐在车后座的沈小运把脑袋凑到沈牧平的旁边，小声说。

沈牧平嗯了一声。

"我现在没有工作，去给陆奶奶当护工，好不啦？"

不好。

沈牧平侧头看了沈小运一眼，语气很平静地说："护工需要很多专业技能培训，需要记住很多东西……"

沈小运沮丧起来。

"医院里的工作是很要求专业性的，等你什么都学完了，估计书吧也早就重新开业了，你不想要书吧那份工作了吗？"

当然不是，沈小运很喜欢那个书吧，也喜欢老板和店员姑娘，虽然蛋挞姑娘要去做蛋挞了，可沈小运依然觉得那个小小的书吧里透着让人喜欢的甜香气。左右为难的沈小运坐了回去。

沈牧平送沈小运回家，帮她打开电视继续看《武则天》，临走之前，他对低着头的沈小运说："你今天照顾了半天陆奶奶，还一大早就起来给她炖汤，作为奖励，你今天下午可以玩半个小时的戳小鸡。"

沈小运的脑袋抬了抬，好像高兴了一点点。

沈牧平又说："后天是周末，我休息一天，带你出去玩儿好不好？"

"去哪里玩儿呀？"沈小运歪着脑袋看着沈牧平。

三月的老城，可玩儿的地方已经多了起来，沈牧平想了想说："我带你去看花吧。"

沈小运有点动心。沈牧平又说："到时候我带着相机，帮你拍很多照片，你还可以拿去给陆阿姨看。"

哇！这个真的很棒呀！沈小运彻底开心了起来。沈牧平这才放心，关上家门之后，步履匆匆地去工作了。

房间里，沈小运趾高气扬地对小小姐说："我们要出去赏花啦，就不带你，气不气呀？"

小小姐甩了两下尾巴，转向另一边睡觉去了。

这个时节看梨花显然还有点早，但是正逢周末，人还是挺多的。"春天来了"这四个字就像是往人的心口上开了一枪，打掉了所有的怠惰和懒散，让人忍不住想要走出家门，多看看。

沈小运看花看得很开心。回城的路上，有阿姨坐在路边，面前摆了一小把一小把的香椿头，她们也不过是房前屋后种一些，自己吃个新鲜，再换一点零钱。城里出来的人却都觉得新鲜得很，两块钱一把很快就分了个干净。沈小运也买了三把。

"一把炒鸡蛋，一把下锅炸，剩下的用盐抓了放在瓶子里，配粥也好吃，拌嫩豆腐也好吃的呀。"

沈牧平一边开车，一边默默听着。

小时候好像也这样吃过，可那属于“过去”，带着和现在这个微信、支付宝解决一切的时代格格不入的气息，却在沈小运的话语里，被点点滴滴地撕扯了出来。

除了香椿头之外，沈小运还挑挑拣拣买了一袋子荠菜，可惜冬笋已经少见了，不然荠菜炒冬笋解腻又养身。

“荠菜我们包小馄饨。”沈牧平说，这个他还是知道的。

沈小运点头说：“好的呀。”

过了一天，沈小运就又拎着她的保温桶出现在了医院里：“陆奶奶，我带了小馄饨和香椿头拌豆腐。昨天我们去看梨花啦！我想给你折一枝回来，沈牧平不让，我只能给你看照片。”

沈小运放下手里的东西，左右摸了摸，才想起来照片在沈牧平的手机里，可沈牧平已经走了。

“照片……我下次给你看呀。”

煮好的馄饨和汤水是隔开放的，混在一起用汤勺搅两下，沈小运盛了两碗出来：“陆奶奶，馄饨不烫了，我们赶紧吃完，我去给陈爷爷送馄饨哦。”

“陈老先生今天家里有事，接他出院了，好像是他孙女要订婚了。”

听见柳唯的话，沈小运点了点头，继续喂陆奶奶吃小馄饨。除了小馄饨，还有香椿头拌豆腐，撒了一点碎虾皮在上面，更多了一分鲜美。比起小馄饨，陆奶奶似乎更喜欢吃这道小菜。沈小运喂了两勺想再喂个馄饨，她的眼睛却一直跟着香椿头走。沈小运只能又喂了她一勺。

“陆奶奶，爱吃香椿头哦，我下次来给你带香椿包子，也好吃的。”

陆奶奶吃饱了，又不理人了。陈爷爷不在，馄饨放着也就不好了，沈小运端着馄饨给柳医生，让她吃馄饨。

柳唯赶紧接了下来，下意识就对沈小运点头行礼说：“您别这样。”她小心地捧着馄饨回了办公室。

中午的时候，沈牧平打电话给沈小运，车子有点不太好，他得晚两个小时去接她。

沈小运哦了一声。

沈牧平又打电话给了柳唯，他怕沈小运饿了，让柳唯帮忙给沈小运买点吃的。

“她喜欢吃点心，饭就算了，你们医院的伙食，医生想要点好吃的都得提前去抢。”

“医院食堂的葱花肉包我和我们科的两个护士合伙订了一屉，我说我要四个其实也吃不完，还得带回去，给她吃就好了。”柳唯说得轻松，挂了电话之后拿着手机去了护士站，给一个小护士打了钱，从她手里匀出了两个包子。

沈小运中午的时候就坐在陆奶奶的病房里，吃着包子，还喝了一碗绿豆粥。陆奶奶的饭是护工喂的，因为上午吃了沈小运的馄饨，中午的时候陆奶奶的饭吃得少了些。

护工是个结实的中年妇人，陆奶奶吃得少她也不生气，笑着说：“光您那碗馄饨都比她平时一顿饭吃得多了，现在还能多吃点，看来是心情真不错。”

“是吗？”沈小运眨眨眼睛，笑得可开心了。

下午一点半，走廊里传来了一阵凌乱的脚步声，两个中年男人连拖带拉，把一个老人带了进来。

“我不认识这儿，我要回家！”

沈小运刚好在病房门口，看见那个穿得挺整齐却哭得像是个孩子的人，就是陈爷爷。不管他怎么哭闹，那两个人扔下他转身就走。

“我要回家，回家！”

陈爷爷跌坐在地上，手掌在硬邦邦的地板上拍打着，两个护工赶紧去把他扶了起来。在陈爷爷坐过的地方，沈小运看见有一片水渍。

两个护工很有经验地把陈爷爷扶回了房间里。不一会儿，沈小运听见他们说：

“尿了，还拉了。”

“带了一屁股兜……就送回来了。”

沈小运站在陈爷爷的房间门口，看着那两个人离开的方向。

沈牧平在医院门口看见了沈小运，吓得他紧急踩了刹车：“你怎么在这儿？”

看见沈牧平，沈小运特别着急地说：“沈牧平，有坏人把陈爷爷从他家里赶出来了。”

沈牧平顾不上什么坏人，先看了一圈儿沈小运有没有摔了碰了，又看看她的东西：“你的包呢？”

“在陆奶奶那儿。沈牧平，有坏人呀！”沈小运又生气又委屈。

拍拍她的肩膀，沈牧平带她上了车，两个人一起回了医院。

柳唯已经在病房楼里找了一圈儿，正要去查监控的时候，沈牧平带着沈小运回来了，她长出了一口气。

沈小运肚子里的气却越来越多，顶得她心口都在发疼。当她知道那两个人都是陈爷爷儿子的时候，沈小运都有点想哭了，她也不知道为什么。

陈爷爷换了衣裤吃了药，躺在床上。沈小运扒在门边看了两眼，一个下午都没有再说话。

无论是带着葱花香气的豆腐煎饺还是甜甜的红豆圆子，都没有让沈小运的心情好起来，半个小时的戳小鸡也没有让她高兴。

沈牧平回公司上班之前，看见沈小运气鼓鼓地在本子上写东西。

夜深人静，沈小运已经睡了。沈牧平走到茶几边，看着上面的小本子，撕去了今天沈小运写的那一页。

陈爷爷的儿子！大坏蛋！

沈小运今天早上起床后蒙了好一阵，从自己的卧室走出来，走到厨房，又走回了卧室。小小姐原本给她压被角，被她吵醒了，溜溜达达跟在她后面，在猫碗旁边站了一会儿，看见沈小运没有给她喂粮的意思，小小姐有些生气，喵呜了好几声。

沈牧平起床之后，就看见她坐在沙发上，用手摸着猫。

“早饭想吃点什么？”

听见沈牧平的声音，沈小运抬起头，看了他好一会儿，才突然长出了一口气：“啊，原来我是在家呀！”她又叫着沈牧平的名字，问他，“我是不是该去上班了？”

沈牧平也愣了一下，说：“书吧暂时停业装修，再过十天你就能去上班了。”

沈小运哦了一声，她也知道自己是又忘了东西了，跟在沈牧平的身后进了厨房，说：“你想吃点什么呀？我做好了你中午回来吃呀。”

沈牧平扎上围裙很平静地开始煎鸡蛋：“昨天你说了要吃蒸鸡，我中午买好了带回来，米饭我上班前会做好。”

沈小运点点头。两个人吃过了早饭，又给小小姐喂了猫粮。走之前，沈牧平为沈小运调好了电视，才锁好房门，上班去了。听着沈牧平的脚步声渐远，沈小运看看空荡荡的家，不禁垂下了脑袋。

电视里武则天热热闹闹踩着无数人的骸骨登基了，沈小运打了个哈欠，又从一个瞌睡里惊醒。坐在沙发上，揪了揪小小姐的耳朵，沈小运看了眼时间，走到厨房，打开了冰箱。

之前用盐揉的香椿头还在，她拿了出来，用刀切得细细的，切完了，她看了一眼四周，又打开冰箱，并没有看见肉馅儿。

“没有肉馅可做不得香椿包子了呀？”

只能把咸咸的香椿头末儿装在盘子里放到一边。

“锅里有米饭。”在厨房里走了第三圈，沈小运有了新的发现，她的兴致一下子高昂起来，“可以炒西红柿鸡蛋呀。”

还能做个什么呢？沈小运看了一眼时间，外面已经响起了小孩子们放学回家的声音。

打鸡蛋，切西红柿，切了葱扔到热油锅里炸一下，又捞出来扔掉，再炒菜，没一会儿，一道西红柿炒鸡蛋已经做好了。冰箱里还有一把青菜，沈小运正要炒青菜的时候，沈牧平打开家门，拎着一个塑料袋走了进来。

沈小运愣了一下，才笑着说："你回来了呀。"

看了眼桌上的西红柿炒蛋，沈牧平笑着说："我买了蒸鸡回来。"

蒸鸡用锡纸包着，还烫手呢，沈牧平费了半天工夫才把整只鸡撕开。细嫩的鸡肉蘸着店家特制的香辣酱，味道很不错，沈小运连吃了好几块，因为鸡肉里盐味清淡，她还把鸡肉撕成肉丝喂给了在桌子底下走来走去的小小姐。

沈牧平吃了大半盘子的西红柿炒蛋，这样带着一点葱香味让鸡蛋格外好吃却看不见葱花的做法，他已经很久没有吃到了。真的是吃到了嘴里，才知道自己一直都是想念的。

吃完午饭，沈牧平又去上班了，走之前，他对沈小运说："家里的天然气快用完了，我下午去充钱，晚上我们还是一起出去吃吧？"

"好的呀。"沈小运有点期待的样子，一双眼睛变得格外亮起来。

沈牧平确认自己真把天然气的总阀拧紧了，才又出了门。他最近在跑一笔大单子，客户是一家公司的老板，姓陈。

沈小运在家里闲着无聊，拿起扫把开始扫地，其间路过沈牧平的房间门口三次，都忘了要进去扫地，直到第四次，她才走了进去。沈牧平的房间风格跟他的着装风格很接近，简单干练，线条清楚。

小小姐跟在沈小运的身后，整理好的东西她都想再去蹭一遍。要不是她总捣乱，沈小运觉得自己会有力气把沈牧平的床底下都扫干净的。扫扫擦擦，大半个下午就这么过去了。

沈小运坐在沙发上，抱着小小姐说："还是出去工作好，待在家里真的太没意思。"

小小姐喵了一声，她除了去宠物医院检查身体，就没出过门。她突然叫是因为沈小运又把脸埋在了她雪白的肚皮上，还抓了自己的两个爪爪不准挣扎。

猫的尊严都没了！

晚上的时候，沈牧平开车带着沈小运出去吃饭，那家店的小米糕里放了酒酿，微酸的味道沈小运很喜欢。吃完之后，沈小运说："我们多买两份，明天给陆奶奶和陈爷爷吃，好不啦？"

沈牧平说好，却没有立即买，而是说："明天你在医院等着，会给你送过去的，好不好？给陆阿姨他们吃点新鲜的。"

沈小运觉得沈牧平比自己聪明多了，小鸡啄米似的点头说："好的呀好的呀。"

一整天沈小运都没说起昨天让她生气的事情，沈牧平心里暗暗松了一口气。不开心的事情忘记了也好，无论是昨天的，还是之前的。

"沈牧平，谢谢你呀。"回家的路上，沈小运凑到沈牧平脑袋旁边，小声说，"没有家的人真是太可怜了，幸好我有你呀，就有家啦。"

男人握着方向盘，到了一个红灯停下的时候，才说："要是没有你，我也没有家。"

沈小运现在差不多是隔一天去一趟医院，看陆奶奶、陈爷爷。

陆奶奶仍是万事与她无干的样子，吃了喜欢吃的东西会多吃两口，不喜欢吃的就别开头不肯再吃。不管是一直治疗她的柳医生，还是在她面前叽叽喳喳的沈小运，都没有从她这里得到只言片语。

陈爷爷也依然不认得人，凶巴巴地问沈小运她是谁，好在沈小运带了两盒饺子来，陈爷爷吃了饺子就安静了。

"我快要回去上班啦！"沈小运对陆奶奶显摆着说，"等我上班了，我就能每天吃汉堡或者盒饭啦。"

在沈小运的心里，"工作餐"还是挺有仪式感的事情。陆奶奶还是不理她。

“等我上班了，我就不能常来看你了，你得好好吃东西，晓得吧？”

陆奶奶突然抬头看了沈小运一眼，一双苍老的手握住了沈小运的手：“小囡！妈妈的小囡！”

沈小运说：“算算年纪，你也不是我妈妈呀。”

陆奶奶还是紧紧地抓着沈小运的手，说什么都不肯松开。柳医生知道消息赶紧来了病房，护士和护工几个人一起，都没有让陆奶奶松开手。

“没事没事。”别人都急得要命，怕陆奶奶太激动做出什么事，沈小运自己这个“当事人”却是最平静的一个，还反过来安慰大家。

抬起空着的另一只手，沈小运拍了拍陆奶奶的肩膀：“不怕哦，小囡在的。”

“小囡，不要去妈妈看不到的地方，妈妈找不到你呀。”

“走了也会回来的哦，不怕不怕。”

陆奶奶在沈小运的抚慰里慢慢安静了下来。

“人都会走远的呀，一代人又一代人，想得多一点，走得远一点，拿到手里的也就多一点，都聚在一起不好的呀。你是孩子不在眼前才觉得想，等孩子守在眼前，你就会觉得烦啦。我之前认识一个阿姨，做清蒸鲈鱼可好吃啦，她一辈子围着儿子团团转哦，除了儿子什么都没有了，结果呀，她儿子人不好，她儿媳妇要离婚，两边都怪她啦。”坐在床边，沈小运跟陆奶奶说起了清蒸鲈鱼阿姨的事情，她是突然想起来的，“后来呀，阿姨就不管她儿子了，每天唱歌跳舞，打扮得漂漂亮亮，还有可帅的伯伯追她了。”

一旁的护工和护士都听得入了迷。

沈小运把手从陆奶奶的手中抽了出来：“陆奶奶你赶紧好起来，到时候我也陪你去唱歌跳舞，也找可帅可帅的……”

沈牧平站在门口清了清嗓子。

沈小运回头一看到他，立刻开开心心地站了起来：“沈牧平，今天陆奶奶跟我说话了！”

“说什么了？”

“陆奶奶跟我说她想她女儿了。”

明明是一团错认的混乱，在沈小运的嘴里却仿佛是两个人再正常不过的“悄悄话”。

两人边说边往外走去。

“陆阿姨的女儿和她一样是做水利研究的，一直在北京工作。陆阿姨……身体不好之后，陆阿姨的女儿把陆阿姨接到北京去待了一年，是陆阿姨自己要求回来的，那时候她还没这么严重。”

国内顶尖的专业人才，自然承担着顶尖的工作压力，陆阿姨的女儿参加国家项目退不下来，正好在苏州还有人愿意帮忙照顾陆阿姨，女儿才放了妈妈回苏州。

那时候的沈牧平……不提也罢。

“哦……那陆阿姨过年的时候回来了吗？”

陆阿姨？沈牧平想了一下，才明白沈小运说的陆阿姨是谁。

“陆阿姨的女儿姓颜。”

“哦，颜阿姨。”沈小运的脑袋好灵光的。

“过年回来待了几天，又走了，大概过一段时间，又会接陆阿姨去北京了。”

“哈？为什么呀？”

因为陆阿姨的情况更严重了，也因为照顾她的人现在自己的情况也不好。

上车后沈牧平不想再说这些，透过后视镜看了沈小运一眼，问她：“午饭我们去吃个小笼包好不好？”

“好的呀！”

送了沈小运回家，沈牧平接到了魏香兰的电话。

“我听说她今天又安抚了陆大姐。”

沈牧平嗯了一声。

“我后悔了，我不该让她去医院。”男人的手指修长，紧紧地握着手机，“魏阿姨，您总说她和陆阿姨从前有多么的了不起，可即使是陆阿姨这么坚强理智的人，神志不清的时候，想得最多的还是跟女儿在一起。她能做的事情真的不多了，自己能享受的时间还有多少？我现在觉得她去医院，除了劳累之外根本没有意义。”

这才几天，沈小运操心了陈爷爷又操心了陆奶奶，让她不开心的事情就像饭菜里的葱花一样根本无从躲避，偏偏她现在又是这个样子，那些不开心她没有能力排解。

沈牧平心疼了。

“牧平……”

“魏阿姨，我们易地而处，您能不心疼吗？您能天天看着她劳碌奔波吗？！”

魏香兰沉默了，这么多年了，这是沈牧平第一次用这样的身份说话。

易地而处……

家里，沈小运开开心心地记笔记，陆奶奶的女儿也很好，以后陆奶奶不高兴的时候，就告诉她，她的女儿很好很好，陆奶奶就会开心啦。

下午两点的时候，沈小运的电话响了：“喂？”

“我的蛋糕店今天开业，你在家吗？要不要一起来看看？”

蛋糕店？沈小运的舌头立刻“想”起来是谁在跟她讲电话了：“蛋挞姑娘，你自己的蛋糕店呀？”

“地方离你们书吧不远，我去接你好不好？”

“好的呀！”

答应好了，兴冲冲地换上了衣服，沈小运才想起来自己要跟沈牧平说一声，可她打过去两个电话，都是占线的。

蛋挞姑娘很快就来了，为了接沈小运，她开了一辆车来。一上车，沈小运先给她一个红包："恭喜开张，大吉大利！"

蛋挞姑娘没跟她客气，要是她给多了，到时候塞在饼干盒子里也就还回去了。

"你和沈先生打过招呼了吗？"蛋挞姑娘弯腰给沈小运系好了安全带。

"沈牧平在忙，电话打不通呀。"

"哦，那我一会儿用你的手机给他发个短信。"

沈小运点头。

蛋挞姑娘的店铺不是时下流行的娇嫩甜软风，而是干干净净的原木色装饰，地板是米白色的，线条简洁到了极致，当然，蛋挞姑娘自嘲说是没钱的缘故。

"来块蛋糕。"还没等沈小运读明白蛋糕店的名字，蛋挞姑娘下车后就大步流星地走进了店里，因为店里传出了争执声。

今天是开业第一天，不仅蛋糕半价，还有品尝装，用玻璃纸包着的饼干和蛋糕就像糖果似的，透着讨人喜欢的小巧可爱。

店里一个年轻姑娘正在跟一个男人争论不休："你这个人不能这样的，我们是试吃品尝，不是让你抓一把拿走的。"

那个男人还挺横，小姑娘拦着不让他走，他又动手去抓小篮子里的试吃点心："你们说了是试吃，只吃一块儿能吃出什么来？没那个本钱就别做什么活动。"

蛋挞姑娘身材高挑，一步抢到了那个男人面前："我们今天开张，不光迎客来，也送衰神。"

这话她是对着后面的年轻姑娘说的，说的"衰神"是谁，自然不言而喻。

那个男人的脸皮确实厚得很，说："蛋糕送我啊，那我就再多拿一点。"

沈小运拦住了他："你这个年轻人，妈妈没有教你什么是讲道理哦，人家开张欢天喜地、和和气气，你这是什么？趁机占便宜哦！我跟你讲，小便宜占多了，人会变小眼光的，你这么大个头的一个男人，应该一手抓财气，一手抓福气，你看看你手里，你抓的是什么？免费送的小蛋糕哦，还是从比你矮一截的小姑娘手里抢的，你就觉得脸上有光彩哦？”

高大的男人被唠叨烦了，却不敢跟沈小运动手。哪怕是当街跟个年轻女子打一架，那也是看热闹和骂他的一半一半，要是自己动了这个人，出了点什么问题，那被讹上且不说，旁人也都会说他不对。

沈小运缓了口气，继续喋喋不休：“小蛋糕好吃你就常来买，买来的蛋糕，你分给亲戚朋友，说起来也是你花钱了，人家要领你的情，抢来的蛋糕，小小一点，一看就知道是试吃品，你看谁会吃得开心？一看就来路不明的东西哦，怕不是要吃坏人品……不过也难说啦，你长得好看，说不定小姑娘看见你就高高兴兴拿走了。”

沈小运式的讲道理听着软软的，气势还是很强的，那个男人不想再纠缠，转身想走，听见她突然说自己帅，愣了一下。沈小运还在他身后挺着胸膛继续说：“哎哟，你真是白长了这么好的身材哦。”

这是夸奖吧？这年头吵架还带着这样夸奖的吗？蛋挞姑娘看着沈小运。那个男人在门口停住了脚步，没忍住，居然笑了，然后转回来，把装进口袋的小蛋糕小点心掏了出来。

“您，厉害。”

被夸奖了，沈小运赶紧说：“你才厉害哦，又高又结实，仔细看看就是长得很帅哦。”

“嘿嘿，是吗？”男人居然不好意思起来。

过了两分钟，蛋挞姑娘看着自己微信里收到的蛋糕钱，目送那个男人拎着一袋子蛋糕走了，走之前居然还跟沈小运说再见。

她和她的朋友们一起看着沈小运。

沈小运在乖乖地用勺子挖北海道蛋糕吃：“这个蛋糕好吃啊。”

“哦。”蛋挞姑娘干巴巴地说，“那你多吃点。”

这个下午，沈小运吃了两块北海道、一块黑森林、一杯焦糖布丁。

坐在吧台凳子上，她吃啊吃啊，偶尔还帮忙招呼客人，有客人进来问“你们什么蛋糕好吃啊”，她还能头头是道地说一通。

“这个不那么甜，上面的焦糖好吃。”

“我跟你讲哦，这个小饼干脆脆的可好吃了。”

她说得真情实感，眼睛里像是有小星星。被她关照过的客人都没有空手离开的。蛋挞姑娘的几个朋友都是来帮忙的，看见沈小运这么能卖蛋糕，都十分佩服。

“干脆请你来当店员好了呀，让她天天请你吃蛋糕。”

沈小运摇摇头说：“我答应了老板装修好了回去工作的呀。”

蛋挞姑娘的朋友还想说什么，被蛋挞姑娘一个眼神钉在了原地。想起来她之前的交代，那个嘻嘻哈哈的女孩子没再说什么。

吃多了蛋糕的沈小运手上又多了一杯酸奶，没有放糖，只是上面浇了一层金色的蜂蜜，她一边吃，一边在想自己好像忘了什么。

下午四点多，小孩子们都放学了，看见蛋糕店打折，一窝蜂地冲进来，又一窝蜂地交钱拎着蛋糕和饼干冲出去，沈小运敲了敲自己的脑袋。

“晚上蛋糕剩得不多了，晚上和我们一起去吃烤鱼好不好？”

“不了。”沈小运摇头，“我要回家吃饭的。”

听见沈小运说回家，蛋挞姑娘突然瞪大了眼睛：“坏了！我是不是忘了帮你发短信？”

正在这个时候，沈小运的电话响了起来：“喂，沈牧平呀。”

电话那头，男人的声音很平静。

“你现在在哪里？”

“我在……”沈小运看着蛋挞姑娘。

年轻的姑娘从柜台后面走出来，深吸了一口气才拿起电话，低着头说：“沈先生您好，我是以前安心书吧的员工，今天我自己的蛋糕店开业，把她接出来看看热闹……我的地址是……”

十分钟后，沈牧平喘着气站在蛋糕店门口。

沈小运已经穿着外套站在那儿了，手里拎着蛋挞姑娘送她的蛋糕盒子：“我想给你打电话的，占线了，我……我就忘了。”

“不是，沈先生，是我忘了，十分抱歉。”蛋挞姑娘双手合十，对沈牧平鞠躬道歉，她知道沈牧平有多紧张沈小运。

“没事。”大衣随便套在身上的沈牧平如此说着。

他越是这样，蛋挞姑娘就越不好意思。沈小运像个小鹌鹑似的站在那里，眼睛偷偷地看沈牧平。

“我们回家吧。”沈牧平说。

“好的呀。”

沈牧平没有直接走，他和蛋挞姑娘交换了手机号：“你以后想带她出来，可以先跟我联系。”

蛋挞姑娘像是接圣旨一样地存下了沈牧平的手机号。

“沈牧平，你生气了呀？”回家路上，沈小运跟在沈牧平后面小声问。

“没有。”沈牧平拎着蛋糕盒子，步伐略快。

“你生气了呀。”

“没有。”

“对不起呀。”

“我没生气。”

“嗯，你没生气，对不起呀。”

沈牧平猛地回身，看见沈小运的样子，他抬手挡了一下眼睛：“你……走吧，我们回家，我买了鲜虾回来，用虾子炒豆腐好不好？”

“好的呀。”

回过身，沈牧平又停下脚步，让沈小运走在他的前面，他用一只手扶着沈小运的肩膀。

沈小运没回头，没看见男人的眼眶红了又褪了。他着急、生气，甚至想着等找到沈小运一定要好好教训她。可走在这条路上，他就想起了十八岁那年，自己第一次夜不归宿，一个电话也没打回来，更没有说一声对不起。

所有铺天盖地的愤怒，全冲向了过去的自己。

沈小运知道自己做错了事情，乖巧了一整个晚上，不仅没有再追着小小姐满屋乱跑，在玩游戏的时候也十分安静。

沈牧平把蛋挞姑娘送的乳酪戚风切成小块儿放在她面前，她也是悄无声息地吃着，就连表示蛋糕好吃都只敢眯眯眼睛。

晚上九点，沈牧平温了一杯牛奶给沈小运。

“咦？”

“喝点牛奶。”

“你不生气了呀？”

沈牧平实在不想重复自己没生气这事儿了。

他更生自己的气，无力发泄的难过就在胸口，在现在对方连接受道歉都不能的情况下膨胀着，让他格外难受。胸口发闷，胃里空荡荡的。

沈小运还是会察言观色的，尤其是这样格外乖巧的时候，看见沈牧平的脸色不好，她凑过去扶住他：“你休息吧。”

手臂上传来让人眷恋的温暖，沈牧平舍不得拒绝。

坐在沙发上，看着沈小运给自己端来了一杯热水，沈牧平突然觉得这个夜晚的灯光仿佛温柔了起来。

“你工作好累的，要好好休息呀。”

“你工作也很累的，该好好休息。”

听见沈牧平的话，沈小运挠了挠头说：“那个，书吧不是……不是还没上班吗？我又记错了吗？”

“没有。”男人笑了一下，“你今天帮别人卖点心，也很累啊。”

沈小运不好意思地笑了笑。

深夜，沈小运睡了，小小姐也睡了。

沈牧平打开了自己的衣柜，他有很多款式规整的大衣，即使是从前最落魄的时候，他从小养成的整洁习惯也没有彻底扔掉。

大衣、衬衫、羊毛衫……把这些衣服都挪开，沈牧平在衣柜底下找到了一个真空袋子，里面装的是他很久之前的衣服，大半年前被他收拾好带来了这里。打开一个密闭的袋子，衣服放久了的淡淡气息从里面飘出来，沈牧平抽出了一件蓝色的运动服，衣服的前襟上写着一所省级重点高中的名字。

这件衣服被保存得很好，沈牧平还记得它之前被放在一个单独的真空袋子里，袖口领口都被熨烫得整齐，用纸板撑着规整的形状，还有白色的棉布放在微微有些泛黄的后领上。把衣服展开，一抹蓝色瞬间浸透了记忆，一切昏黄老去的过往都变得鲜活起来。

略有疲惫的脚步声、打开门后带着笑意的问候、走到家门口就能闻到的饭菜香气，还有自己晚归时亮起的灯光，它们一直沉默地守候在某个角落里，在这一刻于岁月深处迸发色彩。

沈牧平脱掉身上的家居服，只穿着衬衣，把校服套在了身上。

“对不起。”他说。

对不起。您能不能听见？是不是太晚了？是真的太晚了。

不能在您焦急和难过的时候安慰您，也不能从您的脸上换来一点轻松的笑容。

一套旧时的校服，还能从衣柜里翻出来穿在身上，仿佛停留在了某个轻狂到可笑的年月。一个人，却永远都往前走，走得太快了，一眨眼就丢了。

沈牧平的脑袋轻轻敲在了穿衣镜的玻璃上，有点点的水光闪烁在镜里镜外。

第二天一早，沈小运抱着小小姐从房间里走了出来。小小姐爬在她床头的木板上探头，她一睁开眼睛看见的就是又圆又大的猫脸。

“我记性很差的，你晓得吧？你这样我万一记错了，以为自己是一只小猫咪，我就要跟你抢猫粮了呀。”

小小姐的尾巴甩来甩去，被抱得还挺舒服。

早饭沈牧平熬了粥，粥里放了菜丝和虾仁，在砂锅里煲了一个多小时，出锅放了点盐和胡椒粉，香气浓得很。除了粥之外，沈牧平还煎了鸡蛋，蛋黄五分熟，上面点了点酱油。

“这是什么呀？”沈小运戳了戳盘子里乱糟糟的一团。

“那是菜肉馅饼。”

沈牧平手里还有个盘子，里面装着煎到略有焦黄色的饼，看起来挺好吃的。看看那些，再看看这些，看着沈牧平把馅饼放在自己面前，又把“那一团”拖到他那里，沈小运眨了眨眼睛。

“我做饭的时候走神了，看错了菜谱。”

看错了水面比例，调错了面，下锅后才发现做不成型，只能和面重来。沈牧平面前的，就是一堆“残次品”。

“怎么了？”

沈小运一直盯着，沈牧平用筷子夹着馅饼，怎么也吃不下去了。

“你的饼，太丑啦。”

“能吃就行。”

“可是……好吃吗？”

“和你的饼是一样的。”沈牧平坐直了看着沈小运，慢慢地说，“就是丑一点。”

“可是……”

沈小运还有异议，沈牧平一口咬在了饼上，有点凶的样子。她立刻缩了脖子，埋头去吃自己的早餐。很丑的馅饼自然也不好吃，沈牧平却吃得津津有味。

“过两天我给你做塘鲤鱼蒸蛋吧。”吃完饭，他跟沈小运说。

塘鲤鱼是老城周围特产的一种鱼，三月水草丰美起来，那鱼正是鲜嫩的好时候。沈牧平小时候就吃过塘鲤鱼蒸蛋，记忆里还是很喜欢的。

“好的呀！”

沈小运并不知道塘鲤鱼蒸蛋是什么，但是只要沈牧平说了好吃的，她就从没拒绝过。

“走吧。”

沈小运都已经在电视机前面坐好了，歪头看着沈牧平。

“去哪里呀？”

“今天医院那边检查工作，柳医生会很忙，我送你去蛋糕店吧，今天已经和那边说好了。”

蛋糕店！灯光算什么？星星算什么？月亮算什么？它们都比不上现在沈小运的眼睛，那么亮！金光万丈！

“你让我去帮忙卖蛋糕吗？”

“对啊。”

沈小运立刻站起来，小小姐从她的腿上掉了下来。换好衣服，沈小运看了一眼自己的包包。很好，里面还有五百块，她一定吃不下五百块钱的点心。

蛋挞姑娘的蛋糕店今天依然有活动，买够五十块钱的点心就送一个焦糖小布丁。沈小运像个吉祥物一样坐在吧台边上先享用了一个布丁，觉得自己的心都甜起来了。

“这个蛋糕的奶油里放了一点点的海盐，只有一点点，但是蛋糕就不腻了，可好吃了。”

“要不要试试肉松小面包呀？可好吃了！”

“巧克力小饼干，昨天还没有呢，只要八块钱，你多拿一包吧，不会后悔的呀！”

沈小运特别夸奖的蛋糕几乎都成了爆款，蛋挞姑娘不得不在厨房里根据沈小运的推荐尽量多做一点她夸奖过的点心。就算是这样，到了下午三点，“沈小运特别推荐”也差不多都卖光了。

“我都想把你从书吧挖过来了，要不要跳槽啊？”蛋挞姑娘问沈小运。

“不要。”沈小运摇摇头，“我是爱岗敬业的。”

爱岗敬业？蛋挞姑娘给沈小运煮了一杯奶茶：“你要是来我这里，我天天请你喝奶茶吃点心，好不好？”

沈小运心里的天平在喝到奶茶的一瞬间剧烈晃动，“爱岗敬业”四个字也有点点摇摇欲坠。

真的只有一点点，沈小运可以拿小小姐粗壮白胖的小后腿发誓。

第七章 草莓蛋糕

从来是各有各的烦恼，
各有各的春风和冷雨。

菜花盛开时节才有的鲜嫩塘鲤鱼，又被人们叫作“菜花塘鲤鱼”，一条二三两重，在沈牧平的记忆里是一点鲜美好吃的时令东西，现在一斤鱼的价钱可比他和沈小运两个人的一顿饭钱还要高了。

四条鱼放在蛋液里蒸好之后撒上酱油葱花，点了一点香油，沈小运喜气洋洋地配着吃下一碗半米饭。

沈牧平的做法全靠自己小时候的记忆，吃起来总觉得跟记忆里的味道还是不一样的，不过这不重要。沈小运把小小一点鱼肉放凉喂给了小小姐，那个小表情啊，沈牧平看着，觉得沈小运仿佛随时会反悔，把鱼肉塞进自己的嘴里去。

“好吃吧？”她笑眯眯地问小小姐。

小小姐的回答是两只前爪都搭在了她的腿上。

“不给你吃了。”

“喵。”

“沈牧平你管管她呀。”看见小小姐开始用爪子扒拉餐桌的边沿，沈小运开始喊救兵了。

沈牧平假装没听见。

沈小运被小小姐纠缠得没有办法，又揪了一块小小的鱼肉给了她。

趁着小小姐吃鱼，沈小运把剩下的塘鲤鱼蒸蛋倒了一半在自己的碗里，跑到沙发上去吃了，好好的一顿饭吃成了人猫大战。

沈牧平把猫爪子从沈小运的睡衣上轻轻拿下来，被小小姐压着的沈小运打了个嗝，跟沈牧平说：“这个鱼我们再吃一次吧。”

“好。”

“我能不能送给别人吃呀？”沈小运吃到了好吃的东西永远都忘不了别人。

沈牧平也答应了。

第二天早上，沈牧平还在停车，沈小运已经迫不及待地进了医院，左手拎着塘鲤鱼蒸蛋加米饭，右手拎着从蛋挞姑娘那里买来的小蛋糕，走路的时候挺胸抬头，得意扬扬。

医院里和以前一样，是安静又忙碌的。

沈小运走到陆奶奶病房门口的时候，对面病房里突然传出了吵嚷声。

病房门口，两个护工站在那儿。他们挡住了门，沈小运踮着脚，看见陈爷爷正坐在床上哭，两个中年男人站在床的两边，刚刚就是他们在吵嚷。

“说好了你半年我半年，你这半年把爸扔在医院里你管过吗？”

“我怎么不管了？护工是不是我请的？一个护工不够我还请了两个，爸想吃什么想喝什么我说过‘不’字吗？你呢？！你孝顺，你把爸退休金霸在手里几年了？”

两个儿子都觉得自己吃了大亏，中间的陈爷爷鼻涕眼泪都流到了病号服上。

“我要回家。”他哭着说。

沈小运呆呆地看了一会儿，那两个男人的嘴里都是孝顺和照顾，却没一个人帮陈爷爷把鼻涕擦掉。

昨天，在蛋挞姑娘的蛋糕店里，沈小运看见一个爷爷提着一个鸟笼走了进来。笼子里是只八哥，能说“你好”“再见”，沈小运喜欢得不得了，跟在爷爷身后一步一挪，就为了多逗两下鸟。

“你逗来逗去，它跟你说的话都没有感情的。‘你好’‘再见’，说一百遍啊，都不知道你是来了还是走了。”

爷爷的话，沈小运觉得吧，用来说陈爷爷的两个儿子也是可以的。一对老八哥，还很胖。沈小运不喜欢他们。

医院的保安被叫了过来，医院里是不许大声喧哗的。陈爷爷生的一对“八哥”却还在乱叫，沈小运气鼓鼓地走过去，推开一只“八哥”，从包包掏出纸巾给陈爷爷擦脸。

“你是谁？”挣开保安的手，一只八哥看着沈小运。

“我是谁哦，我是来给老人擦眼泪的人哦。衣服也脏了，脸也脏了，亲儿子隔着不到半米远都不管，跟个八哥似的只知道口头上说说对老人好，你怎么好了呀？鼻涕眼泪糊一脸就是好了呀。”每次生气的时候，沈小运的胆子好像就变大了。

看看沈小运手上拎着的东西，又看两个护工好像都认识沈小运的样子，一只“八哥”突然笑了：“行啊，我把咱爸留在医院里，快给自己留出个妈来了。”

沈小运懵懂，刚刚走到病房门口的沈牧平却不懵懂。他走进来，手搭在沈小运的肩膀上：“你怎么在这里，不是要给陆阿姨送饭吗？”

“沈牧平。”看见他，沈小运的胆子更大了，“你听见‘八哥’刚刚说人话了吗？”

他们说的可不算人话吧？沈牧平深吸了一口气，护着沈小运要往外走。

另一只“八哥”突然开口说：“沈经理，你的客户服务是全家上阵了？”

沈牧平回头，看着自己这些天一直试图签下单子的那位陈先生，慢慢走到离自己不到一米远的地方。

“你们这些跑保险的也太不要脸了吧？连我爸都盯上了？还找了这

么一个老妖精……”

“咣当！”是有人被一拳打得撞到了床边的声音。

沈牧平的头发略有点凌乱，今天天气不好，他开车的时候戴了眼镜，现在还没摘。发丝盖在眼镜边上，却没遮住他的眼睛。他就用这双眼睛看着被自己揍到了地上的客户，不，应该说是前客户，和他哥哥。

打虎亲兄弟，上阵父子兵。没有多少父子之情，兄弟之情还是有那么一点点的，那只“八哥”张了张嘴，被沈牧平盯着，退后了一步：“你们医院怎么什么人都让来，还动手打人了呀。”

地上的那个人挣扎着站起来，大概还有些蒙。

整洁的衣服，得体的举止，从来有求必应让人如沐春风也忍不住在心里看轻的保险推销，怎么就突然成了另一个人呢?

沈小运回过头来的时候，一切都已经结束了，她茫然地拽着沈牧平的衣角，好一会儿才说：“不要生气，我们走吧。”

她有点害怕。

“没事。”把沈小运护在身后，沈牧平说，“她就是来看自己的朋友，你们要是平常多来几次，就能看见她在令尊病房对面的病房里出出进进，自己当不好人，别把别人都看得一样龌龊。”

病房外有人在鼓掌，保安拦在几个人中间防着他们再打起来。那只被打的“八哥”冲过来要打沈牧平，沈小运去拦着，被另一只“八哥”推开了。混乱中，她紧紧握在手中的塘鲤鱼蒸蛋晃来晃去，撞在了床架或者别人的身上。

推开沈小运的人也被沈牧平打了，沈牧平自己也挨了两下，可那之后他护着沈小运的手再没松开。

床上的陈爷爷抱着自己的脑袋，突然乱吵乱叫起来。他突然的狂躁引来了进行紧急处理的医生，房间里的混乱变成了混乱不起来的拥挤。

一切都结束的时候，陈爷爷的两个儿子骂骂咧咧喊着“没完”就走了。沈牧平想要安慰沈小运，手里却被沈小运塞了一把小梳子。

“头发梳梳好哦。”

“嗯。”男人突然笑了。

沈小运第一次看见他笑得像个孩子似的：“打架不好哦，你还笑。”

“我知道，打架不好。”沈牧平点点头，依然笑得开心，甚至有些得意，像是个得胜的将军。

等沈牧平也去上班了，沈小运打开自己带来的袋子，脸上写着满满的失望和心疼。蛋糕被挤得变丑了，总还是能吃，蒸蛋已经碎了，鱼肉鱼骨和碎了的蛋羹混在一起，就连酱油汤看着都倒胃口。

“对不起哦，这个蒸蛋被我弄坏了。”沈小运噘着嘴跟陆奶奶道歉。

就在她要把塘鲤鱼蒸蛋放到一边的时候，一只苍老的手伸到了她的眼前：“吃。”

“什么？”

那只手指着蒸蛋。

沈小运愣了一下，笑得特别灿烂地说：“我给你拌米饭一起吃，好不好呀？”

陆奶奶又不说话了，塘鲤鱼蒸蛋配米饭她却吃了不少。

趁着草莓还没下市，蛋挞姑娘用草莓做了好几种只有现在才有的小点心，看着切成片的草莓被贴在盒子蛋糕的外壁上，沈小运双手合十，忍不住赞叹说：“真好看呀。”

蛋挞姑娘在纸杯蛋糕上挤出了一团奶油花，又在上面放了一个完整的草莓，然后递给了沈小运。沈小运捧着蛋糕，都有点舍不得吃了。

下午的时候，一位老爷爷提了一个鸟笼进来，里面一只八哥探头探脑，看见人就说“你好，发财”，说话间还带着点方言口音。

沈小运跟在鸟笼后面，跟那个爷爷说：“我昨天也看见了两只八哥来着。”

老爷爷拿着一包吐司，转过头来问沈小运：“会说话吗？”

“会的呀，会说好多呀，还能吵架，可厉害啦。”

老人听得两眼发亮，又拿了一个牛角面包：“你在哪里看见的？”

“我在……医院吧。”

老爷爷转头放下面包，摆摆手说：“你这个人，骗人呀？医院哪里有八哥？还吵架？！”

就是有啊。沈小运今天早上起来翻自己的小本本，就看见上面写着“我讨厌医院里的两只‘八哥’，吵架还打人”。

她还想争辩呢，老人又说：“我养八哥就是为了解闷啊，你呀，不要跟我撒谎啦。”

沈小运委屈。

“唉，儿女不在身边，养只八哥，每天还能说说话，我这个面包就是买给它的呀……你这个草莓蛋糕看着不错呀。”

“这个蛋糕好吃的呀！我们家的面包八哥一定喜欢的，这个蛋糕你也肯定喜欢的呀。”说起好吃的，沈小运总有说不完的话。

“好，我买一个，我家孙女也喜欢吃蛋糕，要是好吃呀，她暑假回来的时候我就给她买来吃。”

现在三月还没过完呢，暑假还要好久啊。

最后，老人买了一包吐司和一个草莓蛋糕，蛋糕装在小盒子里，吐司袋子挂在鸟笼旁边。看着他的背影，沈小运唉地叹了一声，虽然她也不知道自己为什么叹气。

抬起手揉揉自己的脸，她对自己说：“不要叹气哦，你已经一下子老了好多了，越叹气越老的呀。”

吃完了自己的那份草莓蛋糕，沈小运拿起抹布擦了擦装面包蛋糕的玻璃柜子，玻璃柜子的把手很多人摸的，随时擦才不会让后来的客人觉得店里不够干净。

擦呀，擦呀，擦呀。

蛋挞姑娘叫住了沈小运：“我试做了几个巧克力爆浆布朗尼，你要不要试试味道？”

“好的呀。”沈小运把抹布放好，跑到吧台边上安安静静地等着吃蛋糕。

看见沈小运终于不再转着圈儿没完没了地擦柜子，蛋挞姑娘松了口气。

沈小运吃了一个布朗尼，还打包了一个，等沈牧平来接她的时候，她美滋滋地向沈牧平献宝："可好吃了！"

沈牧平的手里还拎着买好的菜和肉，向蛋挞姑娘道过谢之后，他带着沈小运往家里走去。

清明之前，螺蛳肉最是鲜美，走在青条石路上，看见道旁的小饭馆里有人点了做好的螺蛳，沈小运有点走不动了。其实她一点也不饿，在蛋糕店的这几天，她的脸好像都比从前圆了。

"沈牧平。"她叫了一声。

沈牧平在想事情，沈小运叫他第二声的时候他才听见，带着微笑回头，顺着沈小运渴望的视线看到了螺蛳："我买了蚌肉，回去烧豆腐汤好不好？"

蚌肉豆腐汤，沈小运有点想吃，可是螺蛳就在眼前呀，她很犹豫。心里面一边是新鲜的河蚌，一边是鲜美的螺蛳，双方都在努力地拔河。

沈牧平又说："我今天给小小姐买了新的猫玩具，现在就在家门口。"

猫玩具强势地站到河蚌的背后，把那一串儿螺蛳打得丢盔卸甲。

"走吧，我们回去给小小姐拆礼物。"她推着沈牧平的背往前走。

男人一边走，一边下意识地摸摸自己的肚子。他小时候有次和同学一起吃螺蛳，吃完之后上吐下泻，在医院里躺了好几天，那之后他就对这种很多人喜爱的河鲜有了心理阴影。不过，他是不会把自己这么丢人的事情告诉沈小运的。

小小姐的新玩具是一个会自己满地打滚的球，打开开关把球放在地上，沈小运的眼睛一直盯着那个球到处跑，看得兴致勃勃。倒是收到了礼物的小小姐对这个会自己动的家伙很防备，那个球要冲到她面前的时候，小小姐胖腿一跳，蹦到了沙发靠背上。一直到吃饭，这个电动的小球球都更像是沈小运的礼物。

蚌肉豆腐汤、酒香金花菜、肉末蒸蛋，还有白米饭，沈小运吃了不少的蚌肉，用肉末蒸蛋拌了小半碗的饭。今天她实在吃了不少的甜点，饭量大减。沈牧平只能在心里暗暗庆幸明天她就要回书吧上班了，不会再被蛋挞姑娘像是对吉祥物一样地投喂。

真的胖了呀。

吃过饭，沈小运暂时放过了那个小球，开始了自己每天宝贵的“戳小鸡”时间，沈牧平和往常一样坐在电脑前开始做表格。

做了一会儿，沈牧平拿起手机，看见手机屏幕上还在不停地弹消息。

“沈哥，今天警察叫你没事吧？”

“老牛问我陈先生那单你怎么转了？”

“沈哥，陈先生那单老板转给我了，怎么他不接电话？”

……

这些都还只是发了文字的，更多的语音消息弹个没完。沈牧平搓了搓自己的手机，两只手交握在一起撑在桌子上。

自己打了客户，单子自然是不能再做下去了。沈牧平在公司里忙着转手单子的时候，被警察局一个电话叫走调查情况。

今天，那位陈先生报了警，警察调取了医院监控，证实他确实先动了手。尽管陈先生一直要求把沈牧平拘留几天，最终沈牧平也不过是被说服教育了一番，又被要求向陈先生鞠躬道歉。

沈牧平鞠躬了，也道歉了。

警察问起打人的原因，他只说是陈先生说了不干净的话。他道歉的时候，陈先生的态度很轻蔑，他觉得无所谓，只要不是攻击沈小运，别人说什么也无所谓。卖了几年的保险，沈牧平早练就了一身能屈能伸的本事，剩下的就是要跟公司解释和交代。开除倒是不会，扣奖金是难免的，大概还要写检查……

成人世界的烦心事，“未成年”的沈小运自然不知道，戳小鸡出了新的活动，她满心满眼都是特别厉害的五彩猫头鹰，可惜玩儿得实在不好，猫头鹰那么多，她却总是通不过关卡，有点生气。

小小姐想让沈小运跟她玩儿，却被拒绝了；想躺在沙发上好好睡一觉，又被沈小运闹得不得安静。小小姐从沙发上跳了下来，路过那个白色小球的时候，她停下脚步，仔仔细细地用小鼻子尖儿嗅了起来。用爪子试着碰了一下那个小球，听到里面传来咔嚓声，小小姐拔腿飞奔，跑到远处观望起来。

这个世界，从来都是各有各的烦恼，也各有各的春风和冷雨。

新装修好的书吧沈小运很喜欢，重新上色的吧台旁边摆了新的木头椅子，就是沈小运的据点了。

早上上班的时候，沈小运还忧心忡忡地想自己大概吃不到蛋挞姑娘的点心了，没想到刚上班，她就看到了来送饼干的蛋挞姑娘。她特别高兴，把自己带的香蕉分了一根给她，蛋挞姑娘也给了她一包只属于她的小饼干。

“今天在你们这儿消费的客人都送一份小饼干，正好也给我们店打打广告。”除了印着蛋糕店名字的饼干外包装之外，蛋挞姑娘还带来了一打宣传广告，“这些点心我们今天都有，客人想吃什么，打个电话我们就能送过来。”

蛋糕店和书吧相隔不远，蛋挞姑娘骑着自行车十分钟就能一个来回。

沈小运在一边认认真真地听完，问蛋挞姑娘：“是不是我想你了，打个电话订点心，你就会过来呀？”

蛋挞姑娘的心软成了一团，抱着沈小运的手臂对书吧老板说：“我送你饼干了，你把她送我吧。”

“那可不行。”店员姑娘抱着沈小运的另一只手，要从自己的师父手里把人抢回来。

新装修新气象，老板抽空也把自己“装修”了一下，长发剪短之后变得干练了好多。没了婚姻，却还有孩子，她得赚更多的钱，对这间书吧也就有了更多的期待和倾注，连沈小运都忍不住夸老板变得更漂亮了。

中午的时候，沈小运真的打了电话：“我要一个……我要一个黑森林吧。”除了点心之外，沈小运还惦记着别的，“你门口有一家餐馆，卖炒螺蛳，你能帮我买一份吗？我分你一半，我请客。”

昨天拔河比赛失败的螺蛳还没有被沈小运彻底忘记。

中午，沈小运不仅吃到了黑森林蛋糕，吃到了老板订的汉堡午餐，还吃到了炒螺蛳，饭后水果是香蕉。

下午两点多，沈牧平正要去一个客户那儿，却接到了书吧老板的电话：“她一直在拉肚子，还不肯让我送她去医院。”

正好红灯，戴着蓝牙耳机的沈牧平一踩刹车，过了红灯之后又掉转了车头。

“不当饮食引起了急性胃肠炎。”

沈小运缩着肩膀坐在凳子上，看着沈牧平从医生的手里接过病例和处方。

“你要挂水。”沈牧平扶着沈小运的手臂慢慢往外走。

从午饭以后到来医院之前，沈小运跑了三趟厕所，不仅腿软，最后一次上厕所的时候还撞了头，显得更可怜了。

“我错了。”

沈牧平深吸了一口气，全是消毒水的味道：“是我的错，我应该明确告诉你，不要乱吃东西。”

沈小运撇了撇嘴，低下头。

到了打针的地方，沈牧平拿着处方给护士配药，沈小运垂着头坐在带着输液架的椅子上。挨针的时候，沈小运闭着眼睛，另一只手紧张地挠着椅子的扶手。

沈牧平拍了拍她的肩膀，她睁开眼睛可怜兮兮地说：“我以后再也不吃螺蛳了。”

输液时的沈小运好像不是在往身体里注水，而是在往外面漏气，整个人瘫在椅子上，连手指头都透着忧伤。

沈牧平站在一边想了想，掏出手机，下载了沈小运爱玩的游戏：“你玩游戏吧，一个小时就打完了。”

沈小运看看手机，看看沈牧平，说：“你不要生气呀。”

“我没有生你的气。”

沈小运眨眨眼睛说：“我知道你不生我的气，我的错，你为什么要生自己的气呢？”

沈牧平愣住了。

“是我要吃螺蛳的，我还吃了黑森林蛋糕，吃了汉堡和薯条，吃了香蕉……都是我自己吃的，你为什么要生你的气呢？”

沈牧平说：“要是我跟你说不准你吃螺蛳，你就不会得胃肠炎了。”

沈小运慢慢摇头：“不会啊，我还是想吃……我昨天就知道你不想我吃螺蛳，可我就是想吃啊。”

没打针的那只手抓着沈牧平的手机，上面的小鸡小青蛙都还亮着，沈小运有点不好意思地说：“我没有那么听话的。”

沈牧平一时之间竟然不知道自己该说什么。

“你跟我说过，你不在家的时候我不能自己出门。蛋挞姑娘叫我出去我就知道你会不高兴，但我就是想出去呀。

“都是我自己的错，你不要总往自己身上揽事情呀。”

说完，沈小运的脸又皱在了一起，肚子真疼啊。

每个人从小到大都听过无数的劝诫和要求，可谁会完全按照这些来活着呢？说到底，路是脚走的，脚长在谁身上，路才在谁脚下。沈牧平以前很明白这个道理，此时此刻，这些东西重新回到了他的脑袋里。不管变成什么样子，沈小运都是沈小运，她的错就是她的错。

“对，是你的错。”沈牧平干巴巴地说。

沈小运皱着眉头，把他的手机递了回去：“我的错，那就罚我打针的时候不玩游戏了，好不好？”

男人只能点头。

打针的时候实在无聊，沈小运东看看西看看，一会儿又要自己的小包包，肚子疼的时候哼哼唧唧个不停。沈牧平在一旁守着、守着……

“要玩游戏吗？”

沈小运摇头。

“我以前也跟你一样，吃坏过肚子，我和同学去游泳，回家的路上看见有人卖炒螺蛳，我们就吃了，不光吃了螺蛳，还吃了冰棍。”

哇，那不是比吃香蕉和蛋糕还厉害？

沈小运瞪大了眼睛：“然后你也这样拉肚子了？”

“对，也是急性胃肠炎。”

“有人送你去医院打吊瓶吗？”

“有的。”

在沈小运的眼里，沈牧平立刻就变成了“战友”：“我一个小时跑了三趟厕所，你呢？”

“很多趟，最后瘫在厕所门口不会动了，别人回家了才看见，等我醒过来已经在医院挂水了。”

“哇！”沈小运惊叹了一声，“还是你厉害！”

这有什么厉害的？沈牧平觉得好笑，不过沈小运精神了一点，她觉得厉害就厉害吧。

把他送到医院去的那个人守了他一夜，从第二天起就只让他喝粥，半大的少年喝了一天粥就觉得浑身没劲儿，喊着想要吃肉。这些，男人并没有讲出来。

那个人说：“螺蛳是你自己吃的，冰棍也是你自己吃的，路是你自己走的，摔了跟头也是你自己疼，不要说别人不疼你哦。”

肉是没得吃的，还要听一通他听不进去的教训，更惨的是不许他请假不上课，就连体育课都不肯让他把医生开的假条给老师。大概就是从那时起吧，他觉得自己根本没有被爱护过。

沈小运吃坏了肠胃，一段时间里都只能喝粥，沈牧平拜托书吧老板，让她中午订餐的时候给沈小运只订白粥。

早上自然不再带点心了，知道沈小运病了的蛋挞姑娘十分自责，上午来给书吧送小饼干的时候还说自己实在是太粗心了，不该帮沈小运买螺蛳来吃。

“听说你要喝好几天的粥。”

“是啊，好惨的哦。”沈小运眼巴巴地看着蛋挞姑娘，今天沈牧平没给她带点心。

“我给你带了点配粥的，你要赶快好起来啊。”

配粥？咸肉吗？海苔小饼干吗？肉松蛋糕吗？沈小运的眼睛亮了起来，虽然还要吃药，可她觉得自己的胃口已经恢复了，能吃东西了！

蛋挞姑娘从书包里拿出了两个咸鸭蛋给她：“我自己腌的。”

蛋挞姑娘最近在研究加咸蛋黄的咸口点心。

沈小运一手拿着一个咸鸭蛋，低下了头，小声地说：“谢谢。”

可怜得让人心酸酸。

对面卖糖果的老板看见沈小运垂头丧气的，还问她怎么了，老板笑着说是吃坏了肚子，糖果店老板也笑了起来：“好好喝粥哦，等你好了我请你吃糖。”

中午吃饭的时候，沈小运果然只有白粥，蛋挞姑娘给她的咸鸭蛋红油满满，勉勉强强安慰了她。

书吧老板还不准她多吃咸鸭蛋，从她手里把剩下的半个咸鸭蛋拿走，跟店员姑娘分着吃了。沈小运觉得自己更可怜了，她这辈子都不想再吃螺蛳了，虽然螺蛳真的很好吃啊。

下午的点心时间没有点心，沈小运觉得时间过得好艰难。

“喏。”店员姑娘从吧台后面递给了沈小运一个小盘子，上面是切成了小块的苹果，最上面一块苹果还做成了小兔子的样子。

“给……给我的吗？”

“快点吃，我在网上查了，说你吃点烤苹果是可以的。”

店里有个给点心复热的小烤箱。

“可以吃呀！”沈小运黯淡了一天的脸庞被这一小盘烤过的苹果点亮了。

先烤后切的苹果闻起来香甜，吃起来有些软，并没有新鲜的苹果好吃，还略有点酸味，可沈小运吃得很珍惜，埋着头，一口又一口。

老板站在上面楼梯口，转身轻手轻脚地走了回去，手里的那盒苏打饼干又被她收了起来。

晚上沈牧平本以为自己会接到一个很伤心难过的沈小运，没想到沈小运的精神头还挺好，看见沈牧平，她笑嘻嘻地说：“晚上我们继续喝粥呀。”

“嗯，继续喝粥，小米粥好不好？”

“好的呀。”

明明回家时还挺高兴，晚饭时间沈小运还是有些低落。她的面前摆着黄澄澄的小米粥，沈牧平的面前是咸肉青菜炒饭。

“你的炒饭看起来好吃哦。”把两个人的饭比较着看了四遍，沈小运小声地对沈牧平说。她的眼睛里写着“羡慕”“想吃”。

沈牧平视若无睹。

“我今天不拉肚子了，也好好吃药了。”

“嗯，挺好的。”

“明天是不是就不用喝粥了呀？”

“不行。”沈牧平冷酷无情，沈小运可怜巴巴。

喝完了一碗粥，沈小运唉声叹气地在房间里走来走去，她现在闻着猫粮和猫罐头都觉得好香哦。

沈牧平碗刷了一半儿，看见沈小运蹲在猫碗前面，擦干净了手走过去，把碗里剩了的猫粮装回了猫粮袋子里，猫罐头也收进了柜子。

“我就是看看。”沈小运噘着嘴说。

沈牧平脚步轻快地继续去洗碗。

“唉。”沈小运叹了一口气，坐回到沙发上，抱着小小姐玩起了戳小鸡。

化悲愤为力量，今天的沈小运一口气过了四关，还都是三星过关，她又高兴起来，很快就忘了自己晚饭只喝了小米粥的事儿。

沈小运玩儿得兴起，沈牧平看了一眼时间，放任她多玩了十分钟才叫停。

魏香兰和从前一样，下午走进书吧，看见沈小运正在勤勤恳恳地擦地。她走过去，笑着跟沈小运打招呼。

店员姑娘看了一眼，没放在心上。书吧停业半个月，重新开张之后每天都有老客回来，有不少会跟沈小运打招呼。沈小运不记得魏香兰了，歪头对她笑了一下，继续擦地板。

魏香兰转过身去，深吸了两口气，才又对沈小运说：“你最近身体还好吗？”

不好。沈小运捂了一下自己的肚子，摇了摇头。

半个小时后，做完了两单的沈牧平刚松了一口气，就看见了魏香兰发来的文字信息。

“她病了你怎么不告诉我？”

“只是急性胃肠炎，打过针了。吃几天药，注意保养一下肠胃就没事了。”

过了两天，沈牧平已经能够理性地看待沈小运的病了，对于当过医生的他来说，一场急性胃肠炎真的不需要兴师动众。

魏香兰显然不这么想，她听沈小运说自己已经喝了两天的粥，真是替她委屈到了极点。

“我给你买牛肉滑蛋粥好不好？”最好配上蟹黄烧卖还有红米金沙肠粉，这两样都是沈小运从前吃早茶必点的。

沈小运摇摇头说：“不用了呀，我要喝粥养胃的呀。”

一听好心的阿姨说牛肉滑蛋粥，沈小运的口水都要流出来了，可她还是摇头拒绝了这个阿姨的好意：“我不该乱吃东西的呀。”

她还记得是自己犯下了错误，说话的时候声音很小。

“我得记住以后不能乱吃东西了呀。”

沈小运在自己的小本本上已经把“不能乱吃东西”几个字抄了好多遍了，每天抄三遍，还要再抄七天呢。

魏香兰不知道自己该说什么，守着一壶红茶，她一杯一杯喝着，心里仍是觉得不舒服。

下午三点，一位一头酒红色头发的阿姨走进了店里。沈小运站起来要跟她说“欢迎光临”，却被那个阿姨直接抓住了手：“哎哟，真瘦了哦。”

老板的前婆婆昨天去看自己孙子，知道沈小运得了肠胃炎，今天才抽空跑了这么一趟。

“我跟你讲，外面的东西就不能乱吃的呀，马上天热了，谁知道那些没良心的饭馆会放什么在饭里哦。”

好像全世界都知道自己拉肚子了呀，沈小运小声说：“是我吃得太杂了，不是东西不好呀。”

“哎哟，都拉肚子了，还说不是东西不好？你这个人哦……我给你蒸了点玉米菜团子，什么乱糟糟的都没有，白面里放了玉米粉和玉米粒，还放了芹菜叶子，加了小苏打，营养又健康，吃了保证不会拉肚子的。”阿姨从大包包里拿出了饭盒，里面整整齐齐地摆着八个玉米团子，“现在温温的，你先吃一个，等你回家了重新蒸一下，热乎乎吃了最好，我跟你讲。”

说着话阿姨就打开了盒子，让沈小运先抓一个吃。

“是不是在喝粥啊？”

“是的呀。”吃到玉米团子的沈小运眼泪都要流出来了。

“上了年纪的人多吃五谷杂粮才少生病。”又啰唆了两句，阿姨一看时间，说自己跟姐妹约好了晚上一起打边炉，急急忙忙地就走了。

魏香兰看着沈小运坐在那里美滋滋地小口吃着玉米团子，突然觉得应该重新审视自己这个已经认识了很多年的老朋友。她说沈牧平只看见了沈小运的现在，却不肯接受沈小运的过去，她自己是不是也只想着沈小运的过去，却忽视了她的现在呢？

接沈小运的时候，沈牧平看见那些金镶玉似的小团子，突然觉得大概沈小运等养好了肠胃，人也要胖起来了。

晚上，沈小运仍旧喝了粥，除了玉米团子之外她还吃了蒸蛋糕，蒸蛋糕上放了一点切碎的咸肉，她高兴得想要唱歌。

喝了四天的粥，第五天，沈小运一大早就神气活现地站在了店门口，无比欢快地说："我都好啦！"

"啪啪啪——"是店员姑娘很捧场的鼓掌声。

沈小运转了个圈圈，像个舞蹈演员一样双脚交叉，行礼。春天的阳光照在她的头发上，闪闪发光，跟她的眼睛一样。

老板对她说："不要太得意，今天的午饭还是粥。"

沈小运差点被生命中不可承受的痛苦所打倒，她抓紧自己的小包包说："我还带了点心的。"

沈小运病了这些天，沈牧平也没闲着，买了些材料回来，自己煮起了红豆馅儿，做起了小点心，今天早上沈小运带的就是沈牧平烤的豆沙包，可香了，刚出烤箱的时候沈小运就吃了一个。

"你们让我喝粥我也不怕，我可以配豆沙包哦，就不分给你们了。"

四个豆沙包，本来有店员姑娘和老板的份的，要是中午只有粥，沈小运就舍不得把豆沙包分出去了。

看沈小运小心翼翼的样子，老板忍不住笑了："那你吃豆沙包吧，我们吃麻油鸡饭了。"

人生怎么可以这样呢？沈小运陷入了深深的困惑中。老板和店员姑娘都笑了起来，沈小运也扑哧一声笑了出来。

早上老街的客人还少，有人路过看见书吧的门开着，三个女人笑在了一起，嘴角轻轻挑一下，都是笑的模样。

十点半的时候，蛋挞姑娘来送小饼干了，看见沈小运，揽着她的肩膀问："今天能吃点心了吗？"

可以的呀可以的呀！沈小运赶紧点头。

蛋挞姑娘给她带的是肉松毛巾卷儿，只有小小的一个。

"不要乱吃东西，少吃点心多吃主食，不然病一次好久都不能吃好吃的了。"

沈小运捧着来之不易的点心，继续点头。

蛋挞姑娘骑着自行车又回去了。她的点心店不仅价格亲民，东西还做得扎实，虽然位置偏了一点、店面小了一点，现在却也已经积累起了口碑，有很多在附近上班的白领会绕几分钟的路来她这儿买面包当早餐或者晚餐。

上周开了外送服务之后，蛋挞姑娘更是比从前忙了起来，送每天的小饼干都是来去匆匆的。

午饭的时候沈小运真的喝了粥，却是鸡肉粥，她吃得喜笑颜开，对着老板说了一车赞美的话。

下午，沈小运坐在椅子上拿出豆沙包，正要分给店员姑娘，就看见她拿起手机走了出去。

捧着豆沙包站在吧台边上，刚好一个客人要结账，沈小运对了一下桌号，拿出了付款码。

客人也是来过书吧几次的了，认识沈小运，笑着让她看一下金额对不对。

"66，对啦！"成功帮忙结账的沈小运很有成就感，"数字好吉利哦！顺顺利利呀。"

听了她的话，客人走的时候也是笑着的。

等啊，等啊，老板从楼上下来要叫个果盘，看见沈小运一个人站在吧台里，就问她店员姑娘哪里去了。

"刚刚有电话哦。"

老板自己动手做了个果盘，往门外看了一眼，对沈小运说："有事情就叫我。"

“哦。”老板这么说，沈小运有些茫然。

过了一会儿，店员姑娘低着头回来了，她不高兴。沈小运坐在椅子上，看见她的眼眶是红红的。想了想，从椅子上下来，沈小运小心地把豆沙包放在了店员姑娘的手边。然后她就无声无息地回到椅子上坐好，开始吃自己的那份点心。

店员姑娘平时都喜欢跟沈小运说话的，这个下午却变得很沉默。沈小运一直偷偷看她，看她倒咖啡、做果盘、加热点心、算账收钱，闷闷的，像是个木偶……就在沈小运快要下班的时候，店员姑娘把咖啡打翻了，有咖啡洒到了客人的包包上。

沈小运第一时间喊了老板，然后自己抓着抹布过去擦了起来。店员姑娘站在那儿，还有些傻傻的。客人是个外地来的游客，手包是来了老城后新买的，虽然不怎么值钱，却是个新的，跟她一起来的还有三四个人。

沈小运处理得及时，他们的火气还没升起来就被一迭声的道歉给压了下去。老板很利落地免了他们所有人的单，还送了一个果盘。

那些客人走了之后，店员姑娘缩着脖子站在那儿，老板没有训她，只说让她赶紧调节心情。

沈小运拎着那个被遗忘的豆沙包又往她的手里塞：“不怕哦，吃了豆沙包什么都好了哦。”

看看沈小运的点心，再看看她的脸，忍了又忍，店员姑娘终于哭了出来：“我想留在这儿，我不想回家。”

十一个字里，就是长大的孩子心中所有的委屈。

店员姑娘今年就要大学毕业了，她在大学里学的专业比较冷门，专业课成绩也没有十分优秀，想要留在老城很好的企业是很难的。店员姑娘给自己定下的目标，是进一家还算可以的公司，休息日的时候再打工赚点外快，在这个城市里一点一点积累属于自己的小小空间。她不想回到自己的家乡——那座北方的八线小城市，有沙尘和大风，还有她不喜欢的黏稠的人际关系。

过年回家的时候，店员姑娘鼓足勇气跟家人说了自己的打算，她和自己的父母是很少交流的，这一次的对话让她突然觉得自己大概已经长大了，不仅能让爸爸妈妈听见自己的声音，还能让他们理解自己了。是的，原本店员姑娘的爸爸妈妈是没有反对她的。

“他们是骗我的。”

沈小运拿了两张纸巾给店员姑娘，她擦完了眼泪擦鼻涕，总是利落又抖擞的小姑娘，现在哭得像是个露馅的豆沙包，红红的，皱皱的。

“他们跟我说在家里已经给我找好工作了，托了关系，花了钱，可我不想回去啊，我说了我不想回去啊，他们知道我不想回去啊。”

春天里，老城好吃的东西就多了起来，从湖里河里到山上，再到手艺人的灶头。沈牧平今天提早了一点往回走，先绕道去另一边的老街上买了一家老字号的酱汁肉还有猪蹄筋，酱汁里的红是红米煮出来的，因为加了糖，酱汁的颜色特别亮，一点也不腻。

让沈小运少吃两口，应该能解了她这几天只能喝粥的馋。快走到书吧门口的时候，沈牧平停住了脚步，他看见沈小运在帮店员擦眼泪。

老鸟一翅膀把以为自己已经长硬了翅膀可以起飞的小鸟扇回了窝里，还告诉她天空很危险，还是应该用脚走路。这大概就是现在店员姑娘的困境吧。

沈小运一张一张地给店员姑娘递纸：“你妈妈，是觉得你在这里工作太辛苦哦。”

“回去一个月赚两千块，然后就相亲结婚，就不辛苦吗？”

那不是辛苦，应该说，是令人心生恐惧吧。沈小运其实不太懂，可她想了想，对店员姑娘说：“我知道你一定能过得好好的，就……就像你想要的那样，过得好好的。”

店员姑娘的眼泪都流了出来，从电话铃声响起的那一刻起，她一直在被否定。被父母否定，也被自己否定，甚至忍不住去想，自己是不是就是一个没有什么能力的废物，才在自己爸妈的眼里要如此被打算前程。

“我不想回家。”她强调了一遍。

沈小运点头：“嗯，我们在外面也能过得好好的。”

“可他们不信我。”

“嗯……可是你做了什么，让他们来信你呢？”

沈牧平在一旁静静听着，沈小运背对着他，努力想着自己应该怎么说：“你……你觉得你爸爸妈妈只是嘴上信任你，说不定，他们也觉得你也只是靠说话让他们信任啊。”

店员姑娘抬起了头，看着沈小运说：“你是在安慰我吗？”

怎么突然就站在爸爸妈妈那边了？

“不是啊。”沈小运摇头，“我们，我们是要解决问题的啦。”

沈小运并不是店员姑娘的那些舍友，临近毕业，她们都有着相似的问题，一开口，都是同样的内容，同样的语气。四个人的宿舍，像是住了四只困兽。

沈小运不是困兽，她虽然脑子经常不清楚，可她知道，总要有一个人迈出去第一步，才能走出一条原本没有的路。

店员姑娘看见了一直站在那儿的沈牧平，让沈小运转身去看，自己很不好意思地回了吧台里面。

看见沈牧平……手里提着的酱汁肉，沈小运立刻欢天喜地地回去穿外套，急急忙忙的，差点忘了拿自己的小包包。

天气暖和起来，她衣服也穿得轻便了，步伐好像都轻盈了起来，大概是春风吹的，大概是衣服少了，也有可能是因为想到能吃肉了。

“除了酱汁肉你还想吃什么？”沈牧平问沈小运。

“白米饭！”

有肉又不用喝粥，对于沈小运来说真是神仙一样的日子了。

看着沈小运在自己前面快步往家里走，沈牧平拂了一下自己被风吹起的领角。很多很多年前，有个成绩很好的孩子，他的妈妈是个很有建树的工程师，很多很多人都以为他该跟他妈妈一样，沿着一条已经被踏平的路继续走下去。

可他没有。

他的想法他不跟任何人说，无论谁问，他只说："先拿出一个好成绩才有的选。"

大学填报志愿，他三个志愿都是医学专业，都离家很远很远，远得让他妈妈皱起了眉头。他只觉得自己做得太对了。

"你确定了，你要学医吗？这条路很难走，需要很扎实的态度。"

沈牧平忘了那个年轻人是怎么回答的。现在的他很羡慕那个年轻人，也很恨他。因为他有一个对他说"只要你决定了就去闯吧，遇到困难解决不了再找我"的妈妈。因为他毫不珍惜，只当那是不负责任的敷衍。

"沈牧平，你快点，回家吃肉啦。"站在路口，沈小运叉着腰招呼沈牧平。

男人加快了脚步，脸上有了一点笑容，虽然晚了点，可是分量已经足够。

早上起床，沈牧平走出房间，看见冰箱门大开着，沈小运站在冰箱前面，手上抓着鸡蛋，嘴里念念有词。

"怎么了？想吃什么？"

沈小运转过来，看了沈牧平一会儿，噘起了嘴巴："今天清明，没有青团给陆奶奶吃啊。"

清明？沈牧平看了一眼手机，距离清明还有四天。沈小运又过糊涂了。

"还有四天过清明，青团你想吃什么样的？"

沈小运摇头："还没过清明呀？"

沈牧平接过沈小运手里的鸡蛋，问她："我们早上吃鸡蛋饼好不好？"

他没有正面回答自己的问题，沈小运虽然脑袋不够用，也知道真正的答案是什么了——她又犯病了。

洗脸刷牙，梳好头发，沈小运看着镜子里的自己，难过得不想说话。

天气变暖和了，经常有年轻的小姑娘穿着好看的裙子走在古老的巷子里，她却还是个老人的样子，白头发又多又密，脸上也不好看。

菠菜蛋饼做好了，各种豆子打出来的豆浆也装在了杯子里。解开围裙，沈牧平喂好了猫，洗漱出来，发现沈小运还缩在她自己的房间里。

“怎么了？”

看看站在自己房间门口的男人，沈小运深吸了一口气，又深吸了一口气，才抬着脚走出去。她不开心，沈牧平能清楚地感觉到。

“今天晚上我去买猪尾巴回来好不好？”

不用说清楚哪家的卤货，是老城人都知道最有名的老字号，酱鸭、酱牛肉还有昨天的酱汁肉，沈牧平都是在那家买的。可是猪尾巴只让沈小运高兴了一下下，她还是忧郁着。

自从蛋挞姑娘的蛋糕店开了，沈小运就对原本自己很喜欢的蛋糕店失去了兴趣，还学会了“叫外卖”，老板跟蛋挞姑娘那里要点心的时候会问她有没有想吃的，她就会喜滋滋地说“要蛋糕卷呀”，掏钱的时候十分矜持，还问蛋挞姑娘可不可以压钱在账上她慢慢吃，遭到了拒绝。

可是今天沈牧平说要带着她先去蛋挞姑娘那里买点点心，沈小运也没有表现出开心，她摇摇头说：“不要了哦，我想吃会自己订的。”

所以就是不想吃，连点心都不想吃了。

沈牧平想了想，督促她穿好衣服拿好小包包，就带她出门往书吧去了。

一路上，沈小运看见穿得漂漂亮亮的女孩子，都会下意识地低头看看自己，怎么都高兴不起来。今天她比平时早了一些到书吧，店员姑娘还没来，只有老板站在吧台里面核对账目，看见沈小运来了，招招手，对她说：“宝宝奶奶听说你身体好了，说今天要送饭来给我们吃。”

宝宝奶奶是谁？沈小运歪了歪头，她不记得了。今天让人难过的事情真多啊，可她还是很期待有人送饭来吃的。应该会好吃吧？

“昨天你做得真好。”老板夸奖沈小运。店员姑娘不在状态，要不是沈小运那么快就去道歉，等她下楼，说不定那些客人的火气会更大。

沈小运眨了眨眼睛，一大清早就受到了表扬，好像……好像今天也不都是难过的事情哦。咦？今天有什么难过的事情吗？

“每个大学生毕业都要煎熬一下的，不要说她前途未卜，我表妹保送了研究生，多好的事情，我舅妈还想她赶紧工作不要再读了。唉，我表妹就喜欢读书做学问的，怎么看都是当科学家的好苗子，我舅妈去年闹着让她去当公务员，母女两个一边一个在屋子里哭。”

为什么呀？听见别人的故事，沈小运瞪大了眼睛：“她喜欢读书的呀，为什么不让她读呀？”

“女孩子嘛，早点工作，早点结婚，早点有个孩子……其实男孩子也一样的呀，老辈人吃过苦受过累，总觉得一辈子不破的金饭碗是好东西，可是现在哪有什么金饭碗！”老板指指自己的脑袋，笑着说，“我儿子都知道，这里才是金饭碗。”

“对呀，脑袋才是金饭碗。”沈小运重重地点头。

老板又说想让自己的儿子去特长班学点什么，大概是已经迫不及待要往那个小小的脑壳里装金饭碗的原材料了，沈小运笑眯眯地听着，这时，有人走进来了，她以为是店员姑娘，转头去看，却看见了一盒子青团。

“最多吃两个。”沈牧平嘱咐完，青团递给沈小运，又转身大步走了。

一盒八个青色发亮的糯米团子，现在还是热着的。

沈小运捧着青团子，看着沈牧平的背影，觉得天也蓝了，风也暖了，对面的糖果铺子都变得更香甜了。

八个青团，老板分一个，蛋挞姑娘分两个，晚来了的店员姑娘也分一个。剩下四个，沈小运想好了自己吃两个，给中午会来送饭的“宝宝奶奶”两个。

沈牧平送来的青团是在一家老字号铺子里买的，外面的艾叶糯米皮里带了一点点薄荷的清爽味，里面甜糯糯的红豆沙里还有松子仁儿，多了香气还解了甜腻。

“我今天早上跟我妈妈打电话了。”店员姑娘跟沈小运说。

如果不是沈小运让她想着去解决问题，她可能还会跟从前一样，好几天不跟爸爸妈妈联系，只等着他们若无其事地打电话过来，两边再不提曾经的争执——那样的她像个只等着大人让步的孩子。

“我认真想了好久，你说的是对的，我在他们眼里像个孩子，他们当然就不会把我的话放在心上。”

所以店员姑娘很认真地整理了自己目标工作企业的资料，还写了一份生活和工作的计划。

她做这些的时候，发现了很多自己从前没有想过的问题，一边思考，一边自问自答，短短几百字的东西她写了两个多小时。等她把计划写完，突然发现自己爸妈的做法不是没有道理的，想要在这里活下去，比她想象中要难很多。

可即使是这样的计划，她的爸爸妈妈也觉得幼稚。对，是幼稚。可再幼稚的东西，也有她二十多年来从没有过的坚持。于是一次没有结果的电话交流之后，她不再抱怨爸妈不理解自己，爸妈也不再敷衍她。

店员姑娘一点也没有失望，她甚至想好了今晚回去还要继续写东西，她想让爸爸妈妈知道自己已经长大了，有能力规划自己的生活，有了自己的判断和憧憬。

“谢谢你呀。”豪爽的店员姑娘在沈小运的脸上亲了一下。

“啊？”捂着自己的脸，捧着青团的沈小运呆住了。

“嘿嘿。”店员姑娘扎上黑色的围裙开始擦杯子，沈小运也学着她的样子嘿嘿地笑了起来。

沈牧平今天到了一个老客户的家里，跟他签新的保险合同，快要走的时候，客户的女儿回来了：“爸，你看我做的旗袍好看吗？”

老城的丝织品名扬天下，各种做旗袍的店也都很精致，客户女儿笑得像朵花一样，看见沈牧平，那朵花上添了些晚霞的红彩。

她抖落开自己的旗袍，给自己的爸爸看，也给沈牧平看。十七八岁女孩儿的春心就像春风一样，总是飘忽的。

看着那件旗袍的款式，沈牧平愣了一下：“不好意思，我想问一下，你这件旗袍是在哪家店做的？”

午饭的时候，“宝宝奶奶”来了，沈小运看见饭盒里的清蒸鲈鱼，想了一会儿才想明白，原来“宝宝奶奶”就是“清蒸鲈鱼阿姨”。一个老朋友被她找了回来，她高兴地多吃了半碗饭。

老板的前婆婆嘴上说青团哪里都有得卖，却还是收好在袋子里，说下午跳舞累了正好吃。

“你做的鱼比以前更好吃了呀。”沈小运赞美她，她摆摆手，很无所谓的样子说：“我做饭几十年了，做饭这种事情，随便做一做都不比外面饭店差的呀。”

在沈小运的赞美声里，她眉梢眼角都是笑的。

下午下班，沈小运呆乎乎地看着沈牧平：“做……做衣服啊？”

“嗯，我今天看见一件旗袍样子很好看，也带你去做一件。”

“我穿旗袍，不好看的呀。”总是理直气壮、得意扬扬的沈小运害羞了。

沈牧平回头看了她一眼，笑着说：“肯定好看的。”

哎呀。沈小运低下头，看见自己的影子都是想要跳起来的样子。

老城最有名的丝绸铺子也是国营老字号，沈牧平下班时已经关门了。他带沈小运去做旗袍的地方是藏在里弄里的。

几个年轻姑娘开了旗袍工作室，一边摆着布料，另一边放着样衣，模特身上穿着亮蓝色的绣花裙子，沈小运觉得很好看。笑容甜甜身材清瘦的姑娘告诉她，这件衣服是收来的清末样衣。

这家工作室的旗袍款式很古典，蝴蝶盘扣做得雅致，料子也柔软朴素。沈牧平第一次来这种地方，看了半天，挑了一块绿色的料子。

“你自己选一个颜色。”沈牧平转身对沈小运说，却发现她已经美滋滋地跟这里的姑娘们讨论了起来。

“这块好看的呀。

“这块红的真漂亮……”

沈牧平摸摸鼻子，他站在这里，好像有些太占地方了。

一口气给沈小运做了四条旗袍，从工作室里出来，沈牧平有种恍如隔世之感。

沈小运眼睛亮亮的，脸上红扑扑的，还兴奋着："回去我要跟蛋挞姑娘说哦，那块红色的她做旗袍一定好看，还有那块蓝色的，上面有兰花的那个，应该让老板来做一件的呀。"

沈牧平没说话，天彻底暗下来，路灯早就亮了，他走在沈小运后面，听她叽叽喳喳，恨不能自己认识的每个女孩子都穿上漂亮的衣服。

有风带着水汽吹过来，沈牧平突然说："等你旗袍做好了，你穿上，我带你去河边拍照吧。"

"好的呀好的呀。"欢快着的沈小运突然有了个神奇的想法，"我们给小小姐也做条裙子吧。"

叫小小姐，怎么能不穿裙子呢？

沈牧平差点脚下一滑。

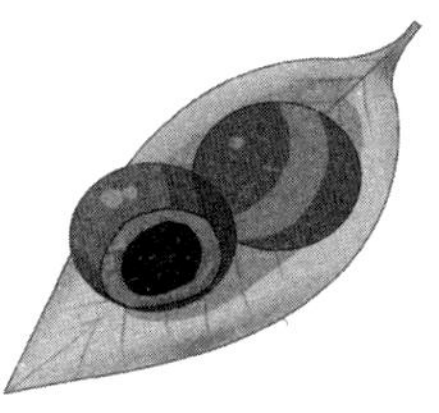

第八章 青团

就算是没了记忆，
被抛弃的痛苦还是成了印记。

◆◆◆◆

桃李飞花，清明又来。人人吃寒食的那天，沈牧平休息。他早早地也给沈小运请好了假，上午六点多，带她一起开车往郊外去。

“你订的花好看哦！”一上车，沈小运就看见了一大捧好看的粉白色芍药。

沈牧平透过后视镜看了她一眼，问：“好看吗？”

“好看的呀。”沈小运重重点头。

沈牧平踩下了油门。四月初还不是芍药的花期，为了这一捧早开的芍药，他昨天打了十几家花店的电话。

出城的车很多，上高速之前，一路都走得不快。沈小运坐在后座上，拿出了一个饭盒，饭盒里装着桂花糖藕。去年的老藕里填了糯米焐熟了，放凉切片，蘸着糖浆吃，是老城清明时节的一道清甜好味。

沈牧平怕沈小运贪甜吃多了糖，临出门之前将店里配送的蘸料只用刷子在藕上刷了薄薄的一层。在香糯中认认真真地去捕捉那一点点甜，沈小运也吃得美滋滋的，像是在玩游戏似的。

路很长，长到沈小运吃了三块糖藕又吃了一个青团。沈牧平东西准备得齐全，还有温热的茶水，沈小运喝了两口，神清气爽地看着外面。

公墓建在山上，层层叠叠的墓碑前都有人伫立着。今天是这里一年中最热闹的时候了。

沈牧平手里拎着青团、酒和工具，一边往上走，一边不时看看抱着花的沈小运。走在墓地里，沈小运的脸上也没有了平时嘻嘻哈哈的样子。

大理石雕刻的墓碑，一半被红布遮掩着，沈牧平在前面站定，用自己带来的工兵铲清理掉了墓周围的杂草，又用白色的毛巾将前前后后都擦了一遍。

沈小运站在一旁静静地看着，墓碑上写了一个人名。正在收拾的沈牧平抬起头，看见沈小运把花摆在墓碑前面，又把青团也拿出来，堆叠好。沈牧平不由得恍惚了一下。

“过节了呀，我们来看看你。”她对墓碑上的名字说，然后露出了一个很甜的笑容，比加了很多糖的桂花甜藕还要甜，比青团里的红豆沙馅儿还要甜。

春天里的风有些干，吹得沈牧平眼睛疼。他揉了一下眼睛，走过去倒了一杯酒放在墓前，心里默默地说：“以前都是她带我来看您，也有很多年，是她自己来看您，今天我带她来看看您……”

人对自己生来没有的东西总是憧憬的，对沈牧平来说，他在漫长岁月里一直憧憬着，自己有一个健健康康，没有死在自己出生之前的父亲。

这个憧憬注定无法达成，也就成了小时候玩过的玩具，拿起来的时候总是觉得里面充满了回忆，可旧的就是旧了，再不会有曾经那种真切的心情。

“我觉得很抱歉，真的很对不起……”男人低着头，这半年多来，他想起了很多已经被自己遗忘的事情，比如他曾站在这里，挺着小胸脯说自己会好好照顾那个人的。

那年他五岁，他渴望长大，成为一个男子汉，然后保护该保护的人。可是还没等他真正长大，他已经把誓言忘光了，没有人会跳出来抨击他的言而无信，因为谁都知道那不过是小孩子的童言童语，可他自己知道，知道那个时候的自己多么真诚，又被后来的自己多么随意地背弃了。

一只手伸过来，赶走了趴在芍药花上的小虫子。

“我跟你说哦，这个青团可好吃了，真的，沈牧平喜欢吃，老板喜欢吃，店员姑娘喜欢吃，蛋挞姑娘也喜欢吃，还有清蒸鲈鱼阿姨也喜欢吃……”沈小运掰着手指头算了一圈儿，拽了拽沈牧平的袖子说，“我们明天给陆奶奶和陈爷爷送青团去吧。”

沈牧平低低地说：“好。”

“可能您当年认识的，也是这么一个女孩子。她会记挂着所有对她抱有善意的人，喜欢粉色的芍药花，喜欢吃甜的，买新衣服就能高兴得跳起来。后来她变了样子，成了要支撑一个家的妈妈，头发梳得整整齐齐，每天给儿子做不一样的早餐，回家就洗衣服检查作业，工作的时候态度强硬又执拗，很多人欣赏她、崇拜她……她让自己成了很多人想要成为的样子，也成了一个用尽心血的母亲。大概她人生唯一的败笔，就是有了一个不知好歹的儿子。

“快一年了，我每天都在想我还能做什么，让她能享受到自己曾经付出过的一切，却越来越觉得自己能做的真是太少了。”

粉色的花束在左邻右舍黄黄白白的菊花里显得与众不同，也是今日重见的两人从前共同喜欢的。

在沈牧平的耳边，沈小运还在说：“你一定是个和沈牧平一样帅的人。又高又帅，也会买点心。”

一定是这么好的人，才能让沈牧平这么难过，就连她都变得有些难过了。

沈牧平深吸了一口气，对着墓碑鞠了三个躬，带着沈小运转身往山下走去。

清风拂动红绸，那红绸是被贴实了的，不管怎么被鼓动，都不愿意露出下面的另一个名字。

“再等等。”它像是在说话，“让那个每年都带着芍药来的女人，再多享受些快乐吧。”

才上午九点，沈牧平看看坐在后座上打哈欠的沈小运，说：“我们去看风景好不好？”

“啊？好的呀！”

从高速上下去，沈牧平降下车窗，开车沿着运河慢慢往家的方向走，沈小运看着长长的河，看着，看着，就在涌进车中的春风里慢慢睡着了。沈牧平怕她吹了头，将车窗升上去了一点。

沈小运醒过来的时候，沈牧平正好在开车门。

“到家了？”

“没有。”他把一袋子青青翠翠的马兰头放在了后备厢里，“好久没吃香干拌马兰头了，我买了一点。”

“嗯，我也想吃了。”

除了马兰头，沈牧平还买了两斤河虾，还鲜活着。沈小运对虾的兴趣更大些，听见沈牧平说要把虾做白灼，她一点都不困了。

吃着热乎乎的酒酿饼，头上戴着柳条编成的小帽子，回到家里的沈小运得意扬扬地走来走去，小小姐趴在沙发上，用看傻子似的眼光看她。

沈小运一直说要给小小姐做一身旗袍，还写进了小本本里，几乎每天都要跟沈牧平说一遍，沈牧平只能买了块绸料子给小小姐做了个围兜儿。

沈小运不满意，小小姐也不满意，沈牧平只好假装看不见听不见。就像现在，沈小运吃完了酒酿饼，又拿起那个围兜儿要给小小姐系上，小小姐一路飞奔，绕着厨房的餐桌跑了好几圈，最后跳到了冰箱顶上。

直到热乎乎的肥虾出锅，鲜美的气息勾得滚圆的猫眼盯着餐桌，终于把小小姐给勾了下来。胖猫落在地上，浑身的肉都颤了颤。

沈小运还在气小小姐不肯穿真丝小围兜的事儿，把剥好的虾往桌子里面推了推，等小小姐连白生生的小圆手都搭在了餐桌上，她又用一个空碗把虾仁盖住了。

“不给你吃。”她气哼哼地说。

小小姐跳到她的腿上，努力翻出了肚皮。和小小姐的“战斗”以沈小运胜利而告终……只是在吃完虾仁之后，胖乎乎的小小姐毫不在乎食言而肥这件事儿，扭着屁股就走了，绝不肯穿上沈小运手里拿着的围兜。

沈小运于是决定抛弃小小姐，她要带着青团去看陆奶奶。沈牧平同意了。

青团买了刚刚做好的，桂花糖藕上要多放点糖，还有酱汁肉和卤鸡爪。

沈小运还认真想了想自己最近吃的好东西，结果什么都想不起来，只能翻翻自己的小本本。

“哇，我吃过这么多好东西啊。”看着自己以前美滋滋记下来的什么清蒸鲈鱼、油泼宽面，沈小运越发觉得陆奶奶和陈爷爷真的很可怜，“天天待在医院里，能吃到什么好东西呀？”

当然，沈小运也想到自己因为乱吃东西拉肚子了，螺蛳很好吃，但还是不要给陆奶奶他们带了吧。像是探亲一样，收拾了很多东西，沈小运坐在车里重重地叹了一口气：“唉，要是陆奶奶他们能出来玩就好了。”

沈牧平说：“等他们好了，就能出来了。”

心里却知道自己这个话是多么的客套和敷衍。

沈小运又叹了一口气，两条手臂抱在一起，眉头都皱了起来。

看她不开心，沈牧平说：“我把你的平板也带了出来，你要不要教陆阿姨玩戳小鸡？”

“可以吗？”沈小运的眼睛亮了，一会儿又灭了，“陆奶奶要是喜欢玩，我就要把戳小鸡留给她。”

虽然什么都还没有发生，沈小运已经开始舍不得了，沈牧平差点笑出声。

最后，沈小运还是没有拿走平板，不是因为舍不得，而是因为她忘了。

春暖花开的时候，连医院里都多了几丝鲜活的气息，沈小运走到陆奶奶的病房，看见陆奶奶一个人睁着眼睛躺在床上，浑浊的眼睛里什么都没有。

沈小运看着她，觉得自己的心里都变得酸酸的了，来的路上她偷吃了一块桂花糖藕，开心得眯起了眼睛，现在那种甜蜜的味道已经退下去了，只剩下让沈小运欢喜不起来的苦涩。

“陆奶奶，我来看你了哦。”

陆奶奶看也不看她一眼。

沈小运把自己拎的大包小包都放在了一边的柜子上：“我给你带了桂花糖藕，放了可多糖啦。”

陆奶奶还是不理她。

“今天我去扫墓啦，山上空气可好啦，还能看见有人在放风筝。”桂花糖藕的盒子里放了小叉子，沈小运用它把糖藕分成了小片。

把陆奶奶从床上扶坐了起来，沈小运用小叉子叉了一块糖藕放在她的嘴边：“我们先甜甜嘴哦。”

陆奶奶张开嘴，吃了第一块，然后是又一块、又一块。

“今天我们还去了运河边，堤坝都加固啦，以前那段的北排[1]能力几乎没有，现在……”沈小运挠了挠头，她不知道自己在说的是什么。

“北排。”陆奶奶抬起头，嘴里含着糖藕忘了咀嚼，差点从张着的嘴里掉出来。

“吃糖藕哦。”沈小运用纸巾擦掉了陆奶奶嘴边的口水。

陆奶奶慢慢嚼着，听沈小运继续叽叽喳喳：“现在的虾也好吃的，都有虾子的呀，我今天吃了好几个。我还吃了香干拌马兰头，我还吃了酒酿饼。”

陆奶奶吃完了第四块糖藕，勉强算是吃完了一片，沈小运又让她吃点青团。

1　北排指长江以南流域河段将河水向北引入长江。江苏地势北高南低，河段容易淤塞，有很大的防汛防洪压力，因此十分重视河流的北排能力。

“沈牧平说青团你不要多吃哦，不好消化的，我们吃半个好不好？”沈小运还毛遂自荐，“我给你吃掉另外半个，好不啦？”

陆奶奶安静着，半个青团捧在手里，她一小口一小口地吃着。

病房外人来人往，突然从门口传来了很大声的质问：“你是谁呀？”

沈小运一点也没被吓到，回头笑眯眯地说：“陈爷爷，我是沈小运呀。”

陈爷爷今天没有穿病号服，头发梳得很整齐，衣服也穿得妥帖，只是脚上的鞋子还是医院里的拖鞋，有点帅的嘞。

他不认识沈小运，可他大概认识青团，沈小运递给他，他就抓过去吃了起来。

“陈爷爷，今天清明哦，你有没有出去看看呀？”

陈爷爷闷头吃青团，红豆馅儿里包裹的松子仁儿从他嘴边掉出来，掉到了地上。

“没有，没人带我出去。”把青团吃得只剩了一块青色的皮子，他才说话，很委屈。

沈小运看看陈爷爷身上的衣服，拿掉了他胸前的残渣：“我们吃桂花糖藕哦，还有酱汁肉。”

陈爷爷在一边吃着，一边听沈小运跟陆奶奶献宝。

“这个肉好多好多人排队哦，可好吃了，鸡爪也好吃，我都可喜欢了。”说着，沈小运已经自己拿起一块鸡爪啃了起来。

陈爷爷看着，抓起一块酱汁肉放在了嘴里。陆奶奶吃了一块肉就不肯吃了，沈小运继续说自己这些天的见闻。

老城的春天是多美的一幅画，一片柳叶、一座石桥、一艘小船都是说不完的故事。年轻漂亮的女孩子穿着裙子招摇而过，干净帅气的男孩儿忍不住偷看他们，还有操着老城方言的阿姨伯伯奶奶爷爷也都结束了一个冬天的蛰伏，穿着新衣服，走在融融的春风里。

沈小运本来很开心的，可她越说就越难过：“你们看不见呀。”

她抠着床单的一角，那么多好吃的东西，他们只能等人送来吃；那么多好看的东西，他们能看见的，却只有一个小小的窗子。她越想越难过，连鸡爪都变得苦涩了起来。

“沈牧平带我去做了旗袍的。”沈小运打开自己的小包包，把里面的东西掏了出来，找到了那张定做旗袍的收据，上面画了一个粗略的人形，标注了沈小运身上的尺寸。

看看那张纸，再看看穿着病号服瘫坐在床上的陆奶奶，沈小运突然有了个想法：“我们一起去做旗袍，好不啦。”

陆奶奶沉默以对。

“我带你去看看老街，吃吃点心，然后做个旗袍，好不啦？”

“出不去，没人带，出不去。”陈爷爷在沈小运的背后舔着手指头上的酱汁，含糊着说。

“我带陆奶奶呀，我带陆奶奶，就出去了呀。”沈小运觉得这个主意特别好，她包包里还有钱。

说干就干，沈小运把陆奶奶从床上扶了起来，找出一件外套让她披好。

“等我们回来给你带排骨哦。”她“收买”陈爷爷。可陈爷爷一直跟在她们身后，跟着她们一起走出医院，上了出租车。

成功把陆奶奶“偷”了出来，沈小运的心里喜滋滋的，她还记着要给沈牧平打个电话，不然他会着急的。

一摸包包，沈小运傻眼了：“我的电话呢？”

司机师傅偷眼看着他们三个人，一个一脸严肃有点凶的老爷子，一个面无表情看着窗外的老阿姨，还有一个沈小运。

沈小运抱着万分之一的希望对司机说：“您知道一个叫沈牧平的人吗？”

司机摇头。

“噗”。沈小运的希望破灭了。

沈牧平是在半个小时之后才知道沈小运和两位老人一起不见了的。

陈老先生和沈小运看起来都不太像病人，他们带着一个陆阿姨一起离开，很多人都看见了却没有生疑。

今天是清明节，接自己家住院的病人回家的人有很多。

“保安看见他们坐上了一辆出租车。”柳唯告诉他最新的消息。看见沈小运扶着陆阿姨有些吃力，保安还帮着开了车门。

手里捏着沈小运遗落在陆奶奶病房里的手机，沈牧平有些烦躁地捏了捏额角。

“陈老先生戴了黄手环，她的脖子上也有你的联系方式。”面对柳唯的安慰，沈牧平摇了摇头。

与此同时，医院的保安科还在查那辆出租车的信息。

“清明节哦，路上真是太堵了，平时十分钟的路啊，快要一个小时了啊还到不了，你们三个老人家啊，我还是得给你们送到地方的。”司机师傅打开车窗，傍晚的春风吹进了车里。

沈小运沮丧得像个小鹌鹑。

司机师傅要送他们去的，正是上次那家旗袍店。过节的日子，老城本就不通达的路真的格外堵，又过了十几分钟，沈小运付好了车费，扶着陆奶奶站在了旗袍店的巷子口。

陈爷爷一下车就往一边走，沈小运还得拽着他。

旗袍店今天也放了店员休息，只有店老板一个人在，她还记得沈小运，笑着招呼她。

“要给陆奶奶做旗袍哦。”沈小运没忘记自己这趟的正事。

店老板找出了几匹蓝色、灰色、黑色的雅致料子，放在沈小运的面前。

沈小运把店门关好，又把陈爷爷摁在了椅子上，才过去看一眼料子，看一眼陆奶奶，再看一眼料子。

“不好看呀。”沈小运觉得这些颜色显得陆奶奶的白发更多了。

陆奶奶就在那儿站着，由着沈小运折腾。选来选去，沈小运看中了一匹大红色的真丝料子，上面有粉白色的梅花。

“这个好看的呀。”

老板觉得这个颜色真是太红了，可看沈小运喜气洋洋的样子，她想说的话在舌尖儿转了一圈，咽了回去。

选好了料子，量好了尺寸，沈小运一问价钱，不由自主地捏紧了自己的小包包："我只有……六百四十二块，先给你五百块定金，好不啦？"

看她怯生生的样子，旗袍店老板说："没事的，上次沈先生一次买了那么多件，我是放心你们的，跟你的旗袍一样，等做好了我电话叫沈先生来拿然后付钱好了。"

"好的呀，好的呀！"沈小运的头点到一半，猛地抬起头看着店老板，"你……你这里有沈牧平的电话呀！"

刚刚查到那辆出租车的消息，沈牧平就接到了一个陌生的电话。

"喂！沈牧平！我的手机不见了呀。"

"咚！"

沈牧平听见自己的心脏落在地上的声音。

"你在哪里？"深吸一口气，男人甚至顾不上生气了。

沈小运乖乖地站在那里，小声说："我在上次我们做旗袍的地方呀。"

沈牧平电话还没挂，已经拔足狂奔了起来。那家旗袍店距离这里不远，从路况来看，开车过去真没有跑过去快。

"我是想一上车就给你打电话的呀，我电话找不到了。我就想给陆奶奶做一身旗袍。"沈小运认认真真地解释。

"我没生气，你人没事就好，现在就在那儿等我，陈老先生和陆阿姨也在吗？"

"陆奶奶在的呀，陈爷爷也……"沈小运回头，看见陈爷爷坐着的地方空空如也，旗袍店的门开着，外门也开着，"我去找一下陈爷爷哦。"

说完，她就把电话放在了桌子上，自己搀着陆奶奶往外走去。一走出院门，沈小运就看见了陈爷爷。他背着手站在一棵树下，探头看着枝头的小鸟。

“你是谁呀？”沈小运要抓住他的肩膀，他突然开口问道。

“我是沈小运呀！”

陈爷爷不认识她，可他认识陆奶奶：“你怎么也在这儿啊？”

陆奶奶一如既往地沉默以对。

拥塞的车路上，有司机烦躁地摁下了鸣笛，分外焦躁扰人的声音让陈爷爷有些害怕。

“你是谁呀？”他拽着陆奶奶的另一条胳膊问沈小运。

“我是沈小运啊。”

陈爷爷不认识她，拽着陆奶奶就往一旁走去，他的力气大，步子又快，沈小运追得好吃力。

“不要走呀，我们在这里等沈牧平来接我们呀。”

陈爷爷：“不认识你呀。”

沈小运：“我是沈小运啊！陆奶奶认识我呀！”

陆奶奶：“……”

这样的对话进行了无数次。

他们穿过一条安静的街道，又走了很远，沈小运累得很，看见旁边有一家卤货店，她立刻说：“我请你吃肉呀！”

陈爷爷终于不再拖着陆奶奶走了。这个时候，他才终于说：“疼。”

“怎么疼呀？”

陈爷爷抬起脚，他穿了一双软底的拖鞋，现在鞋底已经磨烂了，不知道什么时候被石头硌了脚，现在他蓝黑色的袜子上脏成一团，还有些隐隐的血迹。

“得给你买双鞋哦，你不要乱走了。”

陈爷爷再次强调：“我不认识你呀。”

沈小运突然觉得头好疼。

沈牧平赶到了旗袍店，店老板满含歉意地说等她关了店门去找人的时候，三位老人都已经不见了，今天店里只有她自己。

沈牧平双手撑着腿，大口地喘气，外套被他搭在肩膀上："给您添麻烦了。"

"您太客气了，我问过邻居了，有人看见他们往老街走了。"

沈牧平略喘息了两下，又拔脚追了出去。

这个时候的老街上人来人往，他真怕沈小运会在路上被人挤了碰了，更不用说她还带着两个病情那么严重的老人。

脚上穿着沈小运新买的拖鞋，陈爷爷吃着猪尾巴，走在沈小运的身边。

去旗袍店的路早就找不到了，沈小运想打车带着陆奶奶和陈爷爷一起回去，可她越走，路上的人越多，怎么都看不见出租车。

"找不到车呀。"

沈小运一抬左手，陆奶奶的右手也抬了起来。为了防止陈爷爷再走丢，沈小运还在买拖鞋的超市里要了两根塑料绳子，左手连着陆奶奶，右手连着陈爷爷。

有东西吃的时候，陈爷爷就很安静，沈小运站在桥边，终于有时间去想他们该怎么办了，可她想不出来。

"怎么没有出租车呢？"

桥边的花架上攀着一棵黄木香，进了四月，黄色的花苞密密地生了出来，有那着急的，已经开了绣锦似的黄花。

陆奶奶的目光落在娇生生的花上，眼睛眨了眨，又眨了眨。她在病号服外面穿了一件外套，是绛红色的，脚上踩了一双平跟鞋，风从她的头发上吹过，她又眨了眨眼睛，视线从黄花移到了河面。

沈小运还在很努力地想办法，左边的手臂被人拽着抬了起来："欸？陆奶奶？"

三个人连成了一串儿，陆奶奶往河边走，三个人都往河边去了。

"花，开了。"苍老的手指终于触到了老街旁再普通不过的一丛黄木香，老人终于又说话了。

“是呀，花开了。”沈小运也站在那儿，笑眯了眼睛。

陈爷爷继续低头吃猪尾巴。

三个老人站在那儿，手都绑在了一起，来来往往的人都看见了。有两个年轻人从他们身边路过，走上桥，一回头，又走了下来，他们看见了老人手腕上的黄色手环：“需要我们帮您吗？”

沈小运摇摇头，又点点头：“你们这个蛋糕，在哪里买的呀？”

他们买的蛋糕是蛋挞姑娘做的呀！吃过的点心，沈小运还是能记住的。

沈牧平找了一路，问了一路，一边确定他们的路线，一边又确认了他们三个还是在一起的。这大概是唯一值得庆幸的事情了。

蛋糕店，蛋挞姑娘看着沈小运和其他两位老人，只能用目瞪口呆来形容了：“你们这是怎么回事？”

又累又饿的沈小运很委屈也很心虚，小声说：“你……你能帮我给沈牧平打个电话吗？”

蛋挞姑娘一边翻手机，一边先让他们三个排排坐好，又拿出点心给他们吃：“你这样，沈先生是会急死的！”

沈小运缩了缩肩膀。

知道了沈小运他们在蛋挞姑娘的店里，沈牧平揉了揉自己的腰，快步往老街边上走去。

“拜托您了，千万拦住他们。”

“我尽力。”蛋挞姑娘话音未落，她的蛋糕店里就爆发出了一阵惨烈的哭号声。

“我不认识你们！我要回家！”陈爷爷蹲在地上号啕大哭，沈小运也被他从椅子上拽了下来。

“陈爷爷你别哭啊。”沈小运在店员的帮助下，解开了她和陆奶奶之间绑着的绳子，用终于空出来的手拍了拍陈爷爷的肩膀。

陈爷爷继续哭，不理她。

“我们吃点心好不好呀？”

点心也不起作用了。

沈小运无奈，只能蹲在地上看着陈爷爷哭：“爷爷，你家在哪里呀？”

“我有家的。”

“我知道，你家在哪里呀？”

“我有家的。”

“是的呀是的呀，陈爷爷有家的，你的家在哪里呀？”

两个人的对话几乎是无限循环。

蛋挞姑娘走到陈爷爷的另一边，举起他的手，看见黄色的手环上写了联系电话和住址。蛋挞姑娘拨通了上面的电话，只响了一声，就变成了电话被拒接的忙音。

“住的地方有点远啊。”

“我不去那儿。”收回自己的手，陈爷爷继续哭得像个孩子，“他们不要我了。”

就算是没了记忆，被抛弃的痛苦还是成了印记。

“我要去找秋秋。”

沈小运在一边蹲得腿都酸了，问陈爷爷：“秋秋是谁呀？”

陈爷爷还在哭：“我不知道！”

他的手在身上摸来摸去，最后从胸前的兜兜里摸出了一个钱包。沈小运和蛋挞姑娘头碰头看着钱包里面，有一张发黄的照片。

拿出照片，翻来覆去地看看，蛋挞姑娘突然叹息一声。

亡妻张悦秋卒于……身在……

“他是想去墓地看看自己的妻子。”她小声地对沈小运说。

沈小运更小声地说：“是不是秋秋已经……”

蛋挞姑娘点头。

沈小运沉默了好久好久，才说："我要是请陈爷爷吃一大块黑森林，他是不是就不会这么难过了？"

蛋挞姑娘很想回答"是"，可这个世界上并没有能被甜点治愈的生离死别。

沈牧平到店里时，陈爷爷已经不哭了，沈小运看见他，立刻耷拉下了脑袋。

外面华灯满路，沈牧平满头大汗。

"我错了。"

吸气、呼气，反复了几次，沈牧平才说："你这样，别人会着急的，我们可以请旗袍店的老板去医院帮陆阿姨量尺寸，然后你去店里帮她挑料子。"

对呀，可以这样哦。沈小运瞪大了眼睛，由衷地夸奖："沈牧平你太聪明了！"

沈牧平带着他们三个人开了蛋挞姑娘进货的车往医院去，蛋挞姑娘说自己晚上下班之后会去医院把车开回家。

停车场里，魏香兰和柳唯带着两个老人的护工已经在等着他们了。

路走了一半，沈小运突然问沈牧平："要是回去了，陈爷爷是不是就看不见秋秋了？"

开车的沈牧平看了看沈小运，又看了看后面萎靡在一边的陈老先生，然后点了点头。

沈小运沉默了一下，小声地说："陈爷爷今天穿着这一身衣服，是想见秋秋吧。"

清明，本该是生者与死者聚会的节日，但，并不是每个人都期待如此，也不是每个聚会都人员齐备。沈牧平不知道自己该说什么，正巧他的电话响了。电话那边，是陈老爷子暴怒的儿子。

"我告诉你姓沈的，我已经报警了！你妈就是诱拐！你也是帮凶！你们赶紧把我爸送回医院，不然咱们法庭见！"

就连沈小运都听清楚了电话里的声音，她的神情变得更加沮丧了："我真的惹了大麻烦。"

"别放在心上。"沈牧平开着车，缓缓流淌的车河里，有过往的灯火划过他的眼睛。

车子路过一家花店，花店外面原本摆满了红红黄黄的菊花，现在都已经卖得差不多了。

陈爷爷的眼睛看着那些花，嘴里喃喃："秋秋。"

陆奶奶的手抬起来，搭在了陈爷爷的手臂上。沈小运有点想哭。

等红绿灯的时候，电话又响了，是柳医生的："陈老先生的两个儿子现在已经到医院了，我们副院长在接待他们。"

这次的事情他们整个科室连着医院的保安都会受到批评和处罚，扣奖金几乎是必然的，不过只要人没事，别的都还好。

"不好意思，给你们添了大麻烦。"沈牧平诚挚地道歉。

"没关系，人没事就好。"

沈小运坐在副驾驶座上，低着头，手指揉捏着衣角。

"秋秋。"陈老爷子又叫了一声。

沈小运的一滴眼泪，啪嗒地落在了她自己的手背上。

再过一个红绿灯，就到医院了。沈牧平看了看左边，又看了看右边。有一条路，通向城郊的墓园。

电话又响了。他看了沈小运一眼，又透过后视镜看了陈老先生一眼。绿灯亮了，他脚踩油门，方向盘打向了一边。

"陆阿姨，咱们晚一点再回医院吧。"沈牧平一手握着方向盘，另一只手将响个不停的手机关掉了。

"晚回去？"沈小运抬起头，眼睛里像是藏着星星似的看着沈牧平。

"我们送陈老先生去看他妻子，好不好？"

"好的呀！"沈小运欢呼了起来。坐在后座上的两个老人，一个依然沉默，一个有些茫然。

"陈爷爷，我们一起去看秋秋呀！"

“看秋秋？”

“对呀，我们看秋秋去呀！”

陈老爷子苍老浑浊的眼睛，在一个瞬间变得明亮了起来：“看秋秋！！”

有点破的二手车里，顿时洋溢着欢快的气氛。

沈牧平长出一口气，解开了衬衣的领口，随手打开了音响，不同于他喜爱的舒缓音乐，蛋挞姑娘着实要重上许多，响亮的摇滚声扑面而来，竟然让人觉得神清气爽。沈小运跟着音乐摇起了脑袋，她不仅自己摇头晃脑，还带着陈爷爷一起晃。激昂的音乐里，陆奶奶的手也有一下没一下地，轻轻拍在了座位上。

“沈牧平！你是天下第一帅！这个世界上没有比你更好的人了！”沈小运大声夸奖着沈牧平，恨不能现在就有一首诗或者一首歌能让她表达对沈牧平的赞美。

沈牧平问他：“你真这么觉得吗？”

“对呀对呀！”沈小运式的小鸡啄米点头法又出现了。

男人笑了，用手一捋头发，他竟然跟着音乐的节奏唱了起来，把沈小运都看傻了。

夜色中，墓园还没有关门，有的祭拜者还在，也有迟来的赴约之人，郑重地整了整自己的衣领。穿着沈小运买的那双十五块钱的拖鞋，陈爷爷一步一步在墓园中走着。

沈牧平没来过这里，他打开了手机，调出了手电筒，努力寻找着张悦秋的名字。电话又响了起来，他索性将电话卡抽了出来。功夫不负有心人，十几分钟之后，他们找到了那块墓碑。

没有青团，只有在墓园门口买来的花，和蛋挞姑娘给沈小运的一包黄油曲奇。

“秋秋，我们来看你了呀。”

墓碑前摆了精致的花圈和青团，杂草也都清理干净了，看起来陈老先生的两个儿子对他们去世的母亲还是有那么一点点心意的。

可人不可能等待死亡将生的痕迹改变模样，将疏离变缅怀，让坚硬变柔软，将无所谓变成追悔莫及。陈老爷子一屁股坐在了墓前，看着墓碑上的照片，他抬手摸了上去，苍老的手指划过照片上那看起来还不到四十岁的脸庞。

“秋秋。”他说，“我没有家了，你走了，我没有家了！”

墓园四周有白色的花开得正好看，陆奶奶弯下腰去，凑近了看花，沈小运陪她一起看。

看着一个老人无助地哭泣，谁都有些不忍心。沈牧平退后几步，把手机卡装回了手机里。

电话几乎瞬间就响起：“沈牧平！你们把我爸藏哪儿了？！”

“陈先生，我们和令尊在您母亲墓前，他今天等了一天，只想着‘秋秋’。”

电话那头忽然变得一片寂静。

“陈先生，今天过清明节，可能，对那么一个常年住在医院里的人来说，他一年只有一次机会能来这里看看，您说是吗？”

挂掉电话，沈牧平看见沈小运蹲在了地上，吓得他连忙走了过去：“你怎么了？”

沈小运却又站了起来，得意扬扬地跟陆奶奶说：“是单数！”

“你们在干吗？”

回头看见沈牧平，沈小运说：“我在和陆奶奶猜单双数。”

原来是在玩游戏，可是陆阿姨这么一个情况，是怎么能玩游戏的？

“陆奶奶，你猜这朵花的花瓣是单数还是双数呀？”

陆奶奶哼了一声。

“你猜是单数啊？那我数数！”

沈牧平看着她们玩了两圈儿，终于明白了她们的玩法，其实就是沈小运的自娱自乐。

只是，在陆阿姨“猜对了”之后，沈牧平看见沈小运把她“赢”的花摘了下来，陆阿姨竟然接了过去。

不远处，陈爷爷哭完了，又摸着秋秋的照片，一张严肃至极的老脸上，露出了笑容。

人仰马翻的一天，终于到了尾声。沈小运饿了，虽然在蛋挞姑娘那里吃了点心，可她还是饿了。

“陆奶奶一定更饿。”她很认真地跟沈牧平说。

陈爷爷固执地抱着墓碑不肯离开，这是他的家。陈爷爷的大儿子开车来了墓园，在墓碑前站了半天，最后半拖半架地带走了他哭哼哼的老父亲。

沈牧平开车带着沈小运和陆奶奶，看见陈爷爷坐的那辆车并没有往医院去。

“陈爷爷不回医院吗？”沈小运问沈牧平。

“今天过节。”沈牧平说，“可能他儿子想带他回家过节吧。”

沈小运不说话了，她不喜欢陈爷爷的两个儿子，以前不喜欢，现在还是不喜欢。

“人都有家呀。”她叹息了一声，“怎么能没有家呢？”

这个问题沈牧平不想回答。

晚上九点，沈牧平带着沈小运和陆阿姨一起进了一家老字号的餐馆，点了三碗虾仁馄饨。沈小运一直盯着菜牌上的肉汤圆，沈牧平又点了三个肉汤圆。

吃饭的时候，沈小运很快就吃完了自己的那份馄饨，然后要了个小碗，半个半个馄饨地喂陆奶奶。

陆奶奶的手一直垂着，沈小运喂，她就吃，吃得有点急，大概真的是有些饿了。

沈牧平插不上手，只能帮沈小运把她喜欢的肉汤圆舀出来，用筷子夹开放凉。吃完了这顿饭，他才和沈小运一起送了陆阿姨回医院。

等在那儿的，除了本来已经该下班的柳医生，还有魏香兰和蛋挞姑娘。

“很抱歉，给你们添麻烦了。”他十分诚恳地道歉，把那辆送货车的钥匙还给了蛋挞姑娘。

沈小运站在他身边，也缩着头说“对不起”。看见等在这里的这么多人，沈小运心里很愧疚。

“沈先生你客气了。”蛋挞姑娘接过钥匙，从书包里拿出了一包小蛋糕。

沈小运见了，眼睛一下子就亮了。

“我减了糖，放了葡萄干，你试试好不好吃。”

“肯定好吃的呀！”沈小运看了沈牧平一眼，把一个小蛋糕外面的纸杯撕掉，然后放进了嘴里，“特别好吃！”

沈小运还记得分几个给陆奶奶。看到她们两个凑到一起叽叽咕咕起来，又目送柳医生带走了陆阿姨，沈牧平走近了魏香兰。

“我以为你找到他们之后，会立刻带着他们回来。”魏香兰说。

沈牧平摇了摇头，脸上带着微笑：“魏阿姨，辛苦您了。”

魏香兰说不清楚自己心里是什么滋味，也许沈牧平是真的变了，从她印象中的那个样子变成了现在这个样子——有人一直期待的样子。

“要是……她今天也一定会很开心。”

沈牧平又笑了。

开着自己的车带着沈小运回家，不到二十分钟的车程，沈小运已经睡了过去又醒过来。今天她实在走了很多路，真的很累了。

“我们回家睡觉了。”

“好的哦。”

医院的病房里，陆奶奶被护工张罗着换了一身病号服，擦干净了脸和手。她的两只手攥得紧紧的，无论如何也不肯松开。这样的老人是极让人无奈的，不能说服也不能强迫，护工也只好由得她去了。

躺在床上，老人面无表情，连眼球都不怎么动，等到房间里只剩她一个人，她抬起手，张开手掌。黄的紫的花早被碾碎，只有斑驳的颜色留在苍老的手掌中，小心地闻一下，还有甜丝丝的香气。又攥紧手掌，老人闭上了眼睛。

早上五点，沈小运就被湿漉漉的小舌头舔醒了，她奋力地睁开眼睛，看见的是小小姐的大猫头。

“早哦。”她抬手揉了揉猫头，然后，她发现了一件特别可怕的事情，“我！我怎么起不来了？”

沈牧平在隔壁房间听见沈小运的叫喊，披着睡衣冲了进来：“这里，试试能动吗？”

“能的呀。”

“这里呢？有痛感吗？”

“能的呀……疼。”比平时疼。

检查了一遍，沈牧平长出一口气，衣冠不整地跌坐在了地上：“你没事，就是累着了。”

“是的吗？”沈小运刚刚都吓到要流眼泪了，现在侧着头看着沈牧平，一听他说自己没事，所有的心慌和不安都不见了。

“你昨天走了太多路，累到了，今天好好休息一下就好了。”

沈牧平慢慢从地上站起来，扣上睡衣的扣子，低头找了一圈儿拖鞋，才想起来自己根本没穿鞋就过来了：“我去给你做早饭，煮鸡蛋加肉粥好不好？”

“好的呀。”沈小运躺在床上，奋力地点头。

沈牧平转身走出了她的房间，刚出房门，他就站在墙边，右手抬起来捂住了胸膛。好一会儿，等心跳彻底平复下来，他才回自己房间穿上拖鞋，又去了厨房。

累到不能动，自然是不能上班的，吃过了早饭，沈小运终于能坐起来了，在沈牧平的帮助下，她一瘸一拐地坐到了沙发上。

“可以玩游戏，但是不能超过一个小时，中午我回来给你做饭。”沈牧平嘱咐完一圈儿，关掉了家里天然气的总阀。

沈小运最近爱看的电视节目是动画片，《黑猫警长》看完了，现在接档的是《西游记》。

“猴哥猴哥……”片头曲的声音响起，沈小运瘫在沙发上，摇头晃脑地跟着唱。

沈牧平又在屋子各处里里外外检查了一圈儿，看了一眼时间，又转回来对沈小运说：“昨天你带着两个老人出去的做法，是错误的。”

算、算账的时间到了。沈小运抓了一下抱枕，想挡在身边，又放了回去。她有点想把小小姐抓过来，可小小姐欺负她不能动，一下子就蹿了出去，根本抓不到。于是她只能缩着肩膀，认认真真地说：“我错了。”

只是认识到了错误，却没有后悔的意思，十分“沈小运”了。

沈牧平深吸了一口气：“以后再想这么做，你要先告诉我。”

“啊？”沈小运有些惊讶地抬起头。

“怎么了？”

“我、我以后还能……”

“我不能保证你一定能。”沈牧平昨晚想这些措辞想到了凌晨，看着沈小运的眼神，他其实是想点头的，“但是你告诉我，我们可以一起想办法，别人就不会太担心了。”

昨天沈小运是没带手机，沈牧平可是关了手机直接开车带人去墓园了，也真是为难他说出“别人就不会太担心”的话。

“金箍棒永闪烁……”

电视机里的歌词还在继续，沈牧平走出家门去上班。

“扫清天下浊！”沈小运兴高采烈跟着电视机唱歌的声音一路传进了他的耳朵里，男人关上家门，笑了。

不放心沈小运一个人在家，沈牧平早早就回来了，把家里的卫生打扫了一下，还买了黄瓜、五花肉和鲜活的小河虾。

沈牧平前几天认识的一个客户是位喜欢做饭的自由职业者，上门签合同的时候是下午两点，他却在兢兢业业地包饺子——是这一天的第一顿饭。从客户那儿，沈牧平学到了一种调饺子馅儿的新办法，就是把虾头和虾壳用小火煎酥了，取了那个虾油来和馅儿，吃着比平时吃的虾仁饺子要香一些。

那天尝了一个饺子之后，沈牧平就一直想跟沈小运也做一次尝尝。包的饺子果然大受欢迎，挺大的饺子，沈小运晚饭吃了十六个，撑得一瘸一拐地满屋子走来走去。

窗外的花开着，融融的风吹进来，天还没黑，有霞光露了一角微红映在窗框上。被关了一天的沈小运对沈牧平说："我们出去散步吧。"

沈牧平看看她站着都还有些不稳的样子，很是犹豫。沈小运翘起两根手指头，信誓旦旦地对沈牧平说："我已经好了八成了！"

收起一根手指头，剩下的食指弯起来。

"不对，九成了！"

沈牧平只能收拾好碗筷，带着换好衣服的沈小运出门。

"你还要带着她？"看着被沈小运从前爪抱着举起来晃晃悠悠辛巴似的小小姐，沈牧平沉默了一下才问沈小运。

"她也被憋了好久了，带着吧！"难为沈小运明明浑身没劲儿，还能把胖乎乎的小小姐举得像个王，"我跟你说哦，今天小小姐就看着窗外哦，小鸟飞过来啾啾啾，她也跟着叫，出不去，好可怜的呀。"

从沈小运的手里接过小小姐，沈牧平弯下腰在鞋柜里翻了翻，找到了一根遛猫绳。放了很久的样子，用清水洗了两遍，擦擦干才能用。

沈小运看着沈牧平给小小姐系好遛猫绳，就兴高采烈地把绳子接了过来。平日里趾高气扬的小小姐，现在已经缩成了一团，四条腿都是软的，尾巴也耷拉了下来。沈牧平抱起她，带着沈小运走出了家门。

晚上的风穿过小巷，很凉爽，沈小运深吸了一口气，大腿还有些疼，可她逛得很开心。尤其是看着小小姐往沈牧平怀里钻的样子，她就更开心了。

"胆小猫！"她说小小姐。小小姐弱小可怜无助地喵了一声。

遛猫的绳子从沈牧平的怀里延伸出来到沈小运的手里，沈小运突然觉得自己像是在遛沈牧平，于是一个人叽叽咕咕地偷笑了起来。

正是下班和放学的点，有穿着校服的高中生骑着自行车路过，探头看了一眼猫，笑着猛蹬车轮。

沈小运鼓动沈牧平把小小姐放下，可怜的猫小姐差点在沈牧平外套的肩膀处抓出洞。小小姐到底被放在了地上，她缩头缩尾，趴在原地对沈小运喵了几声，又对沈牧平喵了几声，然后，就被地上刚好路过的几只蚂蚁吸引了注意力。过了两分钟，她好像没那么紧张了。

沈小运一直蹲在地上揉小小姐的毛儿，看她有胆子往前蹿了，赶紧握紧了手里的绳子。小小姐一会儿跳到别人的车上，一会儿钻到别人的车底下，一会儿又沿着树干往上面溜达，两个人带一只猫溜达了四十分钟，才走出去了不到五百米。

沈小运一会儿就累了，沈牧平接过了遛猫的绳子，沈小运也没少操心，沈牧平的手臂太硬了，总是强行把猫拉住不准动，沈小运总要教他。

最后往回走的时候，沈牧平抱着小小姐，胸前多了两个土黄色的梅花印，沈小运一步一瘸，晃晃悠悠地在后面跟着："沈牧平，等我腿好了，咱们还要带小小姐出来玩哦，你看她胆子变大啦。"

沈牧平点点头，说："天气暖和了，以后每天晚上吃完饭可以出来散步。"

"好的呀好的呀。"沈小运连连点头。

"要是带小小姐出来，回去我给她擦屁股、擦爪爪。"高兴的沈小运主动要求分担工作。

沈牧平托着小小姐屁股的手不自觉地动了一下："她好像没有排泄。"

"是的呀。"

沈牧平安心了。

小小姐在他的怀里并不安分，有小小的飞虫从沈牧平的耳边飞过，她挣扎着伸出自己的胖爪，搭在了沈牧平的肩膀上。

“沈牧平，你得好好照顾小小姐。”太阳就剩了一半，照在河水上。沈小运看着，对沈牧平说：“没有被爱护的小猫，特别可怜的。”

沈牧平没说话，他的影子在他的身前，被拉得很长，浸在余晖的淡光中。

“没有被爱护的都很可怜，人比猫可怜。”快到家的时候，沈牧平才这么说。

“嗯。”在他身后，沈小运点头，“所以我运气就特别好。”

“有人比你运气还好，但是傻。”

“怎么傻了？”

“他傻到不知道自己运气好。”

沈小运想了想，她实在累了，手搭在了沈牧平的臂弯上，男人的脚步又慢了一拍。

“不知道也挺好的呀，傻人有傻福。”

“傻福？”沈牧平看看沈小运。

“对，傻人有傻福。”

可傻人总觉得自己是聪明的，还当别人和自己一样傻，也许有一天，他的智商终于有了难能可贵的一点进步，那进步却是用失去换来的。他失去了曾经习以为常的爱护与照顾，就像一只被养在家里的小猫，被人扔到了旷野上。

被沈牧平抱在怀里，小小姐又喵了一声。她不安分的爪子又伸向了沈小运被风吹动的头发。沈小运隔着沈牧平的臂弯，与小小姐打起了攻防战，有来有往，不可开交。

一回家，沈小运就瘫坐在了沙发上，小小姐的爪子和屁股都是沈牧平清理的，等他忙完这些，跟在湿答答、气呼呼的小小姐背后走出卫生间，就看见沈小运已经在沙发上打起了瞌睡。

看见小小姐跳到沈小运的膝头将她踩醒，沈牧平将那根旧旧的遛猫绳收了起来。他很希望自己今天和人一起遛的是另一只猫，因为那时候他还没长这么高，那个人在遛猫之后还有力气问他要不要吃水果。

“给，橙子切好了。”沈牧平把切好的橙子放在沈小运的面前，沉迷戳小鸡的沈小运嗯嗯了两声，头也不抬。

休息了一天的沈小运又神气活现地出现在了书吧里。进了四月天，老城的花开得越发多了，好吃的水果也多了，沈牧平起床就出门，看见早市上的小樱桃水灵可人，买了回来洗干净，给沈小运带着上班的时候吃。不过小樱桃吃多了会上火，所以沈小运今天最主要的点心还是低糖的绿豆糕。

“我们吃了好东西。”沈小运翻着自己的小本子，喜滋滋地跟店员姑娘显摆，就是没写下来到底吃了什么，她一时半刻想不起来。没关系，这也不耽误她显摆呀。

看着店员姑娘故作羡慕嫉妒恨的样子，沈小运嘿嘿直笑，装樱桃的小碗放在了姑娘的手边。

蛋挞姑娘来送点心的时候自然也收到了她的那份樱桃，圆溜溜的、小小的，跟酸甜肉厚的大樱桃比起来，就是小小的浆果，却藏了一个春天短暂又甜美的味道。

“沈牧平说要给我做樱桃肉吃。”沈小运还记着沈牧平上班路上的承诺，拿出笔一边念叨一边记在小本本上，万一他忘了怎么办？自己不是亏大了。

看她在一边忙，蛋挞姑娘仗着高，把自己的手臂压在了店员姑娘的肩膀上：“怎么样，家里的事情解决了？”

“我进了三家公司的面试，有一家还在等消息，有两家得后天去，我妈说要是我成功拿到offer，她就不催我了。”

“那挺好，我还真怕你会钻牛角尖儿。”

听自己师父这么说，店员姑娘不好意思地笑了笑。她确实是个太容易意气用事的人，以为自己长大了，其实还是个孩子样子，稍有不顺就缩进壳子里——没长大的孩子才想着逃避，因为知道自己可以被庇护，真正经历风雨的成年人，应该是去面对的。

这是沈小运教给她的道理。

她走出去了第一步，去面对和解决，其实并没有她想象中的那么难。

“师父，我就怕我到时候朝九晚五，会想她。”店员姑娘的下巴尖儿对着沈小运挑了一下。

等工作平稳下来，店员姑娘还想在书吧里兼一份工，可是晚班就见不到沈小运了。蛋挞姑娘揉了揉店员姑娘的头发。

“蛋挞姑娘，你会用小樱桃做点心吗？”

面对沈小运的问题，蛋挞姑娘想了想，笑着说：“你要是想吃樱桃酱做的点心，黑森林蛋糕就是，我明天给你带好不好？”

沈小运差点就点头了，真的差点：“不是那种，就、就是……跟草莓一样的。”

沈小运说的是之前蛋挞姑娘用新鲜草莓做了很多种点心，，不仅新老客人们都喜欢，还作为噱头被人拍了照片发到网上，网红了一把。这样的时令点心真正做起来是很费心思的，于是蛋挞姑娘只能很认真地说：“等我回去想想。”

樱桃马芬、樱桃欧包，都是放樱桃酱就可以做的点心，大概也不符合沈小运的标准吧？倒是可以试试做点，看看客人们的反应。

目送蛋挞姑娘走了，沈小运拿起拖把开始拖地，虽然腰和腿还有点酸，可她谁也没告诉。

正在上班的沈牧平接到了一个意料之外的电话，打电话的人是陈老先生的大儿子。他人就在保险公司附近，想跟沈牧平午休的时候见一面。

沈牧平答应了。

两个人见面的地方就在楼下的一家连锁餐厅里，灯光刚好，桌间距也刚好，说话别人听不见，就是饭菜的味道只能说不过不失，就像如今很多人的处事之法。

“之前我弟说话冒犯了，我先给你道个歉。”

如果是说别的，沈牧平大概会说一句客套话应付过去，可提起这件事，沈牧平只是喝了口水，点点头。

陈先生自己先笑了："我也就嘴上一说，毕竟也是一个妈肚子里爬出来的兄弟，他也四十岁的人了，我也不能什么都替他担着。我今天来，是想问问沈先生，你……不累吗？"

陈先生这话问得实在。因为他现在就很累。

前天晚上，他接了自己的老父亲回家，确实是心疼的，看看脚上都磨破了皮，头上手上都脏脏的，更哭得鼻涕眼泪糊了一脸，用卫生纸擦下去的时候，陈先生忍不住心酸。

"我爸年轻的时候也不算什么好人，做生意的，全国跑，喝酒、抽烟，不顺心了也揍我们兄弟俩，对我妈也说不上好。"

以前大概也是真恨过的，挨打的时候，看着自己妈妈一个人撑着家的时候，看见自己爸爸醉醺醺回来，吐得全家都是，像只死猪一样的时候。

"后来，这么多年过来，回头看看，他也就那样，就是个养家的男人。我混到现在，还不如他呢。"

每个家庭里的孩子在长大的时候，好像都有三步要走，第一步是仰望，第二步是否定，第三步才是正视。有些人步子大，有些人步子小，有些人不想走。陈先生的步子大概不大也不小，可他走完了，心也硬起来了。

看着老父亲哭，固然心酸，可第二天老父亲就忘了他是谁，在家里大喊大叫，吃饭上厕所都要人看着，让人忙得团团转，却一点好都没落下。

"养个孩子吧，还能想着以后孩子孝顺，照顾我爸，那真是在挨日子了。"陈先生开了一瓶啤酒，沈牧平下午还得上班不能喝。

陈先生给自己倒满，一口喝下去大半杯。

照顾这样的老人，没有指望，也没有希望，全靠情感和责任心在撑着，可一个四十多岁的男人，肩膀上的东西太多了，这一份，担上去太苦，拿下来心虚，就只能任由它这么悬着。给了足够的钱，让老人就在医院里待着，两边都省心。不去细想，就是对所有人最好的选择了。所以，当了一天的“孝子”，今天早上陈先生就把陈老先生送回了医院，带着两身新衣服和一双新鞋，还有一兜的水果。

“沈先生，我知道你的事儿之后，我是真佩服你啊，虽说她情况是比我爸好多了，可这病它熬人呐！看不见头！”把杯子里的酒喝完了，陈先生大手捂住了自己的上半边脸。

沈牧平觉得，陈先生大概就是想找个能听他说话的人。于是他吃了一筷子菜，发现都放温了。

“我是真的累啊。”陈先生也许是在诉苦，也可能是在催眠自己。

人的心里有时候就是有个秤，左右晃晃，总是稳不住的，一句话落了心，就能让秤歪去一边，于是，万事落定。

沈牧平默不作声。

陈先生也许把他当成了一个值得敬佩的“孝子贤孙”，可他不是，他只是把自己凝固在了一段时光里，不敢轻易想过去，也不敢贸然想未来，只看着当下，看着沈小运还能每天高高兴兴的。

“陈先生，我并不是不累，我就是怕后悔，比起后悔，这点儿累真的不算什么。”沈牧平该去上班了，走之前，他给陈先生留了一句话。

打开第三瓶啤酒的男人摆摆手，只当沈牧平说的是套话。

晚上下班了，沈小运穿着蓝色的外套，跟在沈牧平的身后慢慢走。

花枝映着河水，飞鸟叽叽喳喳掠过，她偶尔停下脚步仔细去看，那时候，沈牧平就会停下来等她。

“陆奶奶可喜欢这个花了。”沈小运看着黄色的木香花，对沈牧平说。

男人点点头。

“陆奶奶旗袍的钱我还没给哦，旗袍姐姐说可以去取我旗袍的时候一起给，这个记在我账上，是我给陆奶奶做旗袍啊。”

“行。”

沈小运又想起了自己的旗袍，大概过几天就能拿了："等我穿上旗袍，你给我拍照片，好不好呀？"

"好。"

"那我抱着小小姐一起拍照片，好不好呀？"

"好。"

沈牧平今天有求必应，沈小运开心得不得了。

他们今天的晚饭没有回家吃，沈小运跟着沈牧平走了一段路，进了一家老宅门，古香古色的，做的是火锅生意。

"提前订好的，两个人。"

看着沈小运，年轻的店老板给他们安排了楼下好坐的位置。

这家火锅店属于私房店，店主用自家门脸做生意，吃的是老式铜火锅。沈牧平点了番茄汤，汤味很浓，不用蘸料，涮出来的肉都已经味道十足。沈小运吃着肉喝了两碗番茄汤，又开始喝水。

黄喉和牛肉粒都很好吃，牛肉粒稍微一煮就好，吃的是嫩。沈牧平怕沈小运吃夹生的不消化，总把肉煮久一点再给她。

"沈牧平。"吃过晚饭往家走的路上，沈小运叫沈牧平。

"怎么了？"

"你会不会照相啊？"

"用手机或者相机拍一下，我是会的，就是不一定好看。"

沈小运有点扭捏，她眼巴巴地问道："你能教我用相机吗？"

"你想学拍照的话，我帮你找点资料看吧，陪你一起学。"

"好的呀！"沈小运拍了拍自己的小包包，她的计划已经完成第一步啦。

沈牧平家里的相机是个款式很旧的微单，还是他刚工作没多久的时候跟风买的。沈小运学会了怎么开机关机调整模式，就先追着家里的小小姐要拍照。

小小姐本来正凑到两个人跟前，很好奇地看他们两个在干什么，一看到黑洞洞的镜头对着自己，立刻拔腿狂奔，跳到了沈小运够不到的冰箱顶上。

沈小运看一眼相机里的照片，都是白色的虚影，唯一两张小小姐的正面靓照也实在是又糊又狰狞，难免沮丧起来。

沈牧平只能跟她说："要不我们先拍不会动的吧。"

不会动的？电视遥控器、沙发、窗边的花、窗帘的一角……还有认真工作的沈牧平。

沈小运每拍十张八张就要回头看一遍，看见满意的照片就去给沈牧平显摆。

看见沈小运居然给自己也拍了一张照片，沈牧平摸了摸鼻子，等沈小运又去拍照了，他在搜索框里打出了：

轻便专业相机

沈小运玩了一个多小时的相机，手都举酸了，才想起来自己今天还没玩戳小鸡。伴着动画片里孙大圣打了白骨精之后眼泪汪汪被师父赶走的剧情，她使劲儿戳啊戳，就当屏幕上的不只是小鸡，也是唐僧木头做的秃脑壳。

小小姐观望了很久，观望到在冰箱上睡了一觉再醒来，嗡的一声从冰箱上跳下来，爬到沈小运的腿上盘成了一团。

第二天上班，沈小运带着她的相机一起去了。一路上，她见花拍花，见水拍水，看见了一丛木香花，她转着圈儿拍了好多好多张，沈牧平觉着要不是还得上班，沈小运估计能趴在地上给蚂蚁窝里的每只蚂蚁都来个特写。

这天上午，沈小运做了一件一直想做的事情——她把店员姑娘在咖啡杯里做的花拍了下来。看见她的动作这么虔诚，店员姑娘的虚荣心得到了极大的满足，每一杯咖啡都有新的花样，就连果汁杯上卡的柠檬片都切得比平时更好看了一点。

拍了咖啡，拍了果汁，拍了蛋挞姑娘送来的小点心，拍了店长在花瓶里插好的鲜花，拍了一只小麻雀落在窗台上，还拍了一位客人无聊的时候用餐巾纸折出的白玫瑰。

沈小运觉得自己俨然是专业的摄影师了。

午饭的时候，她拍了自己的鸡腿饭，还拍了店员姑娘的鸡鸭双拼饭，双拼饭看起来很好吃的样子，沈小运获得了店员姑娘分她的一块鸭肉。

“果然多才多艺，才能有更多肉吃。”这是沈小运总结出的生活新哲理。

第九章 樱桃点心

换一个你喜欢的工作吧，
那你就会更开心一点。

◆◆◆◆

医院里，风尘仆仆的女人缓缓坐在病床前面，两只手想去抓老人干瘦的手。

“这三天陆老师都没张开手。”魏香兰轻声对她说。

“妈，我是囡囡。”

老人是冷漠的，和之前的每一天都没什么不一样。女人叹息一声，握住了自己妈妈的拳头：“妈……”

她张了张嘴，不知道该说什么。

陆女士缓缓地转过头，又缓缓地转开，让她的女儿分外难过起来：“妈，我带你去北京，我自己照顾你，好不好？你以前最喜欢教训我生活习惯不好，我把家里弄得乱糟糟的，你会不会还骂我？”女人是笑着的，笑着笑着，眼眶红了。

她吸了吸鼻子，把额头埋在了自己母亲张不开的拳头上。极慢地，陆女士的手指动了动。她的手指很瘦硬，也很脏，因为她一直紧紧地攥着一团东西，无论是谁，她都不愿与之分享。

现在，她把她珍藏的东西，给她女儿看——一摊黑绿色的、已经干在手掌上的污渍。苍老的手掌上，还有红色、紫色、黄色的残渍，有植物坏掉的酸腐气。

女人拿起一块湿巾，想把自己妈妈的手擦干净。

“花。”老人说话了，她说，“乖囡，花。”

小心翼翼地，藏了好多好多天了。她的眼睛，在短短的瞬间，有一点点亮光。

魏香兰红着眼眶，慢慢退出了病房，留下那个已经哭得不能自已的女人，她像是个迷路的孩子，终于找到了自己的妈妈。

对面的病房里，陈老爷子呆呆地坐在床上。

“去医院吗？”下班路上，沈小运问沈牧平。

“嗯，我带你去看看陆阿姨。”

沈小运猝不及防：“我照相还没练好呀。”然后，她发现自己说漏了嘴，紧紧抿着嘴看向天。

沈牧平拉着她的手臂，防着她被绊倒：“你学摄影跟陆阿姨有什么关系吗？”

“嘿嘿嘿。”沈小运傻笑，一看就是藏了什么小秘密的样子。

“今天蛋挞姑娘给我带了好吃的点心呀，我给你留了两块……能不能留出来一块给陆奶奶呀？”沈小运又想起了陈爷爷，于是非常后悔自己竟然吃掉了三块，要是只吃两块，不就可以一人分一块了吗？

“我今天不能吃点心，你给陆阿姨和陈老先生分吧。”

“啊？”听见沈牧平的话，沈小运顾不上沮丧了，“为什么呀？”

沈牧平为了自己临时编造的理由捂住了自己的腮帮子：“我今天牙疼。”

沈小运并没有如释重负，而是立刻着急起来：“怎么牙疼呀？是吃坏了东西，还是牙里有虫子呀？我们正好去医院，你得找医生看看呀！”

见沈小运急得团团转，沈牧平觉得自己大概真的牙疼了：“我就是有点上火，回家喝点茶水就好了。”

“是这样吗？”

沈牧平十分诚恳地点头，沈小运哦了一声。过一会儿，她说："这个点心是樱桃做的，你在上火，还真不能吃，可好吃了！"

路过花店，沈牧平让沈小运给陆阿姨选一束花。

沈小运挑挑拣拣，现在正是芍药的花期，她挑了芭茨拉、香槟玫瑰和微带绿色的洋桔梗。花店老板的巧手略加配花点缀了一番，就变成了很好看的花束。

"一看就很春天，是不是呀？"沈小运问沈牧平。

"对。"

花期这个东西真奇怪，前几天自己还遍寻不见芍药，才过了清明几天，就连这么一家小小的花店都有了。

他们到医院的时候，陆阿姨正在吃饭，一个沈小运不认识（这太正常了）的女人一勺一勺地喂她喝粥，粥里有鱼片和碎咸蛋黄。看着这个女人，沈牧平的表情变得更严肃了。

"丹阳姐。"他说。

"牧平，好几年不见。"

沈牧平叫姐姐？沈小运站在沈牧平身后，琢磨着自己是不是应该叫阿姨。

沈牧平先想到了这一茬，回身对沈小运说："这是陆阿姨的女儿，你就……"

"姐姐好呀。"沈小运笑眯眯地说。

颜丹阳真呆了："啊……那个……您……你好。"

沈牧平一时间不知道该不该庆幸，至少沈小运没有脱口而出"阿姨"。

"姐姐你好漂亮呀。"沈小运夸得真诚无比，颜丹阳还在找自己的语言节奏。

沈牧平打圆场，对颜丹阳说："丹阳姐，她想看看陆阿姨，我们先出去吧。"

沈小运的内心充满了对沈牧平的感激，她只有两块樱桃点心，说好了要分给陆奶奶和陈爷爷，可当着好看的颜姐姐的面，她总不能只给陆奶奶吧？

“陆奶奶，这个……这个叫克拉芙缇。”沈小运翻开自己的小本本，找到了那一页，“这个是法国的点心，只能拿樱桃做，没有樱桃，就没有这个名字了。”

面粉、砂糖、牛奶、奶油，加上一个薄薄的烤面饼底子，放在烤箱里烘烤，像蛋糕也像布丁，最大的特色就是里面放了很多带果核的樱桃，本身是个很万能的配方，放别的水果也都可以，可只有放了樱桃才叫克拉芙缇，因为克拉芙缇就是樱桃的意思。

沈小运喜欢这个只属于樱桃的点心，就像是樱桃只属于春天一样。看看点心，陆奶奶张开了嘴，沈小运用塑料刀切了一小块点心，还去掉了樱桃里的核，小心翼翼地喂她吃。

病房外面，颜丹阳对沈牧平叹了一口气：“我真没想到，这才几年……”

“是我的错。”沈牧平很尊重颜丹阳，也许是因为在那些妈妈加班的夜里，都是丹阳姐给他检查作业的，又或许是因为在他心里，颜丹阳一直是那个完美的标杆——完美的学生、完美的孩子。

“牧平，我说过，你不能这么想，你自己也是学医的，应该明白不可逆转的生理病变是有一个发展的过程的。”

沈牧平只低着头不说话。

颜丹阳又叹了一口气：“这次我回来，想把我妈带到北京去，我那边都准备好了。”

“可你的项目？”

“一把年纪了，总该学会去平衡这两个的关系，总不能为了一个把另一个全丢了。”

“她会想陆阿姨的。”

“搭档了半辈子，虽然……但是感情还在。”

喂陆奶奶吃完点心，给她擦擦嘴擦擦手，沈小运又给陆奶奶显摆起了自己挑的花：“这个芍药可好看了，我记得你喜欢小黄花的，这个也是黄的呀。”

隔着病房门看着沈小运和陆奶奶说悄悄话，颜丹阳对沈牧平说：“你带着她也一起去北京吧。”

沈牧平愣了一下。

颜丹阳的表情很严肃：“你还真想跑一辈子保险？好好把专业知识捡起来，不想当临床医生，努力进研究所还是可以的……”

沈牧平过了好一会儿才说：“我觉得现在这样挺好的。”

颜丹阳还想说什么，病房的门突然打开了。

“沈牧平，你牙疼，不要忘了买药呀。”

匆匆嘱咐完，沈小运带着她仅剩的点心冲进了陈爷爷的病房，没一会儿，她又出来，回到了陆奶奶的病床前面。

“陆奶奶，我学了照相，拍了很多照片，等你的旗袍做好了，我就能给你拍照啦。”说着，沈小运拿出了自己的相机，给陆奶奶看自己拍的照片。

第一张是一道白色的影子，沈小运看了半天，也没想起自己拍的是什么。

自己竟然认不出来自己拍的东西到底是什么。沈小运坚决认为那不是自己脑子有问题，可她又不愿意承认是自己的拍照技术太差，回家的路上她还在纠结这事儿。

“我得好好学照相。”她抱着照相机，下定决心似的说。回家之后她就认真地看起了沈牧平给她找的教程。教程被沈牧平传到了平板电脑上，这下这个电脑终于从游戏机进化到了学习工具上，可喜可贺。

沈牧平扎上围裙进了厨房。

番茄被切成了小块儿，油锅里爆了葱姜，把番茄加盐炒烂，再添热水，抓了两把挂面进去，再开锅就打了两个鸡蛋，最后出锅的时候放了一点胡椒粉，又放了葱花。冰箱里的卤牛肉也被拿出来切了半盘。两个人的晚饭就这么简单。

沈小运吃饭的时候已经开始念叨照片的构图了，沈牧平还看见她在短短时间里就写了很工整的笔记。认真学习的沈小运甚至没有玩戳小鸡，她忘了戳小鸡，也忘了孙大圣。

沈牧平工作的时候忙里偷闲看她几眼，她都在认认真真地学习，没一会儿，她就从沙发上起来，移到了窗边的椅子上，因为沙发上不方便做笔记。

沈牧平起身走过去给她开了更亮的灯，又拿了条薄毯子给她披上，她头也没抬。重新坐回到自己电脑前的时候，他想起了颜丹阳对他说过，无论是他还是她，看似在优渥环境里长大的聪明孩子，还是比另一些人少了些专注。

他曾经无数次路过这种专注，还真是第一次，用一种敬佩的目光去观察。想起了颜丹阳，他耳边又回想起她今晚说的话："你不能把……当成你逃避现实的借口。"

逃避现实？再看看沈小运，沈牧平觉得这就是自己的现实，别的都不重要，能让他弥补自己的过错就好。

夜深了，房间里很安静，小小姐孤零零地趴在沙发上睡了一觉，醒来后跳到了沈小运面前的小桌子上："喵——"

沈小运用手拨开屏幕上的粗尾巴，得到了一个肉乎乎的大屁股。她拿起相机，把面前这个雄壮的背影拍了下来。她觉得构图真的比之前好了不少。瞧，她已经知道构图了！

"这是你打扰我学习的证据，知道吗？"

小小姐才不理会她的控诉，还舔了舔沈小运的手指头。

去上班这一段儿，依然是沈小运认真练习照相技巧的时间，那丛木香花再次成了沈小运极重要的拍摄素材。

沈牧平想到陆阿姨快要去北京了，对沈小运说："晚上我们还是一起去看陆阿姨，好不好？”

当然好的呀！沈小运抱着相机点头，顺便拍了一张沈牧平的正脸。

书吧二楼今天被人包了做读书活动，店员姑娘下午有个面试，老板要面试一个新的店员……所有人都很忙，沈小运也不肯闲着，认真地擦扫干净楼上和楼下，站在墙边喘气。

蛋挞姑娘给她带了蛋糕，小小的两块，外表抹匀了奶油，只在正中放了两颗樱桃，内里的蛋糕胚中间夹着她手工做的樱桃酱。

“我想订个蛋糕。”沈小运小心地把蛋糕收到自己的储物柜里，拿出小包包，从里面抽了三张红红的钞票，“就要很好吃的那种。”

蛋挞姑娘看看钱，说：“我做的哪个蛋糕不是很好吃吗？”

哎呀，这个问题该怎么回答？沈小运拍拍她的肩膀，说：“每种都特别特别好吃。”

蛋挞姑娘满意了，抽过两张钞票，跟沈小运说：“等你下班的时候我给你送过来，蛋糕上想要什么字呀？”

沈小运想了想，好像没有什么值得特别庆祝的日子呀：“就写‘春天快乐’吧。”

春天快乐？蛋挞姑娘点点头，她也喜欢这四个字。出门，长腿跨过自行车，她看着河边的翠绿，慢悠悠地深吸了一口气，才坐在车座上，蹬着车子离开。穿过小巷，再过了两个小路口，她回到了店里。

“老板，咱们最近的点心主题定什么呀？”

在沈小运眼里特别可爱的、每天给她点心吃的蛋挞姑娘，现在也算是一家网红小蛋糕店的老板了，因为喜欢推陈出新，很多年轻人慕名而来。他们喜欢这家小小的、简单的、接地气的甜蜜聚集地，还夸奖蛋挞姑娘这里有网红店的气质没有网红店的价格。

“……叫‘春天快乐’吧，昨天试做的几种樱桃点心不是拍照了吗？发到网上，咱们明天就开始卖。”她就是这么干脆利落地下了决定。

中午吃饭的时候，沈小运安安静静的。老板有点心烦，新店员的面试并不顺利。

吃完饭，沈小运分了一块蛋糕给老板："不要急哦，慢慢来就会找到啦。"

吃了一口蛋糕，酸甜的樱桃味道伴着香甜的奶油在嘴里化开，不知道是话语还是点心的味道，老板还真被安慰了，她对着沈小运诉苦："太老实的，我会不放心她一个人看店，太聪明的……"

老板摇摇头，在面试时让人一见面就觉得太聪明的，往往不够聪明。她想找个妥当一点的，却觉得比想象中难。

沈小运自己用勺子挖了一口蛋糕放嘴里，美滋滋地吃了下去："其实你是舍不得店员姑娘啦。"

因为总觉得那个是最好的，别的才都不满意。老板没否认，沈小运只能叹一口气。

"她在我这儿干了快两年半了，怎么时间一转眼就过去了？一个小姑娘刚毕业，确实该找个安安稳稳的企业进去，哪怕是学学别人是怎么做事的。可是，我就是不舍得，也不放心啊……"

"当老板当久了，当成了姐姐哦。"听见沈小运这么说，老板笑了一下。

可是再怎么舍不得，下午店员姑娘回来，欢快地告诉大家，一家很好的公司通知她一周后入职，试用期两个月，顺利的话就正好能在毕业时签好三方协议的时候，老板也是陪着高兴的，一点舍不得的样子也没露出来。

沈小运站在一边，用相机把老板对店员姑娘笑的样子拍了下来，她觉得老板这个样子特别特别好看。

"真好呀。"下班路上，沈小运把下午发生的事情告诉了沈牧平，"虽然很舍不得，但还是很高兴。我看了我拍的照片，我也觉得好高兴呀。"

“是吗？”拎着蛋糕的沈牧平笑了笑，初入社会，当白领当然不比在书吧舒服，虽然收入可能多一点，可烦心的事情一定很多，人都是这样一步一步走出去的。

“沈牧平，你的工作是不是也很辛苦呀？”

听见沈小运的问题，沈牧平摇摇头说：“没有很辛苦。”

沈小运撇撇嘴：“你喜欢你现在的工作吗？”

也许是下午给老板当了“知心小运”，现在的沈小运很想问问别人对择业的想法。

沈牧平愣了一下，从昨天到今天，从丹阳姐到沈小运，她们的话题都绕着自己的工作在打转。

看着沈小运的眼睛，沈牧平张嘴说：“工作这种事情，做久了，就无所谓喜欢不喜欢了。”

沈小运不喜欢这个答案。无所谓喜欢不喜欢，就是不喜欢。

“我喜欢在书吧的，我也工作了……嗯……反正很久了，但是我一直很喜欢呀。”每天都热情满满地去上班，沈小运对工作的喜爱是很清楚明白的。

“沈牧平，换一个你喜欢的工作吧。”坐在车后座上，沈小运认认真真地对沈牧平说，“那你就会更开心一点。”

喜欢的工作？红灯亮了，沈牧平踩下了刹车。他喜欢的工作……

“不是每个人都有喜欢的工作。”绿灯亮起的时候，他对沈小运这么说。

沈小运坐在车后座上，低着头，手指捏着相机外面的套子。她很难过，为沈牧平难过。在沈小运的心里，沈牧平一直都是高高大大能够遮风挡雨的，可是现在，她觉得沈牧平很可怜。

一个人没有自己喜欢做的事情，多可怜呀！

沈小运一直忍着没看蛋挞姑娘给自己做的蛋糕是什么样子的，她想跟陆奶奶一起打开，一起惊喜。

陆奶奶没有什么表情，打开蛋糕盒子的瞬间，只有沈小运自己哇了一声。

蛋糕很厚实，有两层那么厚，下半部分是春草的颜色，上半部分是很纯净的浅蓝色，就像春天的天空。巧克力色的枝干从蛋糕底一直蜿蜒而上，在蛋糕上部开出一树的桃花，繁密的花瓣是深深浅浅的粉色，还有花瓣从树上落下，飘过天空，飘到了草地上。

蛋糕上没有写“春天快乐”，只有一个淡黄色风筝似的小卡片，上面用黑色的笔写了字，放在了蛋糕的一边。

“是不是特别好看！”沈小运问陆奶奶。

陆奶奶没有回应，她的床头插着昨天沈小运送的花，她好像更喜欢那个。没关系，沈小运送给别人礼物，是为了自己开心。再说了，丹阳姐姐也很喜欢这个蛋糕呀。

“真漂亮。”颜丹阳夸得真心实意，“您的眼光一向很好。”

“嘿嘿嘿，这是蛋挞姑娘做的，我也不知道会这么好看。”沈小运被夸得有点不好意思了。

蛋糕被切成一块一块的，分给了陆奶奶、丹阳姐姐、陈爷爷，还有值班的护士。陆奶奶和陈爷爷吃蛋糕的样子，她都用相机拍了下来。

知道沈小运他们要来，颜丹阳早早给妈妈喂了饭，六点多的时候，她对沈牧平说：“咱们一起出去吃个饭吧。”

十几分钟后，沈小运坐在一家餐馆里，筷子从砂锅里挑出了一块酱色的鸭肉。

“在北京待了那么多年，好东西也没少吃，最喜欢的还是这边的味道。”颜丹阳吃了一口松鼠鳜鱼，脸上略带了笑。

她和陆奶奶并不是很像，沈小运夸她漂亮，可她也并不是明艳可人的姑娘，三十五六岁的年纪，举止沉稳干练，言辞克制又有力。看沈小运吃得开心，她露出了很真心的笑容，又看向沈牧平：“魏阿姨之前一直很担心你照顾不好她，现在也放心了，她想做的事情我想问问你的意思，我记得你是极力反对的。”

沈牧平喝了一口茶，带着果香味的香茶顺着喉咙下去，让他的思绪更清晰了一些。

“我只是希望一些事情不要再打扰她，至于那些约定……”男人自嘲地笑了一下。

去年初夏的那一天，他在病房外面对魏香兰撂了不知多少狠话，可心里的愤怒、痛苦以及海水一样淹没他的悔恨，并没有因此稍减。现在的他已经能清晰地批判自己那时候的狭隘和幼稚。

“可我也不能说我支持，我说不出口。”

他恨那些图纸和论文，也恨那些“我要出差一趟”的招呼，还恨那时候被孤零零留下的自己。这些痛恨在他青春期时就牢牢地扎下了根，到现在也已经陪了他这么多年。

魏香兰曾经说过很多次，让他不要只看见现在的沈小运，可他真的太难做到了。有些东西在心底太久了，挖出来也是疼的。

颜丹阳给沈小运添了一勺碧螺虾仁：“所以我说，你在逃避和自我麻醉。”

沈小运抬起头，两个人的对话她听不懂，可她知道有些词是不好的。

“这个鸭子可好吃啦。”她对颜丹阳说。

“嗯好。”颜丹阳乖乖地低头吃了两块鸭肉，暂时放过了沈牧平。

“丹阳姐，现在我有时候想想，觉得我要是一直向你学习，可能……很多事情就能避免了。”沈牧平的左手张开又握紧。他如果是个不叛逆的乖孩子，不要做错事，不要说错话，那该有多好。

“学我什么？学我继承我妈的衣钵？我学这个是因为我喜欢，又不是因为我妈。”颜丹阳笑。

沈小运吃饱之后对这家古香古色的饭店产生了兴趣，得到沈牧平的同意，她抱着相机去拍屏风上的花鸟鱼虫了。

“我记忆中她最高兴的时刻，就是你医科大学录取通知书下来的那天。”颜丹阳对沈牧平说。

男人愣住了。

“牧平，你不要一直责备自己。在她心里，你过得开心，比什么都重要。”

开心？

“那你就会开心一点。”几个小时前，沈小运刚跟他说过这样的话。

甚至更早，更早，更早……

“工作累了，就看他扭一扭，就开心起来啦。

“笑一笑十年少，晓得不？小老头一样。

“牧平，今年你就十六岁了，马上要上高中了，很快就会变成一个真正的成年人。妈妈希望你未来的人生能开心快乐……在未来，你会碰到很多很多的选择，我希望你做出决定的基础，是你真诚地面对你自己。”

……坏掉的小熊里，好像说的就是这样的话。

沈牧平想起来那个小熊是怎么坏掉的了，那年文理分科，他说自己想学文。

“只要你做好了决定，我不反对。”

然后呢？因为他是全班理科成绩第一名，老师们连番找他恳谈，让他改去学理科，甚至还在不通知他的情况下家访。

“你想好了就行。”

又是这样的回答，可既然你这么说，为什么不对老师说支持我学文呢？明明就是骗人的，明明都是骗人的！

小熊是被他亲手摔坏的。

“沈牧平，你怎么了？不高兴呀？”回家路上，沈小运凑到沈牧平的耳朵边问他。

沈牧平看了看她，说：“没有。”

沈小运的眼睛里写着“骗子”两个字。

沈牧平不说话了。将近一年的时间里，他不断发现自己的错误，却都是些无可弥补的错误，就连道歉都无从说起。

“对不起。”

“嗯？”

男人说：“我说谎了，我是不高兴。”

“为什么呀？”

“因为我是个傻子。”

沈小运透过后视镜看着沈牧平，看了好久，然后说：“沈牧平，你是不是被传染感冒，然后发烧啦？”

怎么就说胡话了呢？

沈牧平又不知道自己该说什么了。

车子没有回家，而是拐到了另一条路上。

“忘了和你说，你的旗袍做好了。”

“什么？”突如其来的巨大惊喜让沈小运差点一头撞在车顶，“那我们什么时候去拿呀？”

“现在就去。”

哇！沈小运欢天喜地。

“绿色的好看，紫色的好看，黑色的好看，蓝色的也好看！”旗袍工作室里，沈小运穿着蓝色的旗袍转了个圈儿。做旗袍的姑娘非常捧场地给她鼓掌。

沈小运早就忘了自己当初选了什么样式的旗袍，心里没有任何的期待，自然是加倍的惊喜。

沈牧平站在一旁默默地看着，手里拿着沈小运的相机，不时给她拍几张照片。

今天沈小运穿的是一双运动鞋，可就算这样，她还是坚决要光腿穿着旗袍回家，身上裹一件外套就行了。

沈牧平不同意，可是沈小运很坚持。最后沈小运赢了，沈牧平脱了自己的外套给沈小运系在了腰上。

“旗袍怎么配好看啊？”他问做旗袍的姑娘。

“这个呀……”她拉开一个抽屉，里面摆了一堆手包、发饰，下面一层是高跟鞋，“有看好的样式跟我说哦，这些都只是样品，对了，我们这里还有丝袜卖的。”

最后沈牧平买了三双丝袜，还被推荐了三家淘宝店，又加了老板的微信。看着对方朋友圈里各式各样的女孩子穿着旗袍的“买家”照，沈牧平突然觉得这就跟买单反之后才发现自己要配镜头一样，坑都在后面。

沈小运只挑了一个手包，鞋子的跟太高了，她说这样穿着上班不方便。沈牧平想了想，觉得自己也不能同意她穿着旗袍去书吧拖地。除了沈小运的旗袍之外，陆阿姨的旗袍也做好了，因为加急，沈牧平多付了点钱。

听说要给陆奶奶的旗袍配东西，沈小运立刻很精神地挑了三个手包、一个珍珠发饰，并且非常阔气地说都花她自己的钱。

“唉，女人都爱美的呀，小小姐为什么就不爱美呢？”她又想起了连围兜都拒绝穿的小小姐，语气是十二万分的痛心疾首。

“我们今天还去看陆奶奶吗？”

“你想去吗？”

“想的呀！”

“那我们今天就还去吧。”

沈小运高兴地点头，她跟沈牧平说：“等陆奶奶换了旗袍，我要给她拍照的呀，现在旗袍有了，就差、就差我的拍照技术了。”

沈小运觉得自己已经学得很快了，她现在拍小小姐都能拍得很清楚啦。她还不知道，再过三天，陆奶奶就要被颜丹阳带到北京去，等不到她的拍照技术练好。

沈牧平把虾仁炒饭端到她的面前，说：“昨天我把给陆阿姨的东西放在车里了，今天我们一起带给她。”

“好的呀。”

上班的路上，沈小运突然叫住了沈牧平：“你答应我要做樱桃肉给我吃的，别忘了呀。”

今天翻本子的时候，沈小运看见了自己记的“账”。

“好。”事实上，沈牧平真的差点忘了。

“你做的樱桃肉好吃吗？”

“大概吧。”其实沈牧平只吃过樱桃肉，并没有做过。

“你一定要做得好吃呀，到时候我带给陆奶奶吃哦。”

“好。”

沈小运今天上班，到底是没有穿旗袍，因为突然降温了，风凉飕飕的，沈牧平恨不能让沈小运穿上羽绒服，要是她坚持穿旗袍，那点心就没有了，陆奶奶也不看了，沈小运只能屈服。

沈牧平怕她不开心，她自己却说：“我是很想穿旗袍呀，可我也知道不能穿的，穿了会感冒。你做得对呀，不要觉得我会生气呀。”

“明知道不对，为什么还要穿？”

沈小运眨眨眼睛，说：“因为我是女孩子嘛。”

这是什么回答？

沈小运却觉得自己的回答妙极了：“爱美的女孩子都是这样的。”

健康和美，美重要。

“那你为什么还是答应不穿了？”

“因为点心和陆奶奶都比美重要啊。”沈小运永远都有她自己的道理。

沈牧平又问她：“要是你坚持穿旗袍我就会生气，你还穿吗？”

“嗯……”沈小运陷入了沉思。

今天店里依然来了好几个面试的人，老板挑挑拣拣，最后留了两个。

自从书吧开了第二层，一个店员就有些忙不过来了，她一次招两个人，一是为了减轻店员的工作压力，二是防着哪个做得不好，自己这里就开了天窗。

新来的两个店员都是女孩子，一个二十二三岁，看着跟店员姑娘差不多大，高中毕业就出来工作了，一直打着零工，什么都会一点。另一个店员二十五岁，以前是一家咖啡厅的侍应生，因为一些原因辞职了，才刚来老城没多久。

店员姑娘教她们书吧里的规矩。

其中一个店员看着沈小运说：“她是老板的妈妈？”

沈小运摆弄着手上的照相机，假装自己没听见。

店员姑娘说：“她是沈小运，店里的资深员工。”

哇，资深员工！沈小运因为这四个字开心了起来。

店员姑娘教得很仔细，沈小运在一旁默默地听着，知道了很多她自己从前都不知道的规矩，看来自己这个“资深员工”很不称职呀。她自我检讨了两分钟，站起来多擦了一遍地，然后又坐了回去。

今天蛋挞姑娘送饼干来的时间比较晚，因为她昨天发在网上的“春天快乐”系列被转了很多，正好周末，有不少人一大早就来买她樱桃口味的新点心，她分身乏术，才拖到了现在。

“这几块蛋糕大概有三十多个人问过吧，我都没卖，给你留着的。”蛋挞姑娘打开盒子，里面是几块樱桃酥蛋糕，外面是金黄色的酥壳，咬开之后里面香香软软，还有浓浓的樱桃味道。

沈小运吃了一口就爱上了：“真的是特别好吃的蛋糕！”

她吃了一块，给剩下的五块拍了张照片。

“你昨天给我做的蛋糕也特别特别好看。”沈小运还没忘了要把之前的蛋糕一起夸。

虽然今天蛋挞姑娘已经收到了很多很多的夸奖，但面对沈小运，她还是露出了真心的笑容。

看见沈小运要把自己吃了好吃的樱桃酥蛋糕记在小本本上，蛋挞姑娘看了看正跟着店员姑娘忙碌的两个新来的店员，抽过沈小运的本子和笔，在上面写了一行字。

看看她写的，沈小运有些茫然。蛋挞姑娘对她眨了眨眼睛，转身走了。

在书吧工作不开心，新来的店员欺负人，就要跳槽到蛋挞姑娘的蛋糕店，每天还有点心吃。今天的蛋糕特别好吃，不要分给店里的人。

店员姑娘要辞职，新的店员又加入，关心这件事的可不只是蛋挞姑娘。下班的时候，沈牧平来接沈小运，还特意看了一眼那两位新来的店员。

“我这里有酥蛋糕哦，给你留了的。”

因为蛋挞姑娘的嘱咐，沈小运没有分给别人，剩下的五块蛋糕，她算了一下，自己不吃的话，沈牧平一块，丹阳姐姐一块，陆奶奶一块，陈爷爷一块，要是柳医生在，还有柳医生一块。所以她不仅心怀愧疚地把蛋糕放在小柜子里锁了一天，连下午茶都取消了。

没吃下午茶，沈小运还没走到停车场就饿了。看着路边卖的酸奶冰激凌，她的步伐变得分外沉重。

“今天太冷了。”沈牧平注意到了沈小运渴望的目光，这么对她说。

“哦。”吞了吞口水，看看沈牧平提着的纸盒，沈小运深吸一口气，假装自己已经吃过冰激凌了。

靠着一口西北风，沈小运忍到了医院，今天柳医生值班，她把倒数第二块蛋糕分了出去，最后一块属于陈爷爷。可沈小运站在陈爷爷的病房门口，看着他病床前围着的人，没有走进去。

沈牧平扶着她的肩膀让她回了陆奶奶的病房，然后关上房门，恨不能将人世间的丑恶都一并隔绝。

“陈爷爷，是不是又在哭啊？”

“没有。”刚刚沈牧平清楚地看见陈老先生坐在床上，脸上比陆阿姨更加冷漠。

“真的吗？”

“真的。”沈牧平的态度很坚决。

十几分钟后，接了沈牧平通知的陈家大儿子匆匆赶到，他还带了两个老人，好像是他们家的两个长辈。

又过了几分钟，这个在医院里长盛不衰的戏码终于在陈老先生的床前结束了。陈家二儿子全家连着两个孩子一起离开，走之前骂骂咧咧。

陈家大儿子坐在自己老父亲的床上叹了口气："爸，我有时候觉得，你真的什么都知道。"

陈老爷子不说话。

沈小运捧着那块樱桃酥蛋糕悄悄溜进来，看见陈家的大儿子，她点点头，然后把蛋糕放在老人的面前："陈爷爷，吃蛋糕了呀。"

陈老爷子看看她，看看自己的蛋糕，再看看身边那个已经比他还要高大的男人，他抓过蛋糕，然后跟他儿子说："你吃，吃了考一百分。"

你吃，吃了考一百分。这话是何等的熟悉又陌生，陈老大用力地抓了一下自己的头发。

记忆和遗忘……很多时候人们不知道哪一种更可怕，是记住还是遗忘，是遗忘后再想起，还是根本刻在了脑海里却假装自己已经遗忘。

沈小运转身，悄悄地走了，她饿得肚子都瘪了。

"唔！"

沈小运揉揉自己的肚子，她以为是自己的肚子在响。站在病房门口的沈牧平却看见，是那个背对着房门的中年男人，忍不住哽咽出了声。

颜丹阳在病房里帮自己的妈妈换好了旗袍，是简单大方的样式，大红色的料子上绣着粉白色的梅花。

"真好看！"沈小运发出了由衷的赞美，这块料子是她挑的！

"等我练好了照相，我要给陆奶奶拍好多好看的照片，好不好呀？"她问颜丹阳。

颜丹阳不知道该怎么回答。

沈牧平在沈小运的背后说："明天给你买一双配旗袍的鞋，要是后天天气好的话，你就穿旗袍给陆阿姨看，好不好？"

“好的呀，好的呀！”沈小运喜滋滋地对陆奶奶说，“我做的旗袍是绿色的，咱们两个红配绿呀。”

颜丹阳看看沈牧平，再看看自己的母亲，说：“要不我们后天就带着我妈一起出去走走吧，都穿得漂亮一点，多拍几张照片。”

“春游吗？可以带点心吗？”沈小运激动起来。

“嗯，春游。”

得到了沈牧平的承诺，沈小运高兴地拉着陆奶奶的手说：“我们可以出去玩了！”

她又问沈牧平：“我们可以带着陈爷爷吗？”

沈牧平想了想说：“好。”

沈小运完全忘记了自己还饿着肚子这件事儿。带着沈小运出去吃晚饭前，沈牧平得到了陈家大儿子的应允。

“后天我也开车，我有好相机，到时候多拍几张好看的照片。”陈家大儿子是这么说的。

可是那天，一大早就穿好了旗袍的沈小运并没有见到陈爷爷。她也没去医院，因为丹阳姐姐带着陆奶奶到了她家，换了衣服鞋子，还戴上了珍珠项链。

“陈爷爷呢？”

“他家里有点事。”

春天里的老城哪里都是美的，沈牧平想带着沈小运和陆阿姨去个古典的园林，颜丹阳却摇头。

“我们去坐船好不好？”她问沈小运。

摆弄着自己手腕上镯子的沈小运点头说：“好的呀。”

在三个女人的面前，沈牧平大概是没有话语权这种东西的，他沉默寡言，像个尽职尽责的司机。

踩在船板上的时候，沈小运晃了晃，沈牧平连忙扶住了她。

“不要管我啦，去扶陆奶奶呀。”沈小运还挺嫌弃。

沈牧平只能让她先坐好，再去扶……或者说是拖陆阿姨上船。

船在河面上轻轻晃了晃，沈小运喜滋滋地对沈牧平说：“我们是在水上了呀。”

男人点头。

船上渐渐上人，沈小运从沈牧平那里拿过相机，“咔嚓咔嚓”地拍着河两边的景色。小桥流水，两岸人家，以前看熟悉了的风景，在水上看过去，又有了不同的味道。

沈小运拍树拍桥拍人来人往的水中倒影，还拍陆奶奶和丹阳姐姐。花白的头发梳得整整齐齐，陆奶奶的脸和平常一样，一双浑浊的眼睛里仿佛什么都映不着了。

沈小运举着相机看了很久，两岸风景渐变，天上流云在变，唯独陆奶奶，好像已经凝固在陈旧的时光里。

“陆奶奶，笑一笑呀。”

颜丹阳也对自己的母亲说：“妈，笑一笑吧。”

陆奶奶看着自己的女儿，沈小运连忙摁下了镜头。凝固的、远去的，总还有那么一点点希望，再回来一点点，是吧？放下相机，沈小运从包包里拿出了点心。

今天要穿旗袍，她可不敢在船上吃会掉渣渣或者弄脏衣服的点心，就是最普通的手指小蛋糕，细长的，吃起来很方便，也很香软。跟沈小运的点心相比，颜丹阳带的东西多，仔细看看却没什么能吃着省事的，她本就不擅长这些，还在慢慢地摸索。

四个人一起吃着小蛋糕，一阵春风沿着河道吹来，拂弄着他们的发丝，沈小运忍不住很享受地闭上了眼睛。

“咔嚓咔嚓。”沈小运睁开眼睛，是沈牧平在给她拍照。

“哎呀！我在吃东西呀！”

“好看的。”沈牧平给她看自己拍下的画面，她闭着眼睛，陆奶奶转头也吃着蛋糕，整个世界都在小小的框子里变得柔软。

沈小运还是噘起了嘴巴，她想象中穿旗袍拍照片可不是这个样子

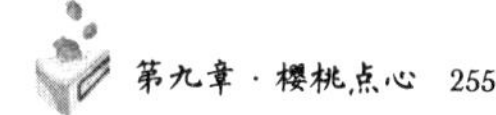

的："我跟你讲哦，我要扶着树呀，扶着桥栏呀，看着远方呀，然后拍照片，知道吗？穿旗袍拍照，要有身段的呀，可我嘴里还有蛋糕……"

花季少女沈小运是十分注意自己形象的。沈牧平听着，只能连连点头，表示确实是自己错了。可那张照片，到底没有被删掉。

河道略窄的地方，一丛木香花在岸上开得绚烂，陆奶奶的眼睛略动了动，手掌抬起来，拍了拍自己女儿的手臂："看。"

颜丹阳赶紧看过去，看见的就是黄色的漂亮的花。

"陆奶奶可喜欢这个花了！"沈小运对颜丹阳说，她可是记在了小本本上的。

颜丹阳想起了之前自己妈妈手里的那一团花泥。

"我记住了。"

记住这些花，一辈子也别忘了。

下船之后，时间也不过九点多，走不远就是老城一处有名的老城门，有绿树，有古墙，有精巧的石桥，还有……

城门外宽阔的河流。是运河。

"妈，您还记得它吗？"颜丹阳问自己的妈妈。

沈小运看见陆奶奶的脸上还是没有表情："丹阳姐姐，陆奶奶以前是经常来这儿哦？"

颜丹阳看看她，点了点头。

很多年前，这河几乎是她们的另一个孩子，疏通河道也好，兴建码头也好，她们总是要忙。

小时候的沈牧平很嫉妒这条河，它那么大，那么长，那么古老，它应该不在乎任何人和事了，为什么还要抢走自己的妈妈？

每到那时候，颜丹阳都要安慰他。她是大孩子，她要懂事，她要听话，她要贴心……可她心里真正想说的，也跟沈牧平别无二致。

把妈妈还给我，好不好呀？

后来，沈牧平的妈妈工作调整，回家的时间多了，沈牧平反而别扭起来，他说妈妈根本不在乎他，他抱怨妈妈总说“你自己决定就好”，生疏得像个外人。

“我曾经很嫉妒你。”二十多年了，颜丹阳终于对沈牧平说了她一直藏在心里的话，“你能把她从这里抢回去。”

会哭闹的孩子总有糖吃，被套在“好孩子”这个壳子里的自己，只能强迫自己习惯。看着颜丹阳脸上的笑容，沈牧平慢慢低下头，在他身前不远的地方，沈小运正端着相机拍照。河上来的风让陆奶奶的发丝和披肩都飘动了起来，她身后河水奔流，浩浩荡荡。

“今天我才知道，有些话要是该说的时候不说，可能就永远都晚了。”想起清晨病房外令人心悸的哭喊声，颜丹阳微微低下了头。

她一贯沉稳，却在那一刻恐惧到难以承受，给沈牧平打电话的时候声音都是抖的，因为她意识到，自己一直隐隐逃避不愿去想的事情，可能已经迫近到了眼前。

“姐，好好照顾陆阿姨，别想那么多。”

“我会的。”

快中午了，沈牧平带着她们一起去吃面，老城人最爱的，总还是那一口裹着浇头味道的面香。

就是吃面的地方在山上，得走好一段儿路，沈小运拖着两条腿跟得吃力，却怎么也不肯坐轿子。

陆奶奶倒是坐在了轿子上，轿夫一起，她有一点点害怕，颜丹阳连忙抬高手臂，握住了她的手，一直没有松开。

“我背你吧。”看见沈小运走累了，沈牧平说。

“不要。”

穿着旗袍这么好看，被人背着那就不好看了呀。可她走了没一会儿就走不动了，虽然在车上是换下了鞋子的，可她的两条腿就像灌了铅，怎么也抬不动了，还是沈牧平把她背了起来。

沈小运真的很瘦，手腕一摸都是骨头，可却不轻。脱了外套的沈牧平深吸了两口气，才稳稳当当地迈出了步子，没一会儿，他的头上已经全是汗了。

“要是这个面不好吃呀，我……”沈小运心疼沈牧平辛苦，又想起来是沈牧平非要带她们来吃面的，就觉得怎么说都不对，只能气呼呼地给沈牧平擦了头上的汗。

真是费了九牛二虎之力，他们才到了面馆前面，结果一看，还得排队。

“我排队，你坐着等我，好不好？”

这个沈小运可以接受，她跟在颜丹阳的身后走到四方桌前，有人刚好让开，她先和丹阳姐姐一起扶着陆奶奶坐下，才自己坐下，看着周围的白墙木窗，还有窗外黄色的山寺墙壁。这里本来就是一处寺庙的厨房。

双菇面、香菇面、什锦面、素面……

都是素的，却又都是香的，香气勾得沈小运都有些坐不住了，仿佛自己上午根本就没吃过点心似的。等沈牧平真端了面过来，她的眼睛里已经全是馋出来的小星星了。

笋丝、面筋、香菇铺盖在素白的面上，汤是酱色的，上面浅浅一点素油。臭美了大半天的沈小运此时此刻总算是彻底忘了自己还穿着旗袍，吃得热火朝天，抬起头的时候，碗里连汤水都不剩了。

下山的时候，她到底也坐了轿子，身上穿着旗袍，从包包里拿出一柄小扇子，摇了两下扇子，刚想自己细腰长腿十分臭美，她就想起了动画片里的白骨精。

嗯……白骨精也挺好看，她默默安慰自己。

和陆奶奶、丹阳姐姐分别的地方不是在医院，而是在一家高档酒店的门口。

颜丹阳重重地拥抱了沈小运一下，对她说：“您一定要好好的。”

沈小运重重地点头：“嗯。我们都好好的！”

转身的时候，颜丹阳的眼睛里是有泪的。拉着陆奶奶的手，沈小运不想走，她也不知道为什么，自己就是不想松开。

“我给你拍好多好看的花哦。

“今天我给你拍的照片都可好看了！

“你、你……”

她的嘴巴噘起来了。

陆奶奶看着她，又或者没有看着她。

松开陆奶奶的时候，沈小运觉得自己的手里多了一个东西，是陆奶奶不知道什么时候又藏在手心的小花。

第十章 鸡茸豆腐煎饺

那些记忆虽久远，
却终是没被忘记。

◆◆◆◆

“给你看，陆奶奶可好看啦。”上班的时间，沈小运捧着相机给老板看自己前天拍的照片，昨天她又累倒了，在家里躺了一天。

店员姑娘在她身旁看着照片，忍不住夸奖说：“这个老奶奶好有气质呀！”

沈小运比自己被夸还开心，喜气洋洋地让店员姑娘吃点心。

“这里也好看，是运河吧？”

“嗯。”神秘地勾了勾手指头，她对店员姑娘说，“我昨晚做梦，还梦到了好多好多水，我就坐在船上，跟着河走啊走啊……”

沈小运没说的是她早上起床之后生怕是自己尿床了，里里外外看了好几圈，就连小小姐都被她搬起来摸了摸。其实梦里还有陆奶奶和陈爷爷的，就是她一回身，他们都不见了，连开船的沈牧平也不见了，只剩了她，可她一点也不害怕。

河的尽头还是河，她却知道走到那头，自己就再也回不来了，所以她还是睁开了眼睛。那时是凌晨四点，小小姐都还没有例行叫早，她确认自己没有尿床之后还是不放心，去了趟厕所才回到床上继续睡。

这个梦，她不想跟沈牧平说，只告诉了店员姑娘。很快就要离开书吧开始另一段生活的店员姑娘嘿嘿笑着说：“你这个梦很好呀，遇水发财的。”

“是吗？”这对沈小运来说真是个意外的好消息，“那我要是真有了钱，请你吃好吃的呀。”

说完，她一敲自己的脑门，店员姑娘要走了，她竟然忘了。

看见她的表情变得沮丧起来，店员姑娘笑着说：“等我休息日回来，你得请我吃……光说不行，来来来，记在小本本上。”

被店员姑娘这样闹着，沈小运把心里的那点怅然和难过都暂时丢掉了。

中午吃的比萨，老板说：“晚上我们一起出去吃吧，算是庆祝晓慧找到了新工作，以后前途似锦。”

沈小运在一边听着，看见老板转头看向她。

“你打电话跟沈先生说一下，我们晚上店里聚餐，让他晚上去火锅店门口接你。”

沈小运瞪大了眼睛，她好像连话都不会说了似的，眼睛特别特别亮：“还……还有我呀！”

“店里聚餐，当然有你了。”

听见老板这么说，沈小运都顾不上擦手，去小柜子里拿出自己的手机，拨通了沈牧平的电话。看着她，老板笑了，店员姑娘笑了，新来的两个店员唇角也忍不住有了弧度。

接到沈小运电话的时候，沈牧平刚刚在上次和陈家老大见面的地方落座，对面也还是上次那个人。

“好，火锅店的名字记得给我，提前打电话给我，我去接你。”听见沈小运欢天喜地挂了电话，沈牧平收敛笑容，对着陈家大儿子点了点头：“老先生的事情很遗憾，节哀。”

陈家大儿子愣了一下，有些话他这几天听了太多遍，听得心都木了，也是空的，随时随地，风都能从里面穿过来。

没东西能挡住。

“不好意思，我这个时候……”

很多讲究老规矩的人家，都说戴孝的人不能随意拜访别人，是带了晦气的。

“您太客气了。”男人点了两份吃的，又问对方，“您要喝点酒吗？”

陈家大儿子摇了摇头：“下午还得去民政局……”

话还没说完，他就捂住了鼻子。

女儿快要中考了，她还小的时候老爷子的身体就不太好，要说感情也真是没多少，前天难过了一天，昨天就被他们夫妻赶去上课了。

他妻子这些年对他爸……不说好，可洗尿布、换床单干起来都没含糊过，顶多干完了回去被窝里对着他哭，要说这样是坏，那可绝对坏不过他这个儿子。

沈牧平看着他，点了一瓶啤酒，要了一个酒杯。满满一杯啤酒被他推到了陈先生的面前，那个用手捂着脸的男人半天没有说话。

前天凌晨四点，他被医院一个电话叫醒，赶到的时候，医生还在急救，那条线却一点波动都没有了。他那个老父亲，没了，他弟弟哭得比他还厉害。

站在医院里，追着蒙了白布的车往太平间去，四十多岁的男人脸上是干的，他哭不出来，他也不知道自己能哭给谁看。

妻子儿女，那是等着他去撑的，弟弟抱着他喊“哥，咱没爸了”，他却出奇地冷静，冷静地签字、交钱，冷静地给别人打电话报丧。

“不瞒你说，前两天，有别人在的时候，我是真的一滴眼泪都掉不出来。昨天我带着医院里收拾出来的东西回家……我给我爸买的新衣服就在床角，我就问我自己，我不是得带他去拍照片吗？我们不是说好了吗？怎么他就连拍张照的时间都不给我了呢？”

餐厅安静下来，一个中年男人的哭号声终于无法抑制，有年轻人忍不住回头看他。他们不会知道，现在是这个男人失去父亲的第三天，他把头埋在自己的手掌里，眼泪沿着手臂流到了衬衣袖口。

沈牧平没说话，他不知道自己该说什么。可能，他就只要坐在这儿，让这个人找着一个能哭的引子，就够了。

哭喊出来之后，眼泪止不住了，堤坝溃了，总得把洪水泄完。

“先生，需要帮忙吗？”

面对热情的服务生，沈牧平摇了摇头，又说：“再给我拿个酒杯吧。”

澄透的酒液倒在杯子里，细小的气泡从杯子里轻飘飘地冒出来，然后融进了杯子边儿的大气泡里。

等沈牧平喝完两杯啤酒，男人渐渐平静了下来，又过了两分钟，他抽了一张纸，擦掉自己脸上的泪水，只有袖口的那点水痕，得慢慢蒸发淡去。

“让你看笑话了。”

“没有，人……总有这么一下的。”

能传染的疼没有被酒液稀释，沈牧平的手掌张开又合拢，握住了酒杯。

午饭后，沈牧平没有直接回公司，他在车库的车里坐着，等回过神儿来的时候，一整个下午都已经过去了。看着书吧老板发来的饭店地址，他才模糊想起来，沈小运今天晚饭是和别人在外面吃的。

开着车回到家，男人走进自己的卧室，拿出那个铁皮饼干盒子，打开，一堆细小的杂物下面压了个旧旧的本子。

“我给我爸买的衣服，他们都说让我烧了，我就想着，要是我不烧，我爸万一脑子好用了，还能回来换了衣服出去玩儿，我不还能再见见他吗？我还能问问他，这些年，恨不恨我们两兄弟……”

久远的记忆像是被细沙遮掩的雕塑，一旦大风席卷，就露出真正的刻骨铭心，那些记忆虽久远，却终是没被忘记。

沈牧平也想知道。

抛去那些莫名其妙的别扭，他最不想的，就是有一天自己会像陈家的大儿子一样，抱着满腹的悔恨和疑问去回忆。

所以，老旧的、被遗忘的日记本，终于被打开。

火锅店里，沈小运正认认真真地吃着虾滑。很好吃呀，下次带着沈牧平一起来吃。等她再吃完一口蟹黄福袋，便眯着眼睛决定要把丹阳姐姐和陆奶奶一起带来，还有陈爷爷。

吃饱喝足的沈小运拍拍自己的肚子，心里有一点惆怅。她好像吃不下了。在她面前摆着老板给每个人点的一个椰奶甜品，在圆圆胖胖的玻璃杯里装着，闻着就香甜。

沈小运盯着那个甜品看了半天，明天就不再是店员的店员姑娘对她说："吃不了就算了。"

沈小运摇了摇头，然后捏着自己的小包包，等她把钱掏出来之后，她的表情又变得茫然起来。

手机的闹钟响了，沈牧平抬起头，把手里的本子合上，然后长长地出了一口气，应该去接沈小运了。从床上站起来的时候，沈牧平愣了一下，他回过身看着那个本子，表情极其复杂。

一部跌宕起伏的电影，一篇精彩纷呈的故事，人们在看完之后都会有种恍如隔世之感，那看完一部史诗，这种感觉定然会更加明显。在沈牧平的眼里，那本旧旧的日记，就是一部史诗。

将车停在饭店门口，沈牧平走进火锅店，看见大厅里沈小运的眼眶微微有些发红。

"怎么了？"

沈小运看看他，吸了一下鼻子，然后低下了头。

书吧老板单手叉腰，蛋挞姑娘还有几个新旧店员也都在，大家站在沈小运的身边。看见沈牧平来了，书吧老板对沈牧平说："沈先生，您先带她回家。"

沈小运不想走，她缩着手不让沈牧平拉，被蛋挞姑娘揽着肩膀往外带。

"你听我的，回去好好睡觉。"

"我不……"

"听话，乖。"

蛋挞姑娘人高腿长力气也大，沈小运被她送到了饭店门口。

沈牧平想问是怎么回事，还是被人赶到了车上。

“今天你们必须道歉。”一挽袖子，书吧老板带着身后的四个年轻姑娘一起走进了饭店的一个包厢里。

服务生和经理见势不妙，连忙赔着笑过来。饭店里突然变得热闹起来。

“沈牧平，我给别人惹麻烦了。”沈小运声音低低的，她手里拎了一个打包袋，里面装了一个圆滚滚的玻璃杯，椰奶冻好像有些化了，白色的汁水跟凝结的水汽混在了一起，变得浑浊又难堪。

“你错了，你从不会给别人惹麻烦。”红灯亮了，沈牧平问沈小运，“明天我们吃什么点心？”

沈小运却没说话，她干瘦的手腕儿低垂着，打包袋被她捏在手里，轻轻晃动着。沈牧平回身，看见沈小运在哭。

绿灯亮了，他踩下油门，过了红绿灯之后，他大力转动方向盘，黑色的车子掉头，融入了反向的车流中。

火锅店里，书吧老板还在跟另一桌客人对峙：“谁还没个老的时候？谁不是辛辛苦苦活个几十年？谁能保证自己一辈子没病没灾？你们刚刚说的是人话吗？”

蛋挞姑娘面前站了个男服务生，用有些畏惧的眼光看着她。

老城的人有了争执都是说话不动手的，蛋挞姑娘刚刚试图抡啤酒瓶，还把一个人揪着领子从椅子上拎了起来，她的举动着实吓到了别人。

“道歉，必须道歉。”

这一桌客人足有七八个，有男有女还有个孩子，被她们几个女孩的气势压得心虚。

“我们说的也是实话，她就是偷了杯子呀，饭店经理在的哦，你们评评理，她就是偷了杯子嘛。”

“少在这儿避重就轻，你们刚刚是这么说的吗？”蛋挞姑娘怒火中烧。

包厢的门又打开了，沈牧平站在门口。

“我拿了饭店这个杯子，没付钱，我真的不是故意的，为什么我就是记不住呢？我都不记得我把它拿在手里了呀。”

沈小运又懊恨又自责的样子，让沈牧平的心到现在还疼。

史诗？

荣耀落幕。

夕阳低垂。

书写那一切的纸张都已经泛黄……

在他身后那个瘦瘦的、捏着他衣服后摆的人，才是结局？那他自己该是怎样的一个废物？

“道歉。”他对那些人说。

吃了一顿饭还惹了一堆麻烦，最后被逼着灰溜溜道歉的人坐在公交车上对自己的儿子说：“那些脑子有病的就该在家里关好，对吧，儿子？”

他的儿子才四岁，手上摆弄着新买的玩具，抬头对他爸爸说：“偷杯子的老痴呆带出来丢人，关精神病院去。”

他笑着重复的是他爸爸之前惹了麻烦的那句话，按说，他爸爸应该得意“子承父业”的，可不知道为什么，男人突然觉得有些冷。

外面的灯火流光飞速向后，前行的车子永远快不过时间。

“你看，错的是别人，别人也跟你道歉了。”回到家里，沈牧平还在安慰沈小运。

沈小运缩在沙发上，小小姐窝在她的脚边，软乎乎的毛贴着她的脚，给了她一点点温暖：“沈牧平，要是我……变成了陈爷爷那样，你把我送医院里吧，用我的钱付医药费。”

沈牧平一时间不知道自己该说什么，他揉了一下额头。

“然后，那个，你别来看我呀，你看我，我又不认识你，那你多伤心呀！”

“不会的。”

“你不来看我，我也不记得，不伤心。”

“我说不会的。”

沈小运抬起头，噘着嘴看着站在她面前的沈牧平，哇的一声哭了出来：“你得来看我，你不能把我一个人丢下，我会偷东西的哦。沈牧平，我偷东西，我还会打人，你不来看我，我就天天闯祸！”

“我不丢下你，我绝对不丢下你。”沈牧平僵着脸做保证，一遍又一遍。

他在心里想的是：“我不丢下你，你能不能也别丢下我？”

他却不敢说出口，这个承诺，这个世界给不了他。

夜深了，沈小运肿着眼睛睡了过去。沈牧平又打开了那个日记本：

今天我们的测试成功了……牧平小朋友昨天说想吃桃子，下次回家的时候一定要买。

牧平小朋友说他今天看见自己同学考了第三名却挨了爸爸打，跑来问我，要是他考了第二，会不会不要他。真是傻孩子。

整个团队受了表彰，领导让我们发言的时候说一下自己几天没回家了，怎么想孩子，孩子怎么想我们……半个月没见，沈牧平小朋友胖了2.7公斤，发言的时候我该怎么说呢？

虽然嘴上说他考试一定没问题，可我还是请假陪考了。明天中考，加油，沈牧平小医生。李大姐说考生该吃鱼，明天找书学一下葱油鲳鱼怎么做。

第二天早上起床，沈小运晕乎乎的，她使劲儿揉了揉眼睛，还觉得自己的眼睛是肿的。昨天晚上小小姐就趴在她的枕头边睡的，现在还团成一个圆球球。

“起床啦！太阳照屁股啦。”

小小姐偏了偏脑袋，只睁开一只眼睛看她：“喵——”

天气一天暖过一天，太阳也越来越勤快了，沈小运站在窗边伸了个懒腰，然后抓了抓自己的头发。她走出房间门的时候，看见一个男人穿着T恤，腰上扎着围裙走了过来。

“我做了虾仁粥和煎饺，还有什么想吃的？”

沈小运的脸上有点茫然，下一秒，恍如笼罩在心头的轻纱被人撤去，她笑着说：“沈牧平！煎饺是什么馅儿的呀？”

“鸡茸豆腐的。”

“嗯……”沈小运有点纠结地说，“听起来有点奇怪，不过你做的肯定好吃呀。”

沈牧平笑了。

他第一次吃的时候也觉得奇怪，却没想过有人出差五天，回来后急匆匆把吃过的小吃给他做出来，到底是一种什么心情。

早上五点他就起床了，家里有鸡腿有豆腐，按照日记上记载的方法混了馅儿，他试做了几次，总觉得不是以前自己吃过的味道。应该更好吃的，虽然那时候他只吃了一个。

“今天我们不去上班了，趁着天还没热起来，我带你出去玩吧。”端着煎饺上桌的时候，沈牧平如此说道。

“出去玩儿？”沈小运的眼睛本来只盯着新鲜的煎饺，听到这个赶紧抬起了头。

“对，你前几天做的旗袍只穿了一件，换上那条灰色的吧。”

“好的呀好的呀！我们带小小姐一起去呀！”沈小运没忘了自己同睡的小伙伴。

沈牧平思考了一下，答应了。于是吃过饭，可怜的小小姐刚从她的专属厕所里美滋滋地走出来，就又被沈小运强行抱起来，沈牧平给她套上了外出绳。

沈小运穿上了她的旗袍，拍拍自己的肚子，她说："好像胖了点哦。"

"没有。"沈牧平否定得很坚决，在他的眼里，沈小运实在是清瘦得过头了。

好吧，沈牧平说没胖那就没胖吧。沈小运看着沈牧平让自己戴上的珍珠项链，想了想说："能带着陆奶奶一起玩儿吗？"

"不行。"沈牧平说完，才发现自己否决得太快了。

"是哦，丹阳姐姐在陪着陆阿姨。"沈小运自己想起来了，"那就好。"

她低着眼睛说完，又抬起头没心没肺地笑了起来："那我们今天还要吃好吃的，我拍了照片去馋她。"

沈牧平答应了。

他带着沈小运和小小姐去的第一站不是某个公园，而是商场。

小小姐被留在了车里，沈牧平带着沈小运又去挑了一双能走路还能配着旗袍穿的鞋子。蓝黑色的鞋面，鞋底很软，沈小运觉得这双鞋很像旧时代女学生穿的那种。

"姚木兰是不是也穿过呀？"

《京华烟云》是沈小运前几天看的一部电视剧，沈牧平也听过好几耳朵的"木兰、木兰"，于是点头说："大概差不多。"

于是沈小运就更喜欢了，穿上之后嗒嗒嗒，真是步履生风。换好了鞋子，沈小运还没忘了跟小小姐显摆："看，我的鞋！姚木兰穿过的！"

"喵！"小小姐甩了甩尾巴。

因为有猫，能去的地方就极少了，沈牧平带着沈小运和小小姐去了一处公园，逛一逛，走一走，看看春日里的一树新绿，还有已经渐次开放的各种花。

沈小运玩儿得极开心，捧着相机怎么也不肯放下，拍仰头看花的小小姐，拍蹲下来抱起猫的沈牧平，拍有人在放飞无人机，年轻的脸上都是笑。

“沈牧平，那个是干什么的呀？”

“那是无人机，也能拍照的，还能帮忙录像。”

“哇，那我就能在天上拍东西了？”沈小运决定等她学好了拍照，就去学无人机，到时候能给好多人拍更多好看的照片。

“喵！”试图去刨一朵花的小小姐又被沈牧平拖住了。

中午，沈牧平先把小小姐送回了家，才带着沈小运去吃了广式的点心。除了招牌虾饺和烧卖之外，沈小运最喜欢红色的肠粉，里面有一层薄薄的酥，咬起来又香又脆，最后都会化在嘴里。

“沈牧平，你看我的鞋。”

“怎么了？”沈牧平低头，他还以为是新鞋不合脚。

“嘿嘿嘿。”沈小运不好意思地笑了，“没事儿，我就是穿了新鞋，总想跳舞。”

跳舞？沈牧平愣了一下。

沈小运捧了一下自己的脸，她觉得自己耳朵都红了。

“就是这种！”

停车场里，沈牧平站在原地不动，看着沈小运轻轻转身。

她自己嘴里小声念着拍子，脚踩着节奏动了起来。

一二三四。

二二三四。

旗袍的裙摆上绣着粉色的花，随着她的动作被春风一撩，就是春天里最鲜活的一抹颜色。

沈小运跳的是交谊舞，舞步很基础，她跳得兴起，把沈牧平也拉过来说：“来来来，我教你。”

沈牧平只觉得自己的胳膊腿都变成了木头雕的，怎么也不会动，沈小运拖了他半天，他越发觉得自己像是僵着爪子被人摆弄的小小姐。

“别僵着，动两下呀。”沈小运无奈地看着沈牧平，叹了一口气，“太傻了。”

沈牧平摸摸自己的鼻子，也不知道自己该说什么。

就像是个小男孩儿，自以为自己什么都会了，却又发现了知识的盲点。

沈小运却得意起来，她会跳舞，沈牧平不会，她比沈牧平厉害！这么一想，她恨不能把下巴抬上天。可惜这份得意劲儿并没有持续多久，她就“哎哟哟”地侧坐在车后座上。

脚疼。

“下次跳舞，不能穿新买的鞋子。”她撇撇嘴。

“你下次跳舞的时候，我一定就已经学会了。”沈牧平对她说。

沈小运对这话表示怀疑。

沈小运脚疼，自然就不能去别的地方玩儿了，沈牧平带着她又去了运河边上，沈小运就坐在车里，看着滔滔的河水，没一会儿，她叹息了一声说：“真好呀。”

沈牧平没说话。

老旧的过往，他站在新的角度去审视，突然明白了那个人是用什么样的心情看待这条河，也明白了她是如何看待自己。

当一个女人被冠以“妈妈”这个词汇之后，人们仿佛就被一层温情遮住了眼睛，往往看不见她的另一方面，当她表现得不那么爱孩子，不那么为家庭付出，人们就会对她有颇多的非议。

沈牧平很遗憾，他曾经是“人们”中的一员。明明是相依为命的一家人，明明自己也得到了那么多的爱，他却只看见了那些离开的背影，没有看见小心翼翼的眼神。

“我为什么叫沈小运呢？因为我是在运河边长大的孩子，父母是码头上的货工、船娘，这是一段在我出生前还更久远的缘分。”

因为这份缘分，当年明明有更好的机会、更大的项目、更能让她名声大噪的研究摆在那儿，她还是选择了这里。就像当年，她明明有条件极好的追求者、有出国深造的机会，为了腹中一个小小的胚胎，她选择留下，成为一个单身母亲。

水声中，沈小运打了个哈欠，就这么睡了过去。

沈牧平对着河水摆了摆手，就像之前那个人经常做的动作一样，然后才关上车窗，轻轻启动车子离开。

“沈牧平，我觉得今天特别开心呀。”沈小运半睡半醒地说。

“我也很开心。”

那本日记中的某一页，记录了一个拼命挤出时间想和孩子一起出去玩儿的妈妈。她凌晨三点回到家，第二天早上爬起来给儿子做鸡茸豆腐的煎饺，然后说：“今天妈妈陪你出去玩儿吧？”

那时候，她的孩子已经十四岁了，个子和她一样高。

“我今天约了人打篮球。”

抓着一个味道奇怪的煎饺放在嘴里，男孩儿就走了，给他妈妈留下了一个关上门的背影。

浅浅的遗憾落在薄薄的纸页上，让沈牧平半夜都难以安眠，今天，他把曾经错过的东西补回来了，虽然只有一点点，可他可以一点点、一点点都补回来，就像他过去那些日子做的那样。

“魏阿姨，整理研究资料出书的事情，需要我做什么？”

晚上九点接到的这个电话，让魏香兰差点哭了出来。

再次出现在书吧，魏香兰看着沈小运坐在吧台旁的椅子上，穿着一件旗袍，本该是极优雅的样子，偏偏她手里捧着一个盒子，明明是一小盒在哪里都能买到的芋泥蛋糕，让她吃出了欢天喜地的味道。

“欢迎光临。”蛋糕放在身后凳子上，沈小运站起来欢迎客人，脸上是甜甜的笑。

魏香兰点点头，问沈小运：“这个蛋糕好吃吗？”

沈小运赶紧点头：“好吃的呀，您要是想要，我们这里跟蛋糕店是有合作的，九折还送货上门。”

有帮助蛋挞姑娘做生意的机会，沈小运是绝不肯错过的。

魏香兰表示她也想吃一份芋泥盒子蛋糕，十五分钟后，一盒蛋糕就出现在她的面前。

天气热起来了，还没到五月，蛋挞姑娘已经穿起了T恤，年轻有力的身材透着不柔弱但是健康的美。蛋糕送到之后，她没急着走，而是拉着沈小运和她说话。

“我去跳舞来着。”沈小运很得意地跟蛋挞姑娘显摆自己的新爱好，沈牧平不会跳舞，沈小运还以为自己没有舞伴，没想到前天书吧来了一个阿姨居然会跳舞，不仅会跳舞，还拉着沈小运一起跳。

沈小运翻了翻自己的小本子，才知道那个阿姨还会做可好吃的清蒸鲈鱼，顿时十分羡慕吃过鲈鱼的自己。

“就是跟阿姨跳舞的叔叔，不太喜欢我。”

所以，还是得等沈牧平努力成长起来，成为自己的舞伴。

沈小运一说，蛋挞姑娘就知道是怎么回事了，书吧老板的前婆婆现在焕发了人生第二春，跳舞的时候认识了一个挺好的男人，两个人正在张罗结婚的事儿。据说老板的前夫不同意，不过让蛋挞姑娘说，这根本不算什么，毕竟他连自己的老婆离婚带走孩子都拦不住，难不成还能拦住自己的亲妈改嫁?

“没事儿，我跟你说，你就只管去跳舞，叔叔不喜欢你，那是阿姨的事儿。”

沈小运瞪大了眼睛：“是这样呀？”

蛋挞姑娘点头。

沈小运突然笑了起来：“我明天还去跟阿姨跳舞。”

这就对了!

蛋挞姑娘和沈小运两个人嘀嘀咕咕了好一会儿，才骑上车走人，书吧门口的糖果铺子老板对沈小运说：“我们新出了蝴蝶糖，要不要看看？”

蝴蝶糖真的很漂亮，颜色是五彩的，还有金色的须须。沈小运看了好一会儿，才说："等我把照片给陆奶奶看了，我就奖励自己买一根棒棒糖。"

魏香兰站在她身后，心里软成了一片。

晚上下班，下起了小雨，沈小运没带伞，沈牧平一把伞撑起来，里面遮着他们两个人。

"你想把照片给陆奶奶看，不一定非要亲手给她。"沈牧平对沈小运说。

"可以这样吗？"

"这样很方便，你白天拍了照片，晚上她就能看到了。"

这么先进吗？沈小运不由得眼前一亮："那你要教我哦！"

沈牧平点点头，沈小运心心念念想去的医院，早就不复从前的样子，病房里住了新的病人，有新的苦乐悲欢上演，离开的和逝去的，都不剩一点痕迹。

"可惜哦，今天下雨，不然我就能跟清蒸鲈鱼阿姨一起跳舞了。"看着淅淅沥沥的小雨，沈小运很遗憾，刚和蛋挞姑娘说好自己要去黏着清蒸鲈鱼阿姨跳舞，居然就跳不成了，阿姨打电话的时候还说叔叔要带她去湖边吃饭。语气里的甜，大概比糖果铺子里的那根棒棒糖还甜吧。

"喀。"沈牧平清了清嗓子。

沈小运还在想清蒸鲈鱼阿姨，没听见，他又清了清嗓子。

"你感冒了呀？"

"没有……"沈牧平努力调动着自己的舌头，假装很淡定地对沈小运说，"我会跳舞了，我陪你跳舞吧。"

"啊？"沈小运很惊讶，"你学会了哦？"

"最简单的，大概是会了。"沈牧平没说他中午吃完饭还在公司的男厕所转了两下，被同事当傻子似的看。

"能、能跳吗？"沈小运看看还没停的雨，然后她敲了下脑袋说，"我们打着伞就能跳了呀。"

“真……真跳？”

河边的路上行人稀少到几乎没有，沈牧平有点害羞。

“不怕不怕！来！”沈小运拉起了沈牧平没有撑着伞的那只手。

“等等。”男人掏出手机，点了几下，然后放回了外套口袋里。

很快，缓缓的音乐自他身上流淌。

沈小运觉得沈牧平大概是天下第一聪明的人。一只手撑着伞，另一只手拉着沈小运的手，沈牧平深吸了一口气，低头，走出了第一步。

雨在下，滴落在绿叶上，落在河面上，落在屋檐上，落在归家者的心上，这世界湿润又温暖，温暖中透出丝丝的凉。

沈牧平的步伐渐渐流畅起来，他的手握得牢牢的，生怕这个在笑着的人摔倒，更怕她会飞走不见。

旋转，再旋转，沈小运跳得越来越熟练，鞋子踩出细细的水花，浅浅的水洼映着的，仿佛正是一个青春年少的女孩子，眉目飞扬，裙摆如流光，红色的伞该是斑斓的彩灯，追着她，不肯稍稍停下。

沐浴在乐声中，沈牧平笑着。

沈小运累了，回家的时候步子都蹒跚了起来：“沈牧平，你真是天才，什么都做得又快又好。”

“我会的，都是你会的。”沈牧平轻声说。

沈小运摇摇头：“我不会的可多了呀，而且，有一样东西，我不会，你会。”

沈牧平好奇地问：“你说的是什么？”

沈小运笑眯眯地说：“当爸爸呀！你一定能当一个好爸爸，我就不能当个好妈妈。”

沈牧平掏钥匙的手抖了一下。

“你要是当父母，一定也是……”

他努力组织着语言，他想告诉这个人，她是世上最好的妈妈。

“沈牧平！”沈小运的脸色却突然变得紧张起来，她指着前面说，“你看，那里有人跌倒了！”

几十米开外，一把伞倒扣在地上。

沈牧平把钥匙和伞给了沈小运，拔腿就往那儿冲去。

等沈小运一瘸一拐地跟过来，就听见沈牧平在大声对着电话里说：“心源性意识丧失！地址……地址是……”

沈小运从他的脖子下面拿出手机，示意他继续做心脏复苏，而她自己，拿起了脖子上挂着的牌牌，对电话里说：“……街和××街的交叉口附近。”

后面那个××街是她看的路牌，前面的部分地址就是沈牧平家的那一段。

路边围了越来越多的人，沈小运给沈牧平和病号打着伞，自己和新旗袍都淋湿了。沈牧平说让大家别靠近，她也立刻说让大家都退后，实在是个尽职尽责的助手。

救护车来的时候，老人的情况略有好转，沈牧平跳上救护车，回身看见了沈小运。

“你去吧，我自己能回家呀。”沈小运对他摆了摆手，沈牧平略一犹豫，把她也拉上了车。

“我不放心你。”说着，沈牧平把自己的外套罩在了沈小运的身上。

车上的医护人员为老人做了初步的治疗，又测着心跳，对沈牧平说：“逐渐平稳。”

沈小运看见沈牧平长出了一口气，然后笑了，她捏了捏自己微微有点潮湿的小包包。

沈牧平为老人垫付了住院费用，急诊科的医生们都忙得脚不着地，也偶尔有人看见他，喊一声：“沈医生？”

听着这些称呼，他笑了笑，以前手术完之后，他总是想找地方抽支烟，现在烟已经戒了，胸腔里怦怦跳的心却还跟从前一样。

沈小运乖乖地坐在椅子上，沈牧平走回来的时候，沈小运还在看自己的小本本。

“医院已经通知家属了，一会儿我们吃什么？打车回家下一碗热乎乎的面，在里面放很多姜丝好不好？”

沈小运还在低头看她的小本本。

沈牧平不禁问她：“在看什么？”

沈小运合上了本子，不告诉他：“吃什么都好呀。”

表情神神秘秘，还有点得意。

沈牧平不明所以。

病人的家属很快就来了，非常感谢沈牧平，听见病人的主治医师也叫他是“沈医生”，只当他是个下班回家顺便救人的医生。

沈牧平没说什么，带着沈小运走了。

“你在笑哦。”坐在出租车上，沈小运对沈牧平说。

“什么？”

沈小运翻开自己的小本本：“你骗我啦，你说你没有喜欢的工作，你现在还很高兴啊。”

沈牧平脸上的笑意淡了下去：“我……”

“你今天还说你会的我都会，我可不会救人哦。”沈牧平发呆的时候，沈小运伸出手去，胡噜了几下沈牧平的头发，“特别厉害哦！”

像是在揉搓小猫小狗，又像是在鼓励自己的孩子。

沈牧平坐在前面副驾驶的位置，不得不转头回来看她，看见这样满心满意为他高兴的沈小运，沈牧平摸了摸鼻梁，又笑了起来。

晚饭果然是面条，姜丝放得多多的，还有菠菜、鸡蛋和肉，沈牧平还泡发了一些木耳，焯水后加了蒜末、辣椒，用盐糖酱油拌了一下，正好用来开胃。

沈小运吃得很开心，她也觉得今天实在是有意义极了，吃饭之前就在写今天的“日记”，沈牧平不小心看了一眼，看到了“骗人”和“特别帅”几个字，他有些不好意思，就又走开了。他没看见沈小运最后写的一句话是：“陆奶奶走了。陈爷爷，大概是去陪秋秋了。”

她很聪明的，虽然她的脑袋不好用了，可那些被人极力遮掩的东西，她也会发现。

这样也挺好的。沈小运在吃晚饭之前，对自己说。陈爷爷最挂念的，一定会一直陪着他。

又到了深夜，沈小运睡觉之前对沈牧平说："沈牧平医生，晚安哦。"

这一句话让坐在桌前忙工作的男人呆坐了很久。他其实不是一个很好的医生，骄纵、桀骜，总为自己的一点成就沾沾自喜，还没有多少责任感。

这些毛病在他顺风顺水的时候，自然甚至算不上毛病，可那一年，他出了医疗事故，事故不大，也没有造成不可挽回的损失，可他被要求写检讨。

他从心里不愿意接受，也不认为是自己的错，他的治疗方案是很好的，手段也没有错，只是在开药的时候没有走流程，结果就在这一步上出了岔子，病患差点出事。

那段时间，沈牧平被停了工作，他大量喝酒、大口抽烟，整个房间都糟乱不堪。医院里风言风语，有人举报他收过病人红包，也有人对他说："你这么下去得废了。"

沈牧平没理会那些话，就连一份自辩没有收红包的书面材料都不肯交。然后，有一天上午，他到了医院，院长对他说，他的母亲已经来了，求得医院的同意，让他恢复工作。铺天盖地的羞耻，让沈牧平难堪到了极点。

"我辞职了！你觉得我不当医生给你丢人了是吧？你觉得你给我保住了工作？！我告诉你，没用！"

他辞职了。颓废了几个月，他去当了一个保险推销员。

"沈牧平医生。"

"沈牧平小医生。"

回想日记里那个人对自己的称呼，沈牧平苦笑了一下。

"要是我早知道你一直这样称呼我，我就不会这么草率地去误解你……”

可惜世间没有如果，只有后悔的人，追赶着时间的马车，向着他们渴望又畏惧的方向前行。这样想着，男人还是忍不住去找出那个本子，打开里面写着字的最后一页。在失去记忆之前，您最后想着的是什么呢？

就像是一套书看到现在，终于忍不住强行打开结局，看看这个故事的最后，到底是否如自己所想的那般。真正打开的时候，他的手指头都在抖。

我的儿子，叫沈牧平，很好，非常好。

简短的一句话，为这本日记干净利落地收了个尾巴。

男人却记得，那是自己最叛逆的日子，甚至整整半年没有跟她联系。他为了跑单子，跟人喝酒，就在小龙虾馆的门口吐得昏天黑地。腥臭气里，他接起电话，眼睛都没睁开，听见的却是那个人失去记忆在病房里哭号的消息。

在这本日记里，她是什么时候用“医生”称呼自己的呢？

今天，沈牧平小朋友告诉我他想成为一个医生，真好，我以后就叫他沈牧平小医生。

时间，距今十九年。十九年里，一直有人在帮你默默记着，你最初想要成为的那种人。沈牧平觉得自己是幸运的，可他哭了。

每一天都像之前的一天一样过去，沈小运上班，下班，吃早饭午饭晚饭，偶尔闯点小祸。记忆里的丝丝缕缕总是错综复杂地缠绕，或者干净利落地断掉，就像一群蚂蚁，努力地求生，她能固守的最后巢穴就是“沈牧平”，有了这三个字，她就能想起一些事情，总能等到一群小蚂蚁满身伤痕但是威风凛凛地回来。

这一天下班，沈小运听到了不得了的消息："去……去北京？"

"嗯，我打算开车带你去看陆阿姨，我们一路就沿着运河走，还有……"天气很热，沈牧平为沈小运打着太阳伞，沈小运自己手里小扇子扇啊扇啊的。

"我想了想，我还是挺喜欢当医生的，我想去找我以前的教授拜访一下，重新考个研究所。"

"啊？"

"不好吗？"

"好，好的呀！"简直不能更好了。沈小运开心得想要转圈圈。

勇气与热爱，是我想给沈牧平小医生的成年礼，回首我自己的半生，我得到的远多于我失去的，因为我在做我想做的事情，无论是当一个设计师，还是当一个母亲。我之所以这么快乐和满足，因为我在恰当的时机鼓起勇气做了选择，选择了自己心中真正的热情所在。

……这个世界上有些事情，并不都尽如人意，就像我以为自己能当好一个母亲，可事实上我总是不知道该怎么跟孩子交流，我看着他，大概就像是运河看着上面的一条船，正因为怕自己的插手让他更加颠簸，所以手足无措。

……就像今天我写下的这些，我可以写在纸上，却不知道该怎么面对面告诉他，告诉他我很高兴他选择自己真正喜爱的目标，并且为之奋斗，也告诉他，我希望他未来有面对一切困难的勇气，如果有一天面对不了，承受不来，也没有关系，我在他的身后，随时等着去帮助他。

……我们在这个世界，灿烂，年轻，繁茂，走到盛年，又无声衰老，到今日，我已经年过半百，沈牧平小医生却才刚刚成年，要是我能年轻一点多好，能陪他更多的岁月，看他过得灿烂精彩，看他走向自己渴望的光辉。

……可惜不能。

时间是一个无声的环，我不怕在这环中忘却自己曾经的所有拥有，却怕最后的生命，沉默，死寂，枯竭，仿佛那河水，只是路过一声又一声的大船鸣笛，没有告诉自己在乎的人，真正想要说出的话。

那大概是很久之后的一天，十五岁的沈小运依然是十五岁的沈小运，她躺在床上，想要睡觉。沈牧平已经成功换了工作，每天还是尽量抽出更多的时间来陪伴她。

“真好呀。”沈小运说。

“什么真好？”

“沈牧平医生真好呀。”沈小运笑眯眯的。

被夸奖了无数遍，沈牧平还是容易害羞的，虽然害羞得不明显：“明天早上吃豆浆好不好？我做西葫芦鸡蛋饼给你吃。”

“好的呀。”沈小运的声音软软的，偷偷用手指去够小小姐的尾巴梢儿。

“我有点想妈妈了，有些话想跟她说，却不知道该怎么说。”沈牧平突然说。

“是吗？”沈小运打了个哈欠，“那你就当我是你妈妈，练习一下啦，反正……反正很多人，都以为我是你妈妈。”

有一张苍老的脸，就是有这种让人哭笑不得的误会。

“好。”沈牧平低着头，终于沉沉慢慢地说，“妈。”

“哎！”

“妈！”

“乖宝宝。”

“妈，我特别想你。”

“乖乖宝宝，妈妈在哦。”

“妈，你的礼物，我收到了。”

“嗯……”昏昏欲睡的沈小运睁开眼睛，她忘了自己还在帮人排练，“我也有收到礼物的呀，明天我要穿新裙子，好不好呀？”

“好。”

【正文完】

番外一 你好呀，我叫沈小运

不畏惧，不退却，
且坚持，且热爱。

◆◆◆◆

沈牧平最近比以前忙了很多，回家之后除了要做表格、写合同，还要捧着书复习。尖端医学技术发展之迅猛远超平常人的想象，落下了这几年，沈牧平想要追赶上，实在不是件容易的事情，更不用说他还改变了研究方向。就连颜丹阳都打电话过来，说他这是多费功夫，走得好好的一条路，却要自己找罪受。

可是沈牧平愿意这么做，放下电话，他问正抱着猫看电视的沈小运："我想研究我最想治好的病，你说好不好？"

"好的呀，沈医生。"自从知道沈牧平想要重新当医生，沈小运称呼他时，就把"沈牧平"和"沈医生"混着叫。

电视里在放《我爱我家》，傅明老头儿正坐在早餐桌前针对小保姆谈恋爱的事情做批示："等事故出了再去弥补，容易造成损失嘛……"

沈小运目不转睛地看着，时不时跟着贾志新不正经的腔调嘻嘻哈哈地笑。沈牧平看了她一会儿，也笑了笑，就坐回去继续看书了。

又过了一会儿，电视的声音消失了。沈小运趿拉着她的兔子头拖鞋、抱着两本书，也坐在了沈牧平的对面："我和你一起学习哦。"

"你学什么？"

沈小运拿的是一本教人如何插花的画册。因为最近书吧里多了一些年迈的客人，所以书吧特地新进了一批画册，字很大，画面很简单。

这些客人有的是外地来的游客，有的是附近小区的居民，他们知道这家书吧里有一个讨人喜欢的特殊服务员，也就来了这里。

他们有时会跟沈小运聊天，问问她工作是否辛苦，有时也会抱着一本能看得清的书，点一壶茶、一碟点心，度过一个下午。

很多个门庭冷清的上午和下午，这些老人竟然成为书吧稳定的客源。老城里，在那些葱葱绿树后或是窗后，有太多想找人作伴的老人了。

老板进的这一批针对他们的书册，沈小运也很喜欢看。插花啊，书法啊，还有教人画好看的简笔画的书。沈小运很快就全神贯注地投入到学习中，沈牧平也一样。

厨房的灯亮着，小小姐绕着餐桌转了两圈儿，最后在两个人的脚中间蜷起了身子。

十点的时候，沈牧平赶沈小运去睡觉，自己继续学习。再过几天，将工作交接清楚，沈牧平就要全身心地投入到复习中了，他给了自己一年的时间。颜丹阳说他有些不自量力，重新联系上的老同学老同事也劝他不要一意孤行，可他还是要坚决地去做自己真正想做的事了，因为一直有人在他身后无所顾忌地支持他。

有的人老了，她的世界却依然年轻；有的人年轻了，她让所有人都重新回到青春年少的时光。

不畏惧，不退却，且坚持，且热爱。

沈牧平考上了北京的研究所，沈小运当然是要去陪读的。

"我走了以后，你们要想我哦，我会用微信啊。"这是沈小运向所有人的第六次告别。

老板不舍的眼泪早就流完了，只剩下一张哭笑不得的脸和仍然红着的眼眶："去了北京，有不高兴的事要告诉我们。"

"好的呀。"

“沈先生一放假你们就回来玩哦！”

“好的呀。”

“蛋糕路上吃，饼干可以路上吃也可以当点心到了再吃。想吃点心了就告诉我，我可以给你发快递，一天半就到了。”蛋挞姑娘简直不厌其烦，还把自己的话变成文字发到了沈小运的手机上。

“哦哦，好的呀。”

看她乐呵呵的傻样子，蛋挞姑娘没忍住，抱住了她的肩膀：“好好吃饭，好好睡觉，要一直这么笑呵呵的，知道吗？”

蛋挞姑娘比沈小运高一截，肩膀压住了沈小运的鼻子嘴巴，让她连“好的呀”都说不出来了。

“你也要好好吃饭，好好睡觉，天天笑呀。”终于被蛋挞姑娘放开的沈小运也把同样的祝福还给了蛋挞姑娘。蛋挞姑娘哼了一声，侧过了脑袋。

还有好多好多人要跟沈小运告别，比如新店员姑娘、老店员姑娘，还有常来书吧的客人——那些喜欢找沈小运聊天的客人，那些看着沈小运坐在书吧里一天又一天的客人。

一位爽利的阿姨提着一个不锈钢保温桶走了过来，把桶塞到了沈小运的怀里：“卤猪脚，凉了也好吃，本来想给你做清蒸鲈鱼，可鱼凉了就腥了。我跟你讲，我做的卤猪脚浓油赤酱，还放了豆腐乳，一点都不腻的，怎么吃都好吃的。”

糖果店的老板还给了沈小运一大包五颜六色的糖，都是沈小运喜欢的，她都挑不出自己最喜欢哪一个了。

沈牧平来接沈小运的时候，看见沈小运身边琳琅满目地堆了好多好多东西。和往常一样，他是走着来的。

“你是不是没跟你的朋友们说，我们是明天才走。”愣了好一会儿，沈牧平终于想明白到底是哪里不对了。

沈小运吃着蛋糕，认真想了想，自己也没想明白当时是怎么说的。

在一旁给沈小运送行的人都忍不住笑了，她告别的时候只是一直在说“我要走了呀”。于是所有人的思维都被她带偏，还以为她马上就要上路了呢。

“没关系没关系，猪脚放到冰箱，明天热一热也能吃的哦。”

“你们明天怎么走，我再做个蛋糕……”

沈牧平的嘴角怎么都压不下去，只能说：“不用麻烦了，大家的心意我们都记住了。”

在搬家去北京之前，沈小运先在自己走惯了的路上过了一次搬家的瘾，有人借给了沈牧平一辆送货的三轮板车，他把皮绳套在脖子上，小心翼翼地在青石路上找着平衡。

沈小运一会儿走在前面，一会儿走在后面，看着别人满满的心意，忍不住地开心。

“会不会舍不得他们？”沈牧平问沈小运。

“会呀。”沈小运点头，然后她说，“可我觉得，总不能让你一个人去北京啊，万一你害怕呢？还有小小姐，会想你的呀！”

沈牧平觉得沈小运的理由合情合理，虽然他也知道，在未来很长很长的一段时间里，沈小运都会在起床之后问自己：“我今天不用去上班吗？”

他会尽自己所能为沈小运找一份新的、让她快乐的工作，也会努力，争取尽早带她回来。

第二天上路，沈牧平开车载着沈小运，沈小运抱着小小姐，后备厢里装了他们满满的行李。

“我们在北京住的地方，外面有一棵很大的合欢树。”沈小运在看颜丹阳发来的照片。

“嗯嗯。”

“树上有喜鹊！”

“那不错！”

“是的呀。”

沈小运已经想好了，等她看见了喜鹊先生，要笑着跟它打招呼：

“你好呀，我是沈小运。”

番外二

沈牧平的愿望

我的愿望是，
妈妈在校门口说“沈牧平你真棒”。

◆◆◆◆

有一种孩子，上学的时候和别人一样，打扫卫生、交作业、上课、考试、做课间操……直到放学，他们要绕过堵在校门口的自行车，绕过自己的同学和同学的爸爸妈妈，绕过象征着身份的小轿车——

然后踩着人行道上的石砖，走过斜斜的树影，伴着别人家的饭香气，伴着大街小巷“回家吃饭咯”的呼喊声，走到自家的门前，用挂在胸前的钥匙打开门，再回到并没有人等着自己的家里。

很多年后，直到他们长大，才知道自己还被起了一个绰号——钥匙儿童。才九岁的沈牧平就是个“钥匙儿童”，不过他那时候挺骄傲的，不只是因为他的钥匙上挂了他最喜欢的“舒克小飞机”，也是因为他的钥匙是个勋章。

没错，是个“勋章”。

一年前他还在上小学二年级，考了全班第一，那天，妈妈拿出了一个红红的大本子，在上面写着：“因为沈牧平小朋友在各个方面进步显著，特奖励家门钥匙一把。”

戴着红领巾的男孩儿行着少先队队礼，穿着小碎花长裙的妈妈拿出了这把系着蓝色带子的钥匙，郑重其事地挂在了他的脖子上。

“从今天起，沈牧平小朋友就是个可以自己回家、回家后自己好好写作业的小男子汉啦。”

这样的郑重和荣耀，沈牧平小朋友怎么会不骄傲呢？他可是已经九岁了呢！

“做作业之前的第一件事是看看光线暗不暗，如果暗就要打开灯。”沈牧平小朋友在嘴里默念着，打开了桌前的台灯，然后展开书本开始做作业。

小小的房间里墙壁干净，只在门后贴了一张动画的海报，各种玩具都在床下的箱子里，贴墙的书架上摆着妈妈从各地出差带回来的书，包括隔壁颜姐姐都很喜欢的百科全书。

铺着蓝色床单的床上有一个负责晚上保护沈牧平小朋友的变形金刚，它两边肩膀上金色的油漆都已经掉了。

床尾的墙角有一块被涂成了蓝色的细长条木板，木条上标着细细的刻度和小小的字，一艘小船停在上面，其实是一个被插在上面的船形书签，充当一个游标。

从左向右，木条的刻度下面依次写着：自己穿衣服、自己吃饭、自己刷碗、自己去跟小朋友打招呼、自己出门倒垃圾、自己叠被子、自己扫卧室……现在，小小的船停在“制止别人不对的事情”那里，而这个标记之前，正是“自己放学回家”。

在木条的尽头，用红色的笔写着六个字：沈牧平长大啦。没有孩子不希望长大。虽然他们不知道长大的尽头是什么。

写完语文作业，沈牧平突然想起了什么，他跑到床上，看着上面的字。小小的手指在小船的前面摩挲着，恨不能把那几个字抠下来。他还有很多很多事情要学，很多很多事情要做，才能长大呀。一个一个数过去，从床的这头数到那头，小小的少年叹了口气，又从床上爬了下来。就在这个时候，他家的门被敲响了。

“沈牧平，你妈妈今天上船了，得晚上回来，你来我家吃饭吧。”

“好的呀。”

少年抓起钥匙，关上台灯，打开房门，看见比自己高了一个头的姐姐："丹阳姐姐，你是不是又长高了？"

留着短发的女孩儿正是十四岁的好年纪，几乎一天一个样儿。颜丹阳很认真地点点头，拍了拍小少年的肩膀说："沈牧平，你要多吃一点，赶紧长高呀！"

"嗯。"沈牧平很用力地点点头。班里做操的时候他站在第三排，说是已经九岁了，很多一年级的小朋友都比他高呢。

"我外婆做了骨头汤，你多喝点。"

"嗯嗯，好的呀，谢谢丹阳姐姐。丹阳姐姐，我妈妈今天能早点回来吧？"

"只要不下雨，应该六点多就下船了。"

轻轻的虫鸣声在他们的脚边响起，有小小的孩子从不远处跑过来，嘴里喊着"有只金色的虫子过去了"。颜丹阳拉住了沈牧平的手臂，看见沈牧平没有跟着那些小孩子一起跑掉，才松了一口气。

陆阿姨家的阿婆是个很严肃的老太太，看见沈牧平的第一句话就是："家里门关好了吗？"

第二句话是："怎么不带着作业一起来，晚上和你阿姐一起写。"

沈牧平笑得甜甜的，露出有一个缺口的牙齿。看着这样干净体面又守礼的男伢儿，阿婆抬了下头说："洗手吃饭。"

晚饭是阿婆炖的骨头汤，还有一盘清炒的长瓜，吃起来微微有点甜。

吃过了饭，沈牧平站在水池边洗自己的碗，其实阿婆起先是不肯让他动手的，可没想到小小的身子里有大大的执拗，最后，他踮着脚刷碗的身影，成了这个家晚饭后的可爱风景。

"阿婆，丹阳姐姐，我回家啦。"

"等等，长瓜拿回去，明天让你姆妈做给你吃。"

一尺多长的长瓜看着就是脆嫩的，装在红色的塑料袋里，乖乖露出牙洞洞道过谢，又站在门口挥挥手，沈牧平抓着胸口的小飞机一步一步往家的方向走。从一盏路灯走到另一盏路灯，影子缩短到找不到，又渐渐被拉长得像个巨人。天还没有完全暗下来，小巷里传来小孩子的布鞋踩在石路上的声音。

“啪嗒啪嗒。”

“呼，我不怕的。”左手握着长瓜，右手握着“舒克小飞机”的沈牧平对自己说。

走到家门口，沈牧平拿起钥匙开门，先摸着打开了客厅的灯，才走了进去。家里的门要关好，长瓜要放在厨房里。嘴里细碎地提醒自己，小少年坐在书桌前，开始写数学作业。

“笃笃笃。”一根树枝戳在了他家的窗上。

“沈牧平！你妈妈是不是不在家？”

小少年抬起头，看见住在隔壁巷子里的同学正努力把头探上他家的窗台：“我能不能上你家看《猫和老鼠》？”

沈牧平问：“你作业做完了吗？”

“嘿嘿嘿……我妈今天也不在家。”

沈牧平回头，看见自己床尾的小船，他抿了下嘴，转回头对自己的同学说：“你带着作业过来吧，写完了作业我们一起看。”

“啊？还要写作业啊！那也太没意思了！沈牧平，我妈好不容易不在家，你就让我看《猫和老鼠》吧，我妈把我们家电视的电线都给带走了。”扒着窗栏扭啊扭的，男孩儿手里的树枝在玻璃窗上滑来滑去。

沈牧平坚决摇头：“不行，你要带作业来。”

“啊？”小男孩儿怪叫一声，气呼呼地跑走了。过了一会儿，他又气呼呼地跑了回来，抱着他今晚连拉链都没打开过的书包。

灯光下，一个小脑袋变成了两个小脑袋，不过一个是在认认真真地低头写作业，一个则是不停地动来动去，动来动去。

过了十五分钟，沈牧平把数学作业也写完了。还在咬着笔杆子的男孩儿瞪大了眼睛看着他：“你要去看电视了吗？”

沈牧平又拿出了英语小组的辅导书，算作回答。

墙上的钟表嘀嗒嘀嗒，也许过了天长地久那么久，安静的房间里传出一串长长的呼气声："好啦！我的作业也做完啦！"

"你先把作业收好，我们再看电视。"有原则的沈牧平小朋友把原则坚持到了最后。

电视机热热闹闹地响了起来，在放《猫和老鼠》的录像带。笨猫总是倒霉，逗得电视外的小孩子笑得乐不可支。

开门声响起，沈牧平的同学急急忙忙冲到电视机前面要关电视，才想起来这不是在自己家。

女人穿着一条灰色的裙子，头发用带着图案的丝巾扎起来，拎着布包走进来，另一只手里还拎着一个塑料袋。

"今天家里有小客人呀。"她晃了晃塑料袋，"要不要一起吃樱桃呀？"

看见同学的妈妈，站在电视机前的男孩儿憨憨地笑了笑，然后冲进房间拿了自己的书包又冲出来："沈牧平，我回家啦！谢谢你让我看电视！"

女人只来得及打开家门口外的照明灯，给那个横冲直撞的小家伙照一点路："真好，沈牧平小朋友会请朋友来玩儿了。"

小少年从沙发上站起来，很诚实地说："不是我请他来的，是他要来看《猫和老鼠》，我们是做完了作业才一起看的。"

"那是一定的呀，沈牧平小朋友你这么棒，肯定是先做完了作业再看电视的。"女人换掉鞋子，进了卧室又出来，已经穿了一条棉布裙子。然后她进了厨房，没一会儿，红彤彤的樱桃已经被洗干净放在了盘子里。

"今天有没有什么好玩的事儿呀？"女人问自己的儿子，眼睛也忍不住去看电视里热热闹闹的追打。

"没有。对了，阿婆让我给你拿了瓜回来，说让你明天炒着吃——你明天能在家吗？"

作为一个不撒谎的母亲，女人很诚恳地说："我早上炒给你吃吧？"

沈牧平忍不住嘟起了嘴，然后想起自己已经九岁了，又把嘴收了回去："你明天又要上班呀？"

"项目验收，就像你们的期末考试，我就要特别忙啊！"妈妈把一个樱桃喂进了儿子的嘴里，然后揉了一下他的小脸。

"唔，我要期末考试了，我……我也没觉得忙呀。"

女人很有耐心地说："那是因为你考试只要一个人复习就好了，一个工程呢，是很多很多人一起努力的结果，就像你们班里不是每个人都能考满分对不对？一个工程也一样，要看的是全班的平均分，所以我们就要努力让一些成绩不太好的再把分数提升一下。就像你们的老师，是不是快期末考试的时候就很忙呀？"

说一句话塞一个樱桃，沈牧平小朋友的嘴里被塞满了，只能点点头表示自己听懂了。吃过了樱桃，刷完牙，换好睡衣的沈牧平站在房间门口看着自己的妈妈。

"怎么啦？"

"嗯……"小男孩儿抿着嘴想了两秒钟，终于张嘴说，"妈妈，马上要期末考试了，我能给你提个愿望吗？"

"好呀。"揉着自己肩膀的女人笑眯眯地说，"你的愿望是什么呀？"

"我……我写在纸上了。"沈牧平从背后拿出了一张叠得四四方方的纸。

女人接过来，没有直接打开，而是郑重地放进了口袋里，还拍了两下："我睡觉前自己看，然后呢，你就当没有提过这个愿望，等到愿望实现的那一天，就变成了一个惊喜，好不好？"

看着自己的妈妈，男孩儿用力地点点头，然后有点腼腆地露出了自己有豁口的小白牙。

时间一天天过去，夜晚的虫鸣声越来越多，那个喜欢《猫和老鼠》却不喜欢做作业的同学有一天晚上跑到河边，用空药瓶抓了一只萤火虫回来，代价是屁股蛋蛋上被打出了红红的印子。

即使这样，他还是挺高兴的，因为那天晚上，一条街的孩子都跟着他手里细细的微光，他像是个捧着王冠的国王。就连写完作业的沈牧平都忍不住趴在窗边，因为动画片的交情，他被允许仔细打量那只被抓住的虫子。

萤火虫死了。

沈牧平看见那个同学在座位上趴着，鼻子眼睛都是红的。

“妈妈，为什么萤火虫会死啊？”沈牧平问他妈妈。

他妈妈穿着白色的衬衣、黑色的长裤，从书架上拿下来一本书：“你知道吗，你问出的大部分问题，这个世界上的人都已经问过了，他们问过之后呢，就去寻找答案，然后写成了书。妈妈就是因为看书少了，所以不知道啊。只能麻烦你先找到答案，然后告诉我，好不好？”

他接过书，像是展昭接过他的剑：“妈妈，星期天还要上班呀？”

“唉，今天有大雨。”

一听见“有大雨”三个字，沈牧平就忍不住低下了头。

下雨天，他是看不见妈妈的。长长的河、来往的船、奔流的水，在下雨的时候，它们就成了妈妈的孩子。

“下大雨对妈妈来说就相当于你们的期末考试啦，妈妈得去应考，中午阿婆会给你做好吃的。”揉揉儿子的脸蛋，女人拿起挂在门边的包就要走。

沈牧平抱着书站在那儿，再次抬起头看着妈妈，小小的脸蛋上写满了“欲言又止”。

女人又快步走了回来，拍拍他的肩膀：“放心吧！”

她做了一个举起双手的动作。

沈牧平愣了一下，然后开心地笑了，牙洞洞里已经出了一点点的白，是新的牙齿长出来了。

“萤火虫为什么被抓了就死掉了？”他打开了书。

比答案更先到来的是期末考试，沈牧平答对了试卷上的每一道题。红色的榜贴在公告栏里，每个年级的前十名都在上面，沈牧平却并不关心那个。

天空很晴朗，他很开心。

中午回家，妈妈果然在家里。

画满了对号的卷子放在那儿，小小的少年扬起了头。

“别忘了呀。”吃饭的时候，他用眼睛说。

“别忘了呀。”睡午觉之前，他用眼睛说。

妈妈一直是一副什么事情都没发生的样子。

“要吃这块排骨吗？”

“睡觉不闭眼睛的是张飞哦。”

下午评选“三好学生”，沈牧平小朋友不仅是班里的“三好学生”，还是年级评选出来的“十佳好少年”。拿着两张奖状，他听见外面大大的雨滴落在地上的声音。

“啪啦啪啦。”

也落在了他的心上。

“稀里哗啦。”

妈妈来不了了，那个小小的、被写在纸上的愿望，也实现不了了。沈牧平讨厌下雨，越来越讨厌。

放学的时候，小少年默默地收拾着书包，他的桌洞里有一把妈妈给他的折叠伞，上面画了一架飞机。可他不想出去，因为知道出去了也看不见自己想见的人。两张奖状被他一起塞进了书包里。

鞋底摩擦在水泥地面上，是他比地上落叶更寥落的心事。当然语文老师还没教他写“寥”字，这也不是很重要。反正，很难过，难过到想哭，连书包带从一边肩膀上悄悄滑下来，沈牧平小朋友都没发现，直到一点水滴落在了头顶，他才意识到自己没有打伞。

“喂！沈牧平！”远远的地方，站着一个人，穿着一件黑色的雨衣。

“哗！”是雨伞猛地后仰，水被甩到地上的声音。

沈牧平抬起头，看见那个人张开手臂，红红的布上写着：“沈牧平真厉害！”

“哇！”能自己回家、自己吃饭、自己做很多事情的沈牧平小朋友激动了。他自己都不知道自己的笑容有多灿烂，脸上有深深的小酒窝露了出来。

“嗒嗒嗒！”鞋子踩出一串欢快的水花。

“妈妈！”

“儿子你真厉害！”他妈妈把双手拢成喇叭，喊得恨不能天上的云都听见。

“妈妈！”

男孩儿跑近的时候，女人猛地扯开雨衣，把她的宝贝抱在了温暖干燥的怀里。

“妈妈！”

除了叫妈妈，他还会干什么呢？还没长大的沈牧平眼前一阵模糊，是雨滴挡住了他的眼睛。一定是的，是又热又咸的雨滴。床尾小小的船又往前走了一步，黑黑的字写着：

通过自己的努力实现愿望。

沈牧平小朋友的愿望是什么呢？是几个月前在运动会的时候埋下的种子，有个同学一千米跑了第一名，他的爸爸做了个红色的横幅举在校门口。

我的愿望是，考一个好成绩，让妈妈在校门口说“沈牧平你真棒”。

番外三

沈小运的愿望

我今天的愿望是，
你对我笑一下。

◆◆◆◆

“这是什么呀？”坐在沙发上，抱着软乎乎的小小姐，沈小运看看高高的墙，再看看高高的沈牧平。

“这是……海。”

听了沈牧平的回答，沈小运眨了眨眼睛：“哦。”

这表示她信了。

沈牧平的兴致却很高，是沈小运很少见的高。

蓝色的木板钉好之后，他把皮尺固定在上面，凑近了去画刻度。旧时光倏然降临，在标下第一个刻度的时候，沈牧平不可自抑地想起了二十多年前的那一幕。

小小的卧室、门后的海报、床下的玩具和贴墙的木质书架，逆流而来，像是一道道幻影冲进他的身体里，让他觉得自己的手指有些沉重，也有些笨拙。

和习惯了画各种刻度的那个人相比，沈牧平真的做起来，才意识到这样趴着画东西并不舒服，被固定的皮尺也会在重力的作用下轻动，干扰他的动作。

“刺啦——”是拉开胶带的声音。

“这样就好了呀！”沈小运连着在几个位置贴上了胶带，皮尺就不会乱动了。

贴完之后，她噘了一下嘴说："勉强这样吧，其实应该用图钉的。"

对，以前用的就是图钉。

手里拿着笔，沈牧平轻声说了一句"谢谢"，继续做他的"手工"。

沈小运却不肯坐回到原来的位置上，而是绕着沈牧平转来转去，看他到底在做什么古怪事情。小小姐在地上舔了一会儿自己的爪爪，伸了个懒腰，就开始追逐起沈小运吧嗒吧嗒的拖鞋。

身后热热闹闹的，沈牧平的表情却很郑重，过去与现在在他的心里织成了网，好像把一切的情绪都过滤了一遍。

"第一条……"他深吸了一口气，"开心地吃饭。"

万事开头难，写下了第一条，剩下的仿佛就容易了很多。等沈小运凑过来看的时候，他已经写到了"开心地上班"。

"我天天都开开心心的呀。"她说着，又去看前面的，几乎每一条都写着"开心"。

"这么一想，我天天都很开心，沈牧平，你有什么不开心，你要跟我说的呀，我可以分你一点。"抓了抓沈牧平的袖子，沈小运的语气十分认真。

"我每天也挺开心的。"就是在脸上看不出来罢了。从"开心地吃饭"开始，最后一条是"说出自己的愿望，然后实现它"。

沈小运看着沈牧平把一个小小的塑料片做的船插在了木板与墙壁之间的缝隙里，这么一看，还真像是游荡在一片海上。

"从明天开始，你要努力每天都做到这些，每做成一件事，小船就会前进一点。"沈牧平对沈小运说。

"要是船能划到终点，我就……"沈牧平想了一下，说，"我就带你去吃好吃的。"

"嗯？"正在沈牧平身后玩儿他围裙带子的沈小运一下子抬起了头，"真的呀？"

沈牧平点头确认。

沈小运激动起来，她凑过来看着“海”上的字，一个一个地确认：“简单，这个也简单，这个好简单！”

从头看到尾，沈小运觉得自己每天都有好吃的了。

“有了这个，我要每天都开心，最后还能开开心心地吃好吃的，是不是应该叫它‘开心海’啊？”仰着头，沈小运问沈牧平。

“开心海？”今天的沈牧平好像有点傻乎乎的，他重复了一遍沈小运的话，轻声说，“那好，就叫‘开心海’。”

沈小运，就是开心海上的一只小船。开心地吃饭，开心地上班……这些对沈小运来说真是太简单了，可第一天，沈小运就卡在了最后一条上。

“我能许愿自己明天吃好吃的吗？”

沈牧平看着她，摇了摇头，好吃的是奖励，不能作为愿望。

嘿呀，这可太难了！沈小运想了想说：“我……我好像没有什么愿望。”

晚饭餐桌上，沈牧平一边盛着莲藕排骨汤，一边说：“什么都可以当愿望吧，比如，多玩半个小时游戏？”

沈小运用力舀着饭锅里的白米饭，想了一会儿，很正经地说：“可我不想多玩游戏，我今天要看书的。”

沈牧平给沈小运买了好几本关于摄影的书，里面还有很多摄影师拍出来的很美的照片，沈小运现在的热情都在这个上面，连电视都看得少了。沈牧平一时不知道该说什么，沈小运放好盛出来的米饭，又在桌边摆好了筷子。

“茄子好了吗？”她跃跃欲试想自己从蒸锅里拿出茄子，被沈牧平拦住了。

蒸好的茄子用筷子撕成小条，浇上蒜泥、醋、酱油、辣椒碎，是沈小运前几天和沈牧平一起在新开的北方菜馆里吃到的，又简单又下饭。看见沈小运喜欢，沈牧平就特意查了做法，今天已经是第二次做了，在上一次料汁的基础上加了一点香油提香，还加了一点蚝油提鲜。

吃一口茄子两口米饭，沈小运突然停住了，她哎呀了一声：“我怎么没想到呀？我可以许愿今天想吃这个茄子呀！这样我就有愿望了，我的愿望也实现了！”

可惜已经晚了，沈小运噘起了嘴巴。

沈牧平低头吃饭。

吃过晚饭，沈小运继续为自己的愿望纠结着：“沈牧平，你有什么愿望吗？”

沈牧平想了想，说：“暂时没有。”

明明是两个没有愿望的人，却只有一人在为此烦恼。

抱着小小姐，沈小运在想着自己的愿望；看完摄影的画册，沈小运在想着自己的愿望；刷干净了牙，洗了脸，换上了睡衣，沈小运穿着拖鞋吧嗒吧嗒地在房间里转圈时，她还在想着自己的愿望。然后，她看见了沈牧平。

“沈牧平！我知道我有什么愿望了！”沈小运凑过来，看着男人俊秀的脸庞。

“什么愿望？”

沈小运竖起一根手指，小声又坚决地说：“我今天的愿望是，你对我笑一下。”

沈牧平愣了一下，手中的笔掉在了写满医学知识的本子上。

“这个，这个简单。”他说，“那你想怎么让我笑呢？”

哦，对哦，不仅要有愿望，还要去实现。沈小运看着沈牧平。

他好像总是很严肃，但是也好像很容易笑，看着他的嘴，线条总是紧紧的，但是他的眼睛看向自己的时候，又好像是在笑的。可真正灿烂的笑容，真的很少见。

沈小运双手握在胸前，小心地问：“那你怎么才会笑呢？”

她的话音刚刚落下，沈牧平就笑了，唇角勾起一个弯弯的弧度，两侧脸颊都有隐隐的窝窝。

“你的愿望，我帮你实现啦。”他说。

沈小运开心地欢呼了一声，要不是沈牧平赶她去睡觉，她说不定还会努力抓住小小姐，一起跳个舞。

第二天一早，沈小运打着哈欠走出房间，对着墙上蓝色的木板开始发呆：“开心地吃饭？”

谁开心啊？为什么开心啊？她茫然，小小姐打了个哈欠，和她面面相觑。

沈牧平洗漱完，从卫生间出来，看见穿着小黄鸡睡衣的沈小运站在客厅中间和猫互瞪着：“怎么了？”

沈小运转过头看着他，过了几秒钟，她的脸上出现了笑容：“沈牧平！”

沈牧平已经习惯了她这样突然没有记忆，又看着自己的脸回忆起来的情况：“早餐吃面条吧？”

“好的呀。”

沈牧平去做饭，沈小运继续研究那块板子。等面条煮好了，她喜滋滋地捧着面碗说：“你看，我吃饭可开心啦！”

沈牧平点点头，说：“你的小船昨天走完了全程，按照说好的，我晚上我带你去吃火锅。”

吃火锅？！一大早上就有这样的好消息吗？沈小运顾不上吃面，又走回去看那个木板：“我觉得光是这一个消息我今天就能高兴一天！干什么都开开心心的！”

沈牧平送沈小运去上班的路上，沈小运看着天上的飞鸟和石板桥下面的河，也总觉得有新的风景。当然，她的世界经常是新的。

“不要忘了想想自己有什么愿望。”走之前，沈牧平提醒沈小运。

“啊？哦，我记在本子上了。”沈小运拍拍自己的小包包，得意扬扬，全部做到就有好吃的，这个事情可千万不能忘呢！于是，这一天只要得空，沈小运就坐在那儿，想着自己该有什么愿望。

想不出来。

她问清点完茶具的店长："你有什么想实现的愿望呀？"

沈小运问得认真，别人也不愿意敷衍。店长想了想，说："我想多赚点钱，给孩子弄套学区房，最好是在'十小'旁边。"

虽然店长家的宝宝才三岁，可店长想得很长远。

沈小运点点头。买房子，一听就是个很远大的愿望。沈小运自己并没有这么远大的愿望。

她又跑去问两个刚来了没多久的店员姑娘。一个姑娘说，她的愿望是这个月发了工资，她去把自己喜欢的那条裙子给买了；另一个姑娘说，她的愿望是这个月除了生活费之外能攒下点钱，攒多了就能买个新的笔记本电脑。

沈小运并没有想穿的小裙子，也并不想买个笔记本电脑，她去年抽奖中了的平板电脑她还喜欢着呢，虽然她现在不怎么玩儿戳小鸡了。

下午客人多了起来，有个漂亮的姑娘点了两个提拉米苏，是蛋挞姑娘骑着车亲自送过来的。蛋挞姑娘还送来了好吃的牛轧糖，有一小包是给沈小运当点心的。

"木糖醇做的牛轧糖，吃两块也不怕身体受不了。"

"知道了呀！"一块糖放进嘴里，沈小运问蛋挞姑娘，她有没有什么想要实现的愿望。

"愿望？嗯……好好卖蛋糕，好好赚钱？我最近在研究枫糖，下次给你带枫糖做的小蛋糕来。"

"啊，好的呀。"

枫糖小蛋糕短暂地吸引了沈小运的注意力，等蛋挞姑娘走了，她才想到，蛋挞姑娘说的好像不能算是愿望吧。

如果这样也算愿望，那她可以许愿让自己好好吃饭，好好睡觉，好好……好好走路，那这样的话，沈牧平的钱不是很快就被吃没了吗？

想到这个严肃的问题，沈小运觉得自己不能学蛋挞姑娘这么偷懒，所以她很纠结地继续想自己的愿望。

吃穿不愁，陪玩有猫，工作也很开心，学摄影也很开心，穿着漂亮裙子跳舞也很开心，更重要的是还有沈牧平，她不觉得自己还有什么愿望了呀！

快下班了，一个阿姨来了店里，径直给了店长一包东西，说："喏，给我孙子的，我听他外婆说他最近容易咳，这个是川贝，炖水给他喝哦。"

转身，她又把一个小包给了沈小运："你也是，最近天气不好，喝点川贝保护气管。"

"哦。"傻傻地接过川贝，沈小运看着阿姨要走，突然想起来她是谁了。

清蒸鲈鱼阿姨！会做好吃的鱼！是每次翻到那页就会忍不住去想多好吃的那种好吃！

"你有没有什么想实现的愿望呀？"她扒在店门上问清蒸鲈鱼阿姨。

"干什么？又说怪话咯！"回头看了沈小运一眼，阿姨还是站住了脚，回身，黑色的裙摆划出了一条很漂亮的弧线，"我下周去参加广场舞比赛，现在忙得呀，饭都顾不上做，就希望比赛有个好成绩吧，不然对不起我这脚，都跳肿了。"

"哦，你比赛加油！"

目送清蒸鲈鱼阿姨离开，沈小运皱起了眉头，她也没有什么比赛要参加呀。

晚上沈牧平来接人，看见的是没精打采的沈小运。

"怎么了？"

"沈牧平，他们所有人，都……都有想要做的事情呀，只有我没有。"鞋底拖在石板上，沈小运开始反思自己每天乐呵呵傻乎乎的，是不是太没有追求了。

沈牧平停下脚步，看着沈小运。他今天穿了一件好看的黑色薄外套，里面是一件淡蓝衬衣，一只手插在裤兜里，怎么看都觉得特别帅气。

他对沈小运说：“你可以有。愿望，就是给你在做的事情定下一个目标，然后去努力实现它，就是实现愿望。比如说，你在学摄影，你就可以许愿自己能拍一张好看的照片，你在工作，你就可以许愿自己能把地擦得更干净，这些都是愿望。”

“是吗？”沈小运点了点头，想了想，又开心了起来，“好啦，我懂啦！”

她踩着得意的步子走在沈牧平的前面，沈牧平看着她的背影，想起了很多很多年前。

“妈妈，什么是愿望啊？”

“愿望，就是给你在做的事情定下一个目标，然后去努力实现它，就是实现愿望。”

“哦，妈妈，可我想不出来我有什么愿望呀。”

“没关系，慢慢想，比如考试满分？”

“那个好简单，才不算愿望呢！”

“哎呀，我家的沈牧平小朋友真是特别自信呢。”

“嘿嘿嘿。”

那一年，他的墙上出现了一湾浅浅的海，妈妈说，那艘小船，就是他在名为“成长”的大海上乘风破浪，然后一点点就长大了。

沈牧平一直很努力，他想象过无数次小船走到终点的样子。到那个时候，他就长大了，就不会再是一天又一天等着妈妈回家的小孩子了。

后来呢？

后来，小孩子终于长大了，小小的船走到了尽头，尽管木板已经掉漆再被重新刷过两次颜色，尽管曾经的那艘船早就不成样子，又被妈妈换过，尽管他已经有整整一墙的书，曾经的卧室成了纯粹的书房。

可那天下着大雨，妈妈没回来。十五岁的沈牧平突然意识到，他再怎么期盼长大，也不过依然是等着别人回家的孩子。

他愤怒了。

蓝色的木板被卸了下来，小小的船被他随手折成了两半。离开了

“成长海”，他这艘船自此颠簸，又过了很多年，才发现那个真正属于自己的港湾还在等着自己回去。

虽然港湾老旧，灰尘满锁，连闸门都快锈死了。

“沈牧平！我知道我的愿望是什么了！”打开家门，沈小运欢快地说，“我的愿望是，我的愿望是，让你陪我一起玩这个游戏。”

沈牧平仿佛没听明白。

沈小运得意扬扬地说：“开心海上怎么可以只有一艘小船呢？沈牧平你也要开心呀！”

“啪嚓。”是闸门被打开的声音。

沈牧平看着沈小运趴在木板旁边，试图再放一艘小船进去，他的嘴唇抖了一下。他以为，他已经变成了另一片海，可原来他还是那艘小小的船。

属于他的海，一直都在。

【全文完】

图书在版编目（CIP）数据

又是青春年少 / 三水小草著 . — 杭州 : 浙江文艺出版社 , 2020.6
ISBN 978-7-5339-5996-8

Ⅰ . ①又… Ⅱ . ①三… Ⅲ . ①长篇小说—中国—当代
Ⅳ . ① I247.5

中国版本图书馆 CIP 数据核字（2020）第 021215 号

责任编辑 瞿昌林
特约编辑 林 璧
文字编辑 王 挺
封面设计 80图 · 小贾
版式设计 风吹雪
封面绘图 三 乖

又是青春年少
三水小草 著

出版发行 浙江文艺出版社
网 址 www.zjwycbs.cn
联系电话 0571-85152727（发行部）
经 销 浙江省新华书店集团有限公司
印 刷 三河市嘉科万达彩色印刷有限公司
开 本 880 毫米 ×1230 毫米 1/32
字 数 294 千字
印 张 10
插 页 4
版 次 2020 年 6 月第 1 版
印 次 2020 年 6 月第 1 次印刷
书 号 ISBN 978-7-5339-5996-8
定 价 45.00 元